緋弾のアリア XXXVI

Aria the Scarlet Ammo

36

綺羅月に翔べ（カルティエ・ムーン）

赤松中学

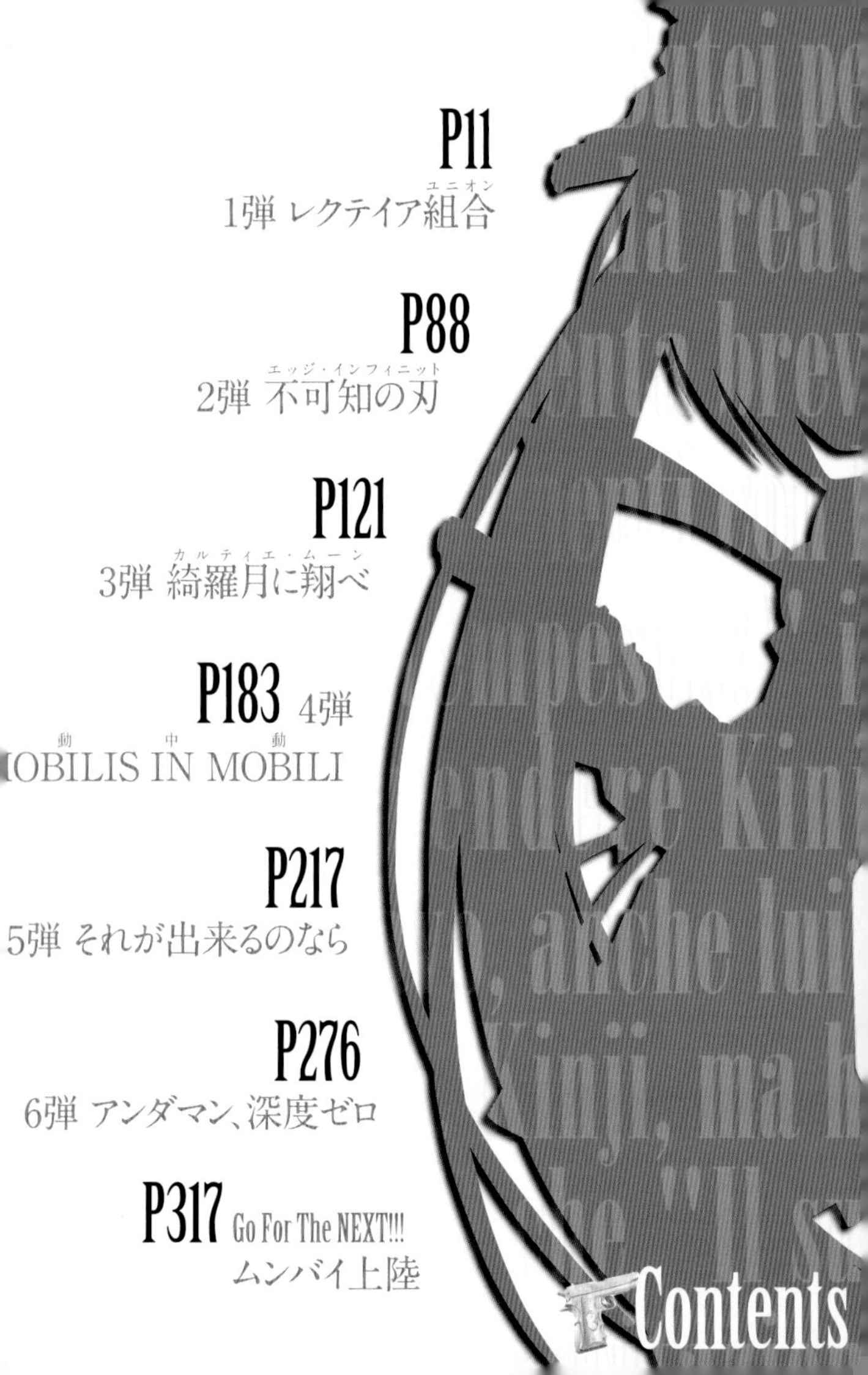

P11
1弾 レクテイア組合（ユニオン）

P88
2弾 不可知の刃（エッジ・インフィニット）

P121
3弾 綺羅月（カルティエ・ムーン）に翔べ

P183 4弾
MOBILIS IN MOBILI（動中動）

P217
5弾 それが出来るのなら

P276
6弾 アンダマン、深度ゼロ

P317 Go For The NEXT!!!
ムンバイ上陸

Contents

緋弾のアリアXXXVI
綺羅月に翔べ（カルティエ・ムーン）

赤松中学

MF文庫J

口絵・本文イラスト●こぶいち

1弾　レクテイア組合

ルシフェリアの足下で正座して、おかっぱ頭を下げる——南ヒノト。

武偵高附属小に潜んでいた、レクテイア人。

　彼女の側頭部には白い小ぶりな翼が広がり、後頭部の襟足には大きな赤い羽根が尾羽のようにヒラリと垂れ出た。白と赤。丹頂鶴を思わせるカラーの羽は、普段どちらも頭髪で隠していたらしい。

「嗚呼、ルシフェリア様。全きものの鑑、美の極み。光を齎す女神の花嫁と相成れます事、幸甚の至りにございます……！」

　頭に翼を生やし赤ランドセルを背負うヒノトが、旄牛のようなツノの生えたセーラー服姿のルシフェリアの花嫁を名乗る。

　それは奇異に思える出来事だが、２人は半人半妖の女しかいないレクテイアから来た者たちだ。トリ娘がケモノ娘にプロポーズしたり、その結果花嫁と花嫁になったりする事も、そっちの世界では奇異ではない光景と理解してやれなくもないだろう。

　だが、大きな目を潤ませるヒノトが言う、

「世界を渡って幾百年、私めはこの時を待ち焦がれておりました。ルシフェリア様の——

神の御力があれば、こちらの世界への侵掠も叶いましょう！」

そこは理解してやるワケにはいかないぞ。

というのもレクテイア人の言う『神』とは、『世界を滅ぼせる者』という意味。そしてホントかどうかは疑わしいものの、ネモ曰くルシフェリアはその神の1人なのだ。世界を侵略する――などと発言するヒノトと婚姻関係なんかになられたら、大ごとになりかねん。

体育館の屋上に流れる秋風が、さっきより寒く感じられる中――

「――婚約しておったのか。どれかのルシフェリアが」

ヒノトを見下ろすルシフェリアが、ツンツンまつ毛の目をキョトンとさせて言う。

「どれかの……？」

この話を一緒に聞いているかなでがそう呟くので、

「ルシフェリアの一族は、種族名がそのまま個人名を兼ねる。今のは『ルシフェリア族の誰かがヒノトと婚約していたのか？』って意味だ、多分」

俺が、そこを小声で教えておく。

しかしレクテイア人同士の対話はそこ以外も難解で、

「……も、もしや、共感が無いのでございますか？　ルシフェリア様……」

「すまぬが、感じ取れてないのう。レクテイアにおれば、記憶を探れたかもしれぬが」

――いかん。早くも、俺にも話が見えなくなってきた。危機管理上、ついていかなきゃならない会話っぽいのに。

　ヒノトはショックを受けたような顔になり、ルシフェリアは硬い態度で腕組みしてるが……どうも、超能力的な何かで行き違いがあるらしい事しか分からない。

　という俺の焦りを感じ取ったらしく、今度はかなでが、

「あの。お兄ちゃん様には感覚的に分かりにくいかもしれませんが、『血の共感（シンパシア・ファミリア）』という超能力があるんです。血の繋（つな）がりがある人のことを感じ取る精神感応（テレパシー）です。ヒノトさんとルシフェリアさんはきっと、それの話をしています」

　俺にそんな説明を囁（ささや）いてくれる。背伸びして、ヒソヒソと。

「今まで何度か私がお兄ちゃん様を遠くから探索した力も、それです。私のは肉親のいる方角が感じ取れるだけですが、もっと強いレベルの血の共感は家族の身に起きた出来事も分かるそうです。さらに強いのになると記憶までもを閲覧し合えて、自我の境界が曖昧になり、血族同士で名前が違う事にさえ違和感を感じるようになるとか……」

　つまり——強い『血の共感』がある種族は、一族専用の動画ライブラリみたいなものに脳内でアクセスできるってことか。

　そして今かなでも示唆したが、ルシフェリア族が全員同じ名前になっている理由は多分そのせいだ。

「ふーむ。どれかのルシフェリアが婚約をしたのにそちを放っておるなら、代わりに我（われ）が

婚姻してやる誼もあろうがの。我はそれを知らぬし、この世界では知りようもない」

腕組みしたルシフェリアは、瞳を潤ませるヒノトを前に思案顔だ。

——ルシフェリア族は、繁殖を功利主義的に捉える種族。婚姻とは戦略的なものと考え、優れた者と計画的に殖えようとする。またその殖え方も独特で、放射線で相手の遺伝子をルシフェリアのものに書き換えるというもの。このルシフェリアが俺にしつこくねだっているヒトの男女と同じ手法は、あくまで例外だ。

今のルシフェリアの発言は……
・他のルシフェリアがヒノトのルシフェリア化を約束してたのに実行していないのなら、自分が代理でヒノトをルシフェリアに変えてやる義理がある。
・しかしルシフェリアはその約束を知らないので、やっていいのかどうか分からない。
・レクテイアにいれば当該のルシフェリアの記憶を閲覧して婚約の有無を確認もできるが、ここは別の世界なのでそれができない。
……ってとこだろう。

「それにこの件、どうも調子がよすぎるのではないか？　南・ヒノト・鶴・シエラノシア。その昔、シエラノシア族は『ルシフェリアを食うとルシフェリアになれる』という迷信を唱え——神の力を欲して我らをつけ回した、ハタ迷惑な種族と聞いておる。それが今さら花嫁になってルシフェリアにしてもらおうなどとは、とんだ変節っぷりじゃのう」

マニキュアの煌めく指を立てたルシフェリアがそう窘めると、

「食べるなど！　それは迷信も迷信、太古のルシフェリア様にフラれたシエラノシア族が血迷って作ったお伽断でございます。今の私どもは、そんな話は露ほども信じてませぬ。つけ回していたのは……事実かもしれませぬが、それはルシフェリア様があまりに美しく、魅力的で、神々しいからなのでございます」

　ヒノトは縋るように立ち上がり、ルシフェリアを見上げて褒めそやしてる。そしたら、

「――ほう」

　ルシフェリアの態度が、分かりやすく和らいだ。

　これは……持ち上げられたのが、嬉しいんだろうな。

戦艦ナヴィガトリアではチヤホヤされてたっぽかったのが、俺たちの捕虜になって以降めったにアゲられてなかったし。

「私どもシエラノシア族は代々、みんなルシフェリア様の熱狂的なファンなのです。信者なのです。ルシフェリア様激推し、激単推し、神推しの限界オタクなのです！」

　両こぶしを握りしめ、ハアハアと息を荒げ、側頭部の白い翼をパタパタさせ、謎単語でまくし立ててきたヒノトに……ルシフェリアは、ニヤニヤ、デレデレ。褒められてる事は分かるらしく、嬉しそうに照れてる。単純なヤツめ。

「おいルシフェリア。お前も元々そうだったが――ヒノトは侵略がどうとか、反社会的な

発言をしてたヤツだぞ。懐柔されるな」

俺が警告すると、あまのじゃくのルシフェリアは、

「主様は妬いてくれておるのか？　我を敬愛する者を目撃して、我を独り占めしたい心に目覚めてくれたのか？　じゃあこうしてやろうかの？」

とか、ヒノトの頭をセーラー服の推定Gカップ胸に抱き寄せ、ヨシヨシと撫でた。

ヒノトは「あーッ！　尊いルシフェリア様のお胸が！　これは致死量を超えております、お、おーッ！　ご、語彙が死んじゃう！　おほおぅーッ！」とか叫び、女児靴でがっすんがっすんこの体育館の屋上にストンピングしてる。

で、ルシフェリアはそのヒノトじゃなく俺を見て「ぬっ、主様が見ておる……我が主様以外の者を抱き寄せている姿を、とっても冷たい目で見ておる……！」などと呟きながら、フウフウと興奮し出してるんだが。

「な……何のプレイに付き合わされてるんだ……？　俺は今……」

「こっ、これは、峰理子さんが国語の教官代理として附属小に来た時に教えて下さった、『おねロリ』という状況……！　実際の光景を初めて見ました」

ここまで、レクテイア人同士のコンタクトには危機意識を持って臨んでいたつもりだが――シラケる俺も、なぜか赤面しちゃって口元を立てた手で覆ってるかなでも、なんだか緊張感を削がれちゃったな。あと理子も高３だから教官代理をやる事もあるんだろうが、

純粋な小学生たちに腐った日本語を教えないでほしい。

「ともあれ、こちらの世界で在野のレクテイア人と会えたのは喜ばしいことじゃ。迷信の件はさておき、シエラノシア族は南レクテンドを皇女として治めた事もある、意識の高い智将（ちしょう）の一族。戦（いくさ）に敗れて国を失い、散り散りに流浪したと聞いていたが……この世界にも流れ着いておったのじゃな」

「あふぅ……は、はい。私どもは、女神様との婚姻関係に頼らなければ、国を持てるほど強くはあれぬ種。戦後は敵対していた種族たちに追い回され、狩られる身空となりました。私めは追い詰められ、独りでこちらの世界に逃れた者でございます。ただ、ご存知（ぞんじ）の通り世界の渡りは難しく、時の跳び方を誤り——今より数百年前の日本、出羽（でわ）と呼ばれる地に出てしまったのでございます。今でいう山形県の南陽市（なんようし）です。何度か出生届を出し戸籍を更新してますので、今の私めは東京都出身の10歳児という事になっておりますが……」

　ヒノトはルシフェリアの手に頬（ほお）ずりしながらそんな話をしてるが、じゃあルシフェリアよりずっと年上じゃん。俺（おれ）も理子（りこ）に腐った日本語をあれこれ強制的に覚えさせられたから分かるが、そこの2人はおねロリではなくおねロリババアとでも言うべき関係だ。

「以来ずっと私めは、ルシフェリア様と共にこの世界を侵掠（しんりゃく）する時を待っていたのです。この体型ですので、子供のふりをしながら……」

「苦労したんじゃな、ヒノトは。同情せんこともないが、そちの企（たくら）む侵掠を手伝ってやることはできぬ。というのも我の魔は今、主様たちに封じられておっての」

「なんと……！」

ルシフェリアの言葉に、ヒノトは大きな目を見開いて俺の方を振り向く。

確かにルシフェリアの力はジャンヌが作った魔封じの指輪で封じてあるが、その指輪はジャンヌが作ったものだから信用度がティッシュみたいに薄い。とはいえここは、

「そういう事だ。だからヒノト、お前にはこの世界を侵略するようなマネはできないぞ。ちなみに状況からもう分かってると思うが、お前が頼ろうとしてるルシフェリアでさえも俺に侵略を止めさせられてる。逃げた先のこの世界でも追われる身になりたくなければ、今まで通りおとなしく女子小学生として生き続けろ。それなら今の話は聞かなかった事にしてやるし、かなでにもそうさせる」

と、俺はブラフを交えてヒノトを牽制しておく。

単身それができるほど強くなく、ルシフェリアにも頼れないから実現できないとはいえ——レクテイアの没落した王族らしいヒノトには、復権のためかこっちの世界を侵略する意志があったようだ。

とはいえ、どんなに危険なものだとしても、意志を持つだけでは罪に問えない。だから俺としては、ルシフェリアの魔力をしっかり封印してあるという印象を与え、反社会的な行動をしたら取り締まるぞという警告をしておくに留めざるを得なかった。

　対するヒノトは……

……ぺこり。俺の方に深々と頭を垂れ、

「遠山キンジ様。ルシフェリア様と会えた歓喜の余りとはいえ、先ほどは法の守護者様の御前で妄言が過ぎました。何とぞ、あれは小鳥のさえずりと一笑に付して下さいませ」

　耳の羽も伏せさせて、詫びてきた。自分が侵略の意志を見せたのは勇み足で、そっちが警戒するのは取り越し苦労ですよ、と示すように。うわべだけ下手に出てる感もあるが、ルシフェリアと繋がってる俺との対立は避けたいみたいだな。

「でも！」

　ぴょこ！　と、後頭部の赤い羽根を立たせつつ、ヒノトはルシフェリアに向き直り——

「私めがルシフェリア様を尊ぶ心は、花嫁になれずとも変わりません。何とぞ今後とも、接触をさせて下さいませ。なにしろルシフェリア様はレクテイア一のスター、アイドル、天地を輝きで包む神の中の神なのです。ルシフェリア様と同じ大気を呼吸しているだけで光栄、ルシフェリア様が生きてるだけで幸せなのです……！」

　鼻血が出そうなほど鼻息を荒げ、でかい目玉を飛び出させそうな勢いでルシフェリアを賛美してる。さっきとは別の意味で危険性を感じるな、このルシフェリア愛には。

「どうじゃ、我を慕う者の熱狂ぶりは。主様はこんな人気者の主様なのじゃぞ？　誇れ」

「いや、これはコイツ特有のイカレ方のようにも思えるんだが……」

どや顔のルシフェリアに言われて醒めた反応をする俺に、ヒノトは「は？」と半ギレ。

「遠山キンジ様は、ルシフェリア様がどれだけ人々に愛されているか知らないのですかッ。ルシフェリア様は言わばレクテイアの吉永小百合、山口百恵なのですよ？」

「喩えが誰だか分からんぞ。お前、外見は女児だけどホントに長く生きてるんだな……」

「じゃあ松田聖子、小泉今日子と言えば分かりますか」

「いや、それもピンと来ない」

「……チッ、これだから平成生まれは……じゃあ安室奈美恵、浜崎あゆみ！　松浦亜弥、中川翔子！」

「ようやくお前が言わんとしてる事が分かってきたが……これがか？」

疑る俺がルシフェリアを親指で示すと、ヒノトは耳の翼を逆立たせ、後頭部の赤い尾羽みたいなのをブルブル震わせて——

「これ呼ばわりはよしなさい！　遠山キンジ様はルシフェリア様のお気に入りらしいから多少の非礼は大目に見るつもりでしたけど、それにも限度というものがございますよ!?　ルシフェリア様が大勢の信者に黄色い声で囲まれているのを見た事がないのですか!?」

ぎろろり！　と、前髪の影から俺を睨んでくる。こわっ……！

ていうか、この目は——俺が昔、理子が絶賛してたアニメを『女性キャラのスカートが短すぎる』とディスったり、武藤が借金して買った旧車を『燃費が悪くて環境に悪い』と批判した時にヤツらが見せたのと同じ目だ。その後俺(おれ)は理子(りこ)にイスに縛り付けられ両瞼(まぶた)をセロテープで固定されてそのアニメを全話見させられ、武藤(むとう)にはその車で轢(ひ)かれている。偶像や宝物をバカにされたオタクは、時にヤクザより危険な暴れ方をするのだ。となると、ルシフェリアオタクらしいヒノトには屋上から突き落とされるかも……

と後ずさる俺の横で、ルシフェリアが『まあまあ』の手をヒノトに向ける。

「責めるでない。主様(ぬしさま)は実際、我(われ)が民に礼賛されるところを見た事がないのじゃよ。我はこの国に来る時、周りに付いていたレクテイア人たちと離れておるからのう」

と言われたヒノトは――崇敬するルシフェリアの前でキレるのは良くないと思ったか、

ふぁさぁ……

耳の白い翼や後頭部の赤い羽根を下げ、目つきも元の冷静なものに戻してくれた。

「それは、それは……民(ファン)と離れて、ルシフェリア様もお寂しい事でしょう。でも、ご安心下さいませ。日本にもレクテイア人は沢山おりますゆえ」

「ほう、そち以外にもおるのか」

「はい。本日こうしてルシフェリア様への拝謁を急いだのも、ちょうど今夜その集い――今月の寄り合い(オルグ)があるからなのです。ルシフェリア様をレクテイア組合の日本支部で紹介すれば、皆喜びましょう！」

……え……

「な、何だ、その――『レクテイア組合』って。日本にいるレクテイア人には、労働組合みたいなものがあるのか？」

「それとも、生協とか農協のようなものでしょうか……？」

これには俺もかなでもツッコまざるを得ず、目をパチクリさせてしまう。

「在日レクテイア人やレクテイア系人の親睦、健康保護、共通の利益の擁護を目的とした組合です。非公開の組織ですが、私めはその日本支部長を務めておりまして。組合費は年500円で、寄付金も受け付けております。ぜひルシフェリア様も連帯しましょう！」

香（こう）のような匂いをフワフワさせながら、笑顔のヒノトが頭の翼をパタパタさせて言う。

こ……こいつは驚きだな。我が国の中に、そんな秘密結社があったとは。

しかし確かにレクテイア人やその子孫はこっちの世界にも大勢いて、その中には自分のルーツを知る者も少なからずいるはずだ。となると、そいつらが相互扶助のために連（つる）んでいたとしても不思議はない。

――ヴァルキュリヤ、メルキュリウス、アスキュレピョス、エンディミラ、テテティ・レテティ、そしてルシフェリア……レクテイア人には反社会的だったり非常識だったりの困ったちゃんが多い。というか俺が知る限り、全員問題児だ。まあこれはメヌエット風に言うと俺の女ガチャの引きが悪すぎるせいかもしれないが、そんな女たちが集まる組織は調査の要アリだぞ。

「この国にいるレクテイア人たちか。それは我(われ)も会いたいが、主様(ぬしさま)が許すかの……？」

などと呟(つぶや)きつつのルシフェリアが、俺(おれ)をモジモジ見てくる。

自分は捕虜だから、そんな外出は許可してもらえないだろうなと思っている顔だ。

——だがここは、

「いいぞ、その寄り合い(オルグ)とやらに行っても。ただし俺も同行させてもらう」

レクテイア組合を発見と同時に調査できるチャンスと見て、俺がそう言う。

交通安全教室に出演してしまったせいで、ヒノトにはここにルシフェリアがいる事も、その関係者が誰なのかもバレている。こっちが知ってるのは、ヒノトと組合の存在だけだ。

ここでルシフェリアに顔出しを断らせると、俺がレクテイア組合と敵対したような形になる。得体の知れない組合——組合というからには、かなりの人数だろう——を相手に、大きく情報負けした現状でそれはマズいだろう。

まずは友好的に接触して、潜入を図り、情報収集に努めるんだ。

「いいえ、ルシフェリア様だけでいらして下さい。レクテイアの血を引いていない方(かた)、及び男性の参加はお断りさせていただいておりますので」

ヒノトに嫌われたらしい俺は、そうピシャリと言われるが……

「ルシフェリアは、ある重大事件の参考人として俺たちが超法規的に——ぶっちゃけると違法に拘束してる身柄だ。監視ナシで野放しにはできない。そもそも不法入国者だしな。

お前も武偵高附属小の生徒なら、さっきの交通安全教室で俺たちが警察にマークされてた事ぐらい勘付け。あれをやっと撒いたところなのに、フラフラ外出してるコイツのツノを見たお巡りに職質でもされたら苦労が水の泡になるだろ」

　俺がそう言い返すと、ヒノトは困り顔。だが困ってるという事は、交渉の余地が無くもないという事だ。

　一方ルシフェリアは笑顔で頬を押さえ、

「嬉しいのう。つまり主様は、ヒノトに我を取られたくないのじゃな？　でも心配するでない。我は１人でも行けるし、ちゃんと帰れる。主様は家で独りしばらくヤキモキして、我の存在の大きさに気付くが良いぞ。そして再会するなり、熱い抱擁を……」

　とか、何やらウットリ想像しながら体をクネクネさせてる。

「どこがどうつまりなんだ。ていうか、これはお前をずっと閉じこめてた引け目もあってギリギリ許可してやってるんだからな。俺がついていくのは、絶対の条件だ。ダメなら、この話は無かったことにさせてもらう」

　ルシフェリアよりむしろヒノトに聞かせる感じで言い張る俺を見て、

「……はぁ……では、遠山キンジ様。内密に出来ますか？　組合のことを」

　ヒノトは溜息しながら、そう言ってきた。

　よし。思った通り、ルシフェリアをダシにしたらヒノトが折れた。行けそうな流れだぞ、レクテイア組合の寄り合いに。

「武偵は口が堅くなきゃ出来ない仕事だ。学校で習っただろ」

「仕方がございませんね。了解しました。とはいえ普通の人間を、それも男性を招くなど、組合が始まって以来です。組合の皆さんに事前説明しておかねばなりませんね……」

……行けると決まったら、在日レクテイア人がどんな女たちなのか気になってきたな。

日本在住の半人半妖だから、キツネ娘とか雪女だろうか。それなら大して怖くないが、口裂け女とか山姥とかがいたらイヤだな。

「お前たちは、ただの人間じゃないんだ。その説明で、俺を食ったりしないようしっかり言っておけよ？」

ちょっと不安になってきた俺が、冗談めかして言ったら……ぱちくり。ヒノトが何回か連続でマバタキをした。かつて探偵科で高天原先生に習った事だが、会話中にマバタキが不自然に増えるのは——隠し事に勘付かれたりして、緊張の度合いが増した表れだとか。

え、何。さっきルシフェリアを食べるとかいう迷信の話をしてたから、たとえばの話で言ってみただけなのに。人を食っちゃいそうなヤツがいたりするの？　組合には。

「……」

俺も俺で変な緊張感を流してしまう中、ヒノトは日本人形のような顔をニッコリさせ、

「そんなこと、するわけがないで御座いましょう？」

とか、ちょっとうわずった声で言ってくるんだけど。おい。怖いんだが？

「安心せい、主様。組合に行っても、たぶん主様が一番人間ではない存在じゃろう」

「俺はツノもシッポも無いし超能力も使えん、正真正銘ただの人間だ！　……まあさっきヒノトに『普通の人間』って言われた時は、密かに少し嬉しかったけどさ……」

ていうか、今の遣り取りで改めて思ったが——

レクテイア組合へ行くなら、獣人や超能力についての用心棒・兼・アドバイザーが必要そうだな。俺にはそれ系の知識が悲しいほど無いから思わぬトラブルを起こしかねないし、情報を集めたくても会話が理解できないかもしれないしな。だが、

「お兄ちゃん様、私も一緒に……」

空気を読んでそう言ってくれたものの、かなでは連れていきたくない。何より年少者に再三危ない橋を渡らせるべきではないし、組合という大人の組織を探るとなると、子供は重要な情報を見落とす可能性も高いからな。

さらに、もし何かあった場合は——戦うにせよ逃げるにせよ、ルシフェリアとの連携が取れなければならない。だが、かなでは今さっき交流し始めたばかり。気は合うようだが慣れが足りず、それが失敗に繋がりかねない。

つまり連れていくならアリア、ネモ、リサの誰かでないとダメだ。

で、俺の選択は、

「別途、俺(おれ)をガードする者も連れていく。もし俺を食おうとしたら、逆にお前らをみんな食い散らかすような巨大オオカミに変身できる女だからな」

ヒノトには強さを盛り気味に伝えておいたが、リサだ。だってアリアとネモは、さっきルシフェリアにやられた『スカートに風船を付けてめくる』というイタズラを俺の仕業と誤解し、俺をレーザーで撃とうとして探してるところなんで。あの怒りが冷めるまでには、たっぷり7時間はかかるだろう。

寄り合いは今夜なので、出発の準備は急がなきゃならなさそうだが——

今2人の前に出たら、間違いなく俺は射的のマト。あいつらのレーザーは至近距離なら猫騙(だま)しで止められる事が先日判明したが、距離があったらそれも全くの無意味。パシンと柏手(かしわで)を打った俺の胴体に、風穴が開くであろう。それも2穴。

「——ですから。食べるだの何のと、バカな話は止(よ)して下さいな。お食事は組合員が並べますから、食べるならそちらを。と、そのオオカミの女性にもお伝え下さい」

呆(あき)れるように、ヒノトはそう俺に言ってきたが——

組合の寄り合い(オルグ)では、メシが出るのか。調べに行くモチベーションが増したな。

ヒノトは寄り合いの会場——港区(みなとく)・芝(しば)でやるそうだ——のメモをルシフェリアに渡し、準備もあるそうで立ち去り……

かなでは俺に「お前は帰って学校の宿題をやれ。手助けしようとしてくれるのはありがたいが、事件とか依頼にばかりかまけてると俺みたいになっちまうぞ」と言われたら、「お兄ちゃん様、みたいに……!?」と顔面蒼白になり第3女子寮へ飛んで帰った。

それから俺は赤青のレーザーに警戒しながら低民度マンションへ戻り、ルシフェリアを見張りに立たせ、大家の大矢のカラシニコフに怯えながら八岐大蛇に拳銃弾を補給した。なにゆえ『自宅に一旦帰る』というだけの日常的行為を、こんなにも四方に警戒しながら行わねばならんのか。俺の前世はパックマンなのか。

それと念のため、爺ちゃんと母さんにもらったばかりの刀も持ち出してきたんだが——

「おお、カッコいいのう。主様は刀も使えるのか！　強いのか!?」

黒鞘の拵えの外観が気に入ったらしいルシフェリアに、モノレールの駅までの道すがらそれを持て囃されるハメになった。

「……どうかな。剣道の試合をさせても大した事ないだろうな。俺が実家で教わったのは一対多を前提にした剣術で、それも格闘や銃を併用して戦う能力の極一部って概念だったからな。あとは戦闘中に刀を使って木や地面、床や壁、車輛をどう自分の役に立たせるかとか、そんなのばっかりだったよ。技術が実戦的すぎてて、『ちゃんと刀を使える』って感じじゃないんだ」

「良いではないか、実戦こそが戦じゃぞ！　で、その刀、名は何という？」

「『写シ(ウツ)備前長船盛光(ビゼンオサフネモリミツ)・影(カゲ)』になるんだろうが、長いし――刀名から俺(おれ)の氏素性の調べが付いちまいかねないから、伏せ名を考えた。末尾2文字の音読みで、『光影(コウエイ)』だ」

「コウエイ！　良い名じゃのう！　主様(ぬしさま)は名付けの趣味も良いのう、将来が楽しみじゃ」

「そ、そうか？　俺、兄さんには『ネーミングセンスが中学2年で停止した男』とかって言われてるんだが……」

　なぜ俺の名付けの趣味がルシフェリアの将来に関与するのかはさておき、光影を背中に差すと――ギリギリ隠せた。今も私服にしている武偵高(ぶていこう)の男子制服は、かなりの長さまで刀剣を隠匿できる背縫い(バックシーム)になってるからな。よく出来てるよ。

　ピンク（アリア）、ブルー（ネモ）、ブラウン（大矢(おおや)）のゴースト達に発見されないよう巧みに学園島の裏道を伝って歩いた俺は、見事1死もせず武偵高駅に安着。モノレールの駅へ上がる階段の陰にルシフェリアとしゃがんで隠れ、ここでリサへ電話をかけた。

『はい、リサです……もう、イケナイご主人様っ。めっですよ。めくりたいご気分の際はめくりたいと一言仰(おっしゃ)って下されば、リサはご主人様がリサで楽しめるよう務めますのに。たとえば、こうです。ご主人様の気恥ずかしさを和らげるため、まずは失礼ながら後ろを向かせていただき――リサのスカートを背面から自由にしていただいて、それでお互いの気持ちが盛り上がった頃合いを見て回れ右します。そこでいよいよ、前からめく……』

「完全に俺のせいにされてるみたいなんで言うだけムダな気もするが、あのテクニカルなスカートめくりはルシフェリアがやった事だ。俺にそんな創意工夫の才はない」

「なんか主様が我(われ)を褒めておる」

「褒めてないッ。えーっと、それはそうとリサ、俺は今からお前のコメントが必要になりそうな捜査(出入り)に行く。武偵高駅で待ってるから、帯銃(たいじゅう)・防弾制服で、1人で来い」

『承りました』

「あと保安上知りたいんだが、アリアとネモがどこにいるか分かるか」

『アリア様は学園島5区に向かわれました。車輌科(ロジ)にご依頼なさっていた装備品の修理が完了したとのことでして。ネモ様も御一緒でしたよ』

　これは朗報だ。アリアは武藤(むとう)たちのチーム・キャリアGAのガレージへ、YHS／03(イース・トロワ)――ホバー・スカートの受け取りに行ったらしい。居場所が分かったのもありがたいが、アリアは同い年なのにほぼ同身長の平賀(ひらが)さんを見ると機嫌がやや良くなるからな。これでほとぼりが冷めるまでの時間がグッと縮まるぞ。


　救護科(アンビュラス)にも火器の実技テストはあり、リサの成績は拳銃射撃がD評価(ダメダメ)だが、ライフルやバズーカなどの遠距離火器はC＋(まずまず)。なので、個人輸入したという持ち銃もモシン・ナガンライフルだった。帝政ロシア生まれ赤軍育ちのモシン・ナガンは信頼性・機能性に優れる必殺ライフルなのだが……リサのそれは乳白色と金で彩色した飾り銃にされていて、実にエレガント。20世紀の戦場で最も多く使われた軍用ライフル銃の面影はない。

「洒落(しゃれ)た銃じゃの。我(われ)も同じのが1丁欲しいくらいじゃぞ」

「一瞬、モシン・ナガンだって分からなかった。キレイだな」

「メイド専門学校の同窓生が、オランダで銃にメイド向けの外装を施して販売する工房を営んでおりまして。リサが相談したら、お友達価格で売って下さったのです」

「……メイドさんも武装する時代か。世も末だな。まあ、女子しかいないレクテイア人を刺激しないためには、そういう女子力の高い外観の銃の方がいいかもだ」

　モシン・ナガン・リサモデルを肩掛け(オープンキャリー)したリサを連れ、俺(おれ)とルシフェリアは台場(だいば)経由のゆりかもめで日(ひ)の出(で)駅へ。秋の夕陽(ゆうひ)の中、そこからは歩いて寄り合い(オルグ)の会場がある港区(みなとく)・芝(しば)に入った。

　東京タワーの麓(ふもと)——増上寺(ぞうじょうじ)も近いこの辺りは圓珠寺(えんじゅじ)、了善寺(りょうぜんじ)、正念寺(しょうねんじ)など名刹(めいさつ)が多い。日本刀を背にしてそれらの門前を歩くと、時代劇の中にいるような気分が出るね。連れが日本人感のないルシフェリアとリサだから、その気分もすぐ引っ込むけど。

　ヒノトが指定した時刻まではまだ少しあったので、俺は道端で立ち止まり……アリアの機嫌の計算を行う。アリアにハプニングをやらかしては銃撃から逃げる日々を送ってきた俺は、今や怒らせた後どのくらい経(た)つとどの程度ほとぼりが冷めるかが計算できるのだ。風船スカートめくり事件からの経過時間、アリアの怒りの半減期と残量の算出、平賀(ひらが)さんボーナス、これに受験勉強で学んだ微分法の近似式を適用して……

よし。そろそろ会話が可能になる頃だ。怒ってはいるだろうが、ここに来るまでの移動時間で冷静になってくれるであろう絶妙なタイミング。

というわけで、俺は今の動きを報告しておこうとアリアに電話し、

『こらバカキンジ！　あんた今どこ！　風穴開けに行くから場所を教えなさい！』

「そう言われたらむしろ教えづらくなるとは思わないのか……？　いや、実は今学園島の外でな。ルシフェリアとリサとで。というのも――」

ヒノトの事、レクテイア人の組合があるらしい事、その寄り合いを探ろうとしている事などの状況説明をした。

一連の話を聞いたアリアは、

『レクテイア人の組合……？　なんだかキワドイ話ね。ていうか、勝手にルシフェリアを連れ出しちゃダメよ。逃げたらどうするの』

「いや、ずっと軟禁してた引け目もあってさ。組合の調査がてら、同郷人に会わせて少し羽を伸ばさせてやりたくてな。一応、俺とリサは武装の上で同行してるよ」

『――イヤな予感がする。合流するわ。キンジたちは一旦そこで待機』

という事で、来るそうだ。こわいから来なくていいのに……

アリアは携帯を通話状態にしたままキャリアＧＡと話し始め、

『今すぐここから出せる車を貸しなさい』

『え。今って、このトレーラーしかないんだけど？　検品が終わったら、これでそのまま
YHSを宅配するつもりで……』

という鹿取一美の声に続いて、ドルルルッ……という重いエンジン音が聞こえてきた。

乗り込んだなこれ、アリア、トレーラーの運転席に。

『――自分で持ち帰るわ。かなめのジェットグライダーも後であたしが届けとく』

『まっ、まだその荷台には備品があれこれ積んであるですのだー！』

『下ろしてる時間は無いわ。明日にでも車ごと返すから』

『わ、私も乗せてくれアリア、1人ではあのマンションまで帰れないっ』

慌てる平賀さんの声もして、それからネモの声もしたぞ今。方向音痴の子は車輌科から
女子寮まで帰る200メートルの道でも迷っちゃうのね。

キャリアGAのガレージを一騒ぎさせたアリアは、『キンジ、場所を教えなさい。風穴
開けないから』と通話に戻ってきた。これはもう来させるしかなさそうだな。トレーラー
だと東京港トンネルを使われて早く着いちゃうから、さっきのほとぼり計算が崩壊するぞ。

でも、撃たないって言ってくれてるしな。しょうがない。教えるか。

　会場への到着時刻をアリアと合わせるため、少し時間を潰して……日没後。俺、リサ、

ルシフェリアの3人がヒノトのメモにあった住所に着くと、そこは寺だった。

鳥居がある――神仏習合の様子が窺(うかが)える境内を覗(のぞ)くと、まるで廃寺みたいなボロ寺だ。庭園の木々は原生林のように伸び放題で、落ち葉もロクに掃かれていない。参道に電灯は無く、かなり奥にあるお堂らしき建物も暗がりにボンヤリとしか見えない。ヒドいな。

「暗いのう」

「中の様子がよく分かりませんね……」

「なんでこんな不気味な所でやるんだろうな」

紅鶴寺(こうかくじ)と書かれた門をくぐった所でそんな話をしてたら……ドルドルドル……背後からロービームのライト、重厚なエンジン音と共に、鹿取の大型トレーラーが寺に入ってきた。車高が高い事もあり角度的に頭と手の一部しか見えないが、運転してるのはアリアだ。

あーあ。トレーラーごと来ちゃって、車輌科(キャリアGA)の皆さんに迷惑かけてるなあ。間接的には俺のせいでもあるんだけどさ。

門の中にある駐車場を半分ぐらい占有するカンジで大型トレーラーを停(と)めたアリアは、

「組合(ユニオン)の件――調査するべきだとは思うから、止めはしないけど。ここで合ってるの？」

と、チャイルドシート代わりにしていた工具箱からオシリを上げて降りてくる。

「むぅ……人の気配がしないぞ。キンジが集合場所を読み間違えたのではないのか？」

助手席から降りてきたネモにも疑われて心配になってきた俺が、ヒノトのメモを携帯の光で読み直していたら――

……かぽ、かぽ……参道の奥から、ぽっくり下駄（げた）の足音が近づいてきた。

そっちを見ると、鶴の紋が入った提灯（ちょうちん）が闇に浮かんで近づいてきている。

ヒノトだ。赤い帯の白い和装で、暗がりから溶け出てくるように現れた。

「ようこそルシフェリア様……と、皆さま。交通安全教室に出演していた方々が、お揃（そろ）いですね。どうも伺っていたより、人数が多いようですが？」

あまり歓迎してない目つきと声で言うヒノト――袂（たもと）に黒い部分のあるその和服の色彩は、やはりどこか丹頂鶴（タンチョウヅル）を感じさせてくる。側頭部の白い翼も鶴っぽいし、昔ヒノトが渡ったという山形は『鶴の恩返し』の舞台でもある。もしかするとこの半鶴半人の女子は、あの民話の成立に影響を与えたレクテイア人なのかもしれないな。

という民俗学的な興味はさておき、ここはヒスに注意だ。和服には下着をつけないとか玉藻（たまも）が言ってたし。相手は小5サイズとはいえ、警戒しておくに越したことはない。

「このメンツは最近レクテイア絡みの事件（ヤマ）に絡んでてな。レクテイア人についての知見を深めたいんで、皆で組合を見学させてもらう」

「はあ、知見ですか……構いませんが、それならガッカリすると思いますよ」

「なんでだ」

「どうも誤解があるようですけど、私どもは至って普通ですので」

そう言って、くるり。提灯を手に回れ右し、和服を遠心力で少し広げたヒノトの案内で……俺たちは、境内の奥へ歩き始める。

ところが暗い参道に入るなり、がっしっ！

俺は服の背をアリアに掴まれて、グエッてなった。

「そそそんなに速く歩くんじゃないわよキンジっ」

「速く歩いてねーよっ。ジャケットだけならともかく、ワイシャツごと背中を引っ張るな。首が絞まるッ」

……にゃー……

「ひぇぅっ——い、いま、子供の泣き声がしなかった!?」

「ノラネコの声だ。ほら、そこの石碑。慰霊碑の脇にネコの目が光ってるだろ」

「ねネねネねネコなのは分かったから霊とか余計なことは言わなくていいわよっ！」

……にゃぉー……

「きゃあああああ！」

「ぐえっぐえっなんで背中を引っ張るんだ！　一張羅が伸びるどころか破けるだろ！」

「え、あ、これはその、あんたが任務を放棄して脱走しないように掴んでるのよっ！」

アリアは暗がりでも分かるほど赤くなって、俺を睨み上げてきているが——俺の背中をぎゅううぅうと握って震えてる。

あー、これは……

「ははーん、怖いんだな？　お前、こういう場所ニガテだもんな」

「ちっちがちが……ここ怖くなんか……怖くなんかかか……」

「ちなみにここは昔、処刑場だったらしいぞ。さっきの慰霊碑の側面に刑場跡って書いてあった」

「ひえぇあうあぅあ」

……カァー……カァー……

「きゃあぁあああ何か出たわ！　あの四角い石とスキー板みたいなのの上に何かいる！」

「墓石と卒塔婆（そとば）にカラスがとまってるだけだって。ぷっ、くくく……」

「――きゃぁ！　今度こそホントにいるいるそこにいる！　悪霊退散（Christ compels you）！」

アリアは、ぐさぁ！　木の枝から垂れてた蜂の巣……季節柄、空（から）で良かったぁ……を、セーラー服の背から出した小太刀でブッ刺してる。目をグルグル渦巻きみたいにさせつつ。

「な、何をしておるのじゃ、アリアは……？」

「銃を取り上げておいた方がいいように思えるのだが……？」

ルシフェリアとネモがドン引きする中、俺（おれ）はヤレヤレのポーズをしつつ内心テンション爆上げ。これは思わぬ安全地帯を発見だ。アリアから逃げたい時は、夜の古寺とか墓場に入ればOKなんだな。将来は墓に住もう。そうすればアリアに何かやらかした日の夜でも

安眠できるぞ。永眠してる皆さんに囲まれてではあるが。

鈴虫の音の中、こっちをガン見してる配置の御稲荷の石像を横目に、無数に連なってる赤い鳥居をくぐり抜け、奥にあるボロい本堂に近づいたら──仏説摩訶般若波羅密多──

「……ひうぅうぅ……何コレ……」

アリアを涙ぐませてしまう事に、お経が聞こえてきたぞ。おどろおどろしい、野太い、低い声の。

「人払いです。寄り合いを一般人が見てSNSに写真を載せたりすると困りますからね」

社殿の向拝に置いてある今日日珍しいラジカセを提灯で示して、ヒノトが言う。確かにこれは怖いもの知らずの俺でもやや怖い。ここに敢えて近づこうとする者はいないだろう。

X脚になってるアリアを背中にしがみつかせたまま、何とか脱いだ靴を下駄箱に入れ、本堂に入ると──堂内は、急にマトモだ。

畳のニオイも爽やかだし、板張りの床も清潔。奥の方には電気も灯ってる。

つまりは荒れ果ててた境内も、人を寄せ付けないために敢えてそうしてたって事だな。

ラジカセのお経と同じで。

「……これが日本の寺院の中か。落ち着いた気分になれる、良い場所だな。ただヒノトとやら、私は正座──僧侶や信者がする座り方に慣れがなく、長時間できないのだ。それは失礼にあたるだろうか？」

お育ちがよろしいらしくマナーを気にするネモに尋ねられたヒノトは、

「ご心配なく。皆が集まっている奥の間は洋間です。紅鶴寺（こうかくじ）は戦後GHQに接収されて、会議場にされていた時期がありますもので」

その奥の間から漏れ出る光の中まで俺たちを導き、提灯の中の蝋燭（ろうそく）をフッと吹き消す。

広間の入口――襖（ふすま）の前にいたジャンパースカートの女子は、ヒノトを迎えると……サッ。片手の親指・中指・薬指の先だけをくっつける『きつね』の形を作って見せた。同じ指の形をヒノトも返したところを見るに、それが組合の符丁（サイファー）らしい。いかにもだね。

そこでスリッパを借り、襖を開けて入った広い奥の間では――

ワイワイ、ガヤガヤ……

百人はいるであろう組合員が、かなりの密集具合で立食（りっしょく）パーティーをしていた。

（……うう……）

覚悟していた通りではあるが、全員が女性だ。外見の年齢は小学生っぽいのから妙齢の成人までバラバラ。そして今まで見たレクテイア人と同じで、顔面偏差値は一様に高め。イヤだなあ。

ただ……ザッと見渡した限り、金属女のメルキュリウス、鳥女のハーピー、ヒュドラのゼリーに入ったアスキュレピョスみたいな、ギョッとする風貌のヤツはいない。ヒノトが言ってた通り、普通の女子たちが楽しげにお喋りしてるだけって感じだ。

「――あっ、ヒノト様」「お帰りなさいませ」「その方々が例のゲストですか」

俺たちに気付いた入口付近の女子たちが、支部長のヒノトを見て集まってくる。

「ええ。組合の事は内密にして下さるとの事ですので、ご安心下さい」

ヒノトが済まなさそうに言う中、

「ヒノト様が仰るなら……」「それより、そちらの方がルシフェリア様ですね！」「えっ、ルシフェリア様？」「この方が！」「ステキやわぁ！」「キレイだべさ！」「美人！」

女子たちは――早速、レクテイアのアイドルことルシフェリアを囲み始めたぞ。

で、そのルシフェリアはすぐ上機嫌になり、

「そうじゃろそうじゃろ、ステキでキレイで美人じゃろ」

などと、ペア自撮りやサインに応じ始めた。それを見た女子たちもウジャウジャ寄ってきたもんだから、俺・アリア・ネモ・リサは押し退けられてバラバラになっちゃったよ。

ヒノトともはぐれてしまったが、まあ最低限の紹介はしてもらえた事だし……

せっかくできた人混みに紛れて、遠慮なく調査させてもらうとするか。

（これが、レクテイア組合か……）

注意して見ると、まず――一見普通な女子たちに、普通じゃない点が少しずつ見つかる。

たとえばルシフェリアを見て興奮した数人の頭部からは、イヌ、ネコ、キツネっぽい耳が

ぴょこぴょこ出てきてる。ケモノ耳が退化しているらしく、ほとんど髪のクセと見分けがつかない程度にしか出ない者もいる。スカートの後背部が膨らみ、左右に揺れるシッポが出た女子もいる。体の周囲に雪みたいなものが散ったり、風もないのに髪が動いてるのもいるが……一方、そういった身体(からだ)周りの変化が全く見られない者も多い。

あと、ルシフェリア・アリア・ネモが着てる赤セーラー服――この寺の近所も含む東京湾岸地域では評判の悪い武偵娘(ブッキー)の代名詞に特段の警戒を払わないあたり、ここの参加者は地元民ではない。方言混じりで喋る者も多くいて、日本各地から集まってる感じだ。

という俺の読みは当たりで、女子の間を縫いつつ一周してみた広間には『北海道分会』『関西分会』『九州・沖縄分会』などと地域名のプレートが置かれた丸テーブルがあって、それぞれを囲んで懇親会が行われている様子だった。人数の多い関東分会はさらに『東京都連』『埼玉県連』『栃木・茨城県連』等に分かれていたが、千葉県連だけは連絡ミスでもあったのか空席。料理はデリバリーの中華料理、宅配ピザ、出前の寿司(すし)などで至って普通なんだけど、これも千葉県連のテーブルだけ手つかずだった。

というわけで俺はそこに陣取り、同じくそこで早くも中華料理のオードブル皿にあったももまんを頬張(ほおば)ってたアリア――明るい場所に来て怖くなくなったら、食欲が湧いてきたらしい――と、

「……ただの宴会っぽいノリだな。レクテイア系の特徴がチラ見えしてる連中もいるけど、

姿形はそこいらのコスプレイヤーより穏便。お行儀も悪くなさそうだ」

「そうね。同郷会みたいな感じだわ。在日イギリス人会も大体こんなムードよ」

「ちゃんと飲み込んでから喋れよ……」

こっちも稲荷寿司を摘まみつつ周囲の盗み見、会話の盗み聞きに努める。

——組合員たちは年齢だけでなく、職業もバラバラだ。学生、フリーター、派遣社員が多いが、ホステスなど水商売の者もかなりいる。珍しいところでは占い師、売れない地下アイドル、無名の自動車ラリー選手なんかもいた。なんとなくだが全体的に世渡り下手な印象があり、大体どの女子も貧しげだ。

ただ、どうも警官らしき者、自衛官らしき者、市議会議員の秘書をやってるらしき者もいるみたいだぞ。どれも、さほどの地位にはないようだが……

(そんな分野にもいるのか、レクテイア系の人間は)

これには少し、冷や汗が滲むものがあるな。

夜が更けてくるまで——かなりの時間、俺とアリアは会場の様子を窺う事ができた。

おかげで把握できたが、大体の組合員はレクテイアから来た1世ではない。2世、3世すら希で、『自分の祖先は別の世界から来た』という事を知っているだけの者がほとんど。その言動にエンディミラやルシフェリアみたいなトンチンカンな点はなく、一般の女子と変わりがない。ここでは気が緩むのか半獣っぽい特徴や魔女っぽい現象を少し露出させてしまっているが、それらを隠してさえいれば普通の女子と何ら見分けがつかないだろう。言ってしまえば、リサやジャンヌと同じレベルだ。

　彼女らの話題もレクテイア感は全く無く、

「仕事ばかりしてたら婚期を逃しますよ」「どうすれば結婚できるのか全然分かんなくて……」「お金を貢げば結婚してもらえるんかな？」

などと、割と必死感のある婚活の話題だったりする。聞いてる限り、レクテイア女子はそれもあまり上手(うま)くなさそうだけど。

　毎日ずっと異性と一緒にいるなんて、俺に言わせればストレスで寿命がマッハ減(べ)りする自殺行為。結婚なんか生涯したくないし、それ系の話は調査でなければ聞く事さえしたくないのだが――

「ヒノト様はどう思われます？」「男性と暮らした事ってありますか？」「と言いますか、結婚した事ってありますのん？」

　その女たちが、何やら小冊子の束を持って近くを通ったヒノトに婚活の話を振ってるぞ。すると、への字口になったヒノトは、

「わ、私ですか。暮らした事はありますが、助けていただいたお礼に働くためでしたよ。結婚とは違いましたね。そもそも、私はこんな童女(わらべ)のなりですし」

眉を寄せて、そんな回答をしてる。

「えっ聞きたいですその話！」「どこで暮らしてたんですか！」「いつですか！」

「何百年も前の事ですから……ただあの時、私は男というものにどうしても異質なものを感じ、理解し合えない生き物だと悟りました。女と男は違うのです。分かり合えませんよ、永遠に」

――分かってるじゃんかヒノト！　そうなんだよ！　異性は分かってくれない！　って事を、異性のお前が分かってくれるとは！

という感動で、俺の視線が割とあからさまになってしまった。

ヒノトは俺に見られてる事に気付き……とことこ。近づいてくる。

「……というわけで、これが私どもの組合です。今夜は耳や尾を出す者が多いですけど、さすが遠山キンジ様は少しも驚いていらっしゃいませんね。安心しました」

おかっぱ頭の前髪の下から俺を見上げてくるヒノトは、広間全体を示すように側頭部の白い翼を広げている。

「そっち系は、俺は吸血鬼から宇宙人までフルコンプしたからな。今さらシッポごときで驚いてたら、ライオン頭とかＡＩ自動車にゲラゲラ笑われる」

自分で言ってて悲しくなってきた俺の前では、ヒノトも悲しげな目で会場を見渡し――

「ここの者たちの祖先の多くは、私めのように戦に敗れたり、あるいは災害に遭ったり、貧困に陥った末、レクテイアからこちらの世界に逃れてきた者たち。それを忘れぬよう、苦難の歴史を伝承し続けようと思っているのですけど……先祖がそうだったと言われても、子孫にはピンと来ないようでして。うまくいきませんね」

ヒノトは『出レクテイア記　～語り継ごう、未来へ～』と題されたコピー本の束を抱え、溜息をついてる。それは旧約聖書でいうところの、出エジプト記みたいなものなのかな。

「それと、ルシフェリア様は組合員との接触イベントでお疲れになってしまいそうです。少し、ご休憩の時間を取っていただきましょう」

と言ってヒノトが歩いていった先では、ルシフェリアが広間の片隅で相変わらず組合の女子たちにキャーキャー囲まれている。そこは組合が資金集めをするバザーのコーナーで、組合員の実家に伝わるレクテイア柄のお守りや手芸品などが売られているようだ。で、

「これが良いかのう？」

「ふふっ、いいと思いますよ。ピッタリです。じゃあ８００円お貸ししますね」

ルシフェリアはリサとそんな話をしながら買ったものを、俺やアリアから見えないようスカートのポケットに隠してる。何かは知らんが……リサがニコニコしてるんで、安全なものだろう。

と、ワリバシでカッパ巻きを食べていたところ――今度は、

「……私たちは普通。私たちはヒトと同じ。私たちは生きていてもいい……」

何やら妙なセリフを唱和する声が聞こえてきたぞ。四国分会の方から。

そっちを見ると、そこでは数人の組合員たちが手を繋（つな）いで輪になっている。

（……？）

そこだけじゃない。北陸分会はジョン・レノンの『イマジン』を合唱してるし、神奈川県連はマーティン・ルーサー・キング牧師の『私には夢がある（I have a dream）』をみんなで朗読してる。

この寄り合いでは、平等を賛美するグループワークみたいな行為が散発的に行われている様子なのだ。

（何だ……？　宗教……いや、メンタルヘルスの自助グループみたいな事をやってるな）

それをキョロキョロ見回す俺（おれ）とアリアの所へ、人と人のスキマを縫ってネモが、続けてリサがやってきた。

ネモは周囲の光景に軽く引いてる俺を見て小さく笑い、

「この寄り合いは、貴様には奇妙に思える会かもな。だが私は懐かしいよ。幼い頃、母に魔女のミサ――同じような集まりへ連れて行かれた事がある」

と、訳知り顔で言ってくる。

「……分かるのか、ネモは。これが何なのか」

「ああ。たとえば私たちのような超能力者は、超能力を周囲に知られると怖がられたり、捕まったり、利用しようとされたりする。だから自分の力を隠し、自分に力がある事実に悩みさえするのだ。レクテイアの血を引く彼女たちも、体の形や特殊な力を隠して生きる苦痛を抱えて暮らしているのだろう。あれは、それをお互いに励まし合っているのだ」

「超能力捜査研究科（SSR）の自由履修で聞いた事があるわ。オーナーシップ・レジスタンス――保有抵抗のストレスを和らげてるのね」

ネモとアリアの話を聞いたリサも、組合員たちに同情するような目になり……

「オランダにも、ここと似た獣人（ライカン）の集いはありました。そこでは自分の正体を隠すよう、厳重に言われたものです。数代前のアヴェ・デュ・アンクは人々に正体を見られたせいで耳や尻尾を切られ、石を投げられ、村から森へ追いやられたそうですので……」

自分の先祖が民衆に差別された話を、教えてくれた。

――普通でない者は、本当の自分を隠さなければならない。体を隠し、力を隠し、皆と同じであるフリをしなければならない。そうしなければ、排斥（はいせき）されるから。

だからここの女たちは、自分たちがレクテイアの血を引く者である事を隠している。

自分の体に生まれつきあるミミやシッポや翼を無いかのように振る舞い、特殊な能力を持つ者はそれを出さないよう気をつけている。

それは、苦痛だろう。ありのままの自分を『隠さなければならないもの』と思う事は、ともすれば死にたくなるほどに辛（つら）い事だ。ヒステリアモードという特異体質に悩まされてきた俺も、その辛さは分かる。

本当の自分のままで生きていけない者は、自分を歪(ゆが)めて生きる。その歪みのせいで何をやってもうまくいかず、ズルズルと負け組、社会的弱者になっていく。それが、普通ではない人間の宿命であるかのように。

このレクテイア組合は……ああやって健気(けなげ)にその苦しみを分かち合い、励まし合う事で、差別という見えないものに抗(あらが)う組織でもあったんだな。

「私は、こういう者たちのためにも立ったのだ。人類が歴史上ずっと行ってきた超常への差別を無くすために。異能であろうと、異形であろうと、ありのままで生きていける——平凡な者たちと共存できる世の中を作るために」

広間を見渡すネモが、俺(おれ)の隣で熱く呟(つぶや)く。その声に、瞳に、純粋な正義感を漲(みなぎ)らせて。

Nの一員としてレクテイア人の大移動(サード・エンゲージ)を発生させ、超常を常識に変え、この世界にいる超常の者たちに平等をもたらす。ネモはそれを夢見て、Nの革命に身を投じた。

ただ、その声は、瞳は、どこか純粋すぎて——

(……っ……)

その時、俺は気付いた。

この世界とレクテイアとを隔(へだ)てる扉を大きく開く、サード・エンゲージ。

それが世界に齎(もたら)す、大きな問題の本質に。

Nはサード・エンゲージによる、レクテイアからの民族大移動を目論(もくろ)んでいる。

ネモの想いはどうあれ、それは第一次世界大戦にすら飽き足らなかったモリアーティが全人類を驚かせようとして世界に書きおろす超展開だ。移民させてくる人数は、5百人や1千人では済まさないだろう。1万人でも、ヤツが満足するような展開は起きないはず。では何らかの方法で、誰もが驚くトンデモ展開となるような人流——10億人、20億人を運んできたらどうなるか。

その時当然、世界は大混乱に陥るだろう。しかしその大混乱は、この出来事の第1章にすぎない。その混乱がどう収束しようと、事後、レクテイア人は公知の存在になる。

そこからが一層重大な、第2章だ。

レクテイア人はその多くが魔術、つまり超能力を使いこなす。レクテイア人がいる事が、魔術がある事が当たり前になったこっちの世界で、その力が科学と組み合わさって起きる変革は——産業革命を上回りかねない。そのレクテイア革命の波に乗った国が、人間が、覇権を握る。国境線さえも大きく引き直すレベルで、世界の勢力図は変貌するだろう。

文化にも、地殻変動が起きる。別世界から来たレクテイア人がその革命の中核を担い、この文明に多大な影響を及ぼせば、常識や法律は丸っきり変わってしまうに違いない。

——世界が、別モノになる。

この世界でもない、レクテイアでもない、第3の世界が始まる。

（……モリアーティ教授……）

ヤツは、新たな世界を創るつもりなんだ。

世界を創る全知全能の神を気取り、自分の興味と愉悦の赴くままに。

(さすがはシャーロックの宿敵、スケールがデカいヤツだぜ)

などと……考え事をしていたら、気付くのが遅れたが——

「……?」

背もあるしツノが目立つしで見張りやすかったルシフェリアが、広間からいなくなっている。さっきまで『出レクテイア記』をちょこまか配り歩いていたヒノトもだ。

「おいアリア」

「な、何よ。まだ12個しか食べてないわよももまん」

「そうじゃなくて。ルシフェリアがいないぞ。ヒノトも」

俺に言われたアリアがツインテールをしゃらしゃらさせて周囲を見回す中、

「——先程ヒノトさんは、ルシフェリア様に少し休憩していただくと仰っていましたよ」

「ここでは、他の者たちにルシフェリアを取られてしまっていたしな。レクテイア人同士、積もる話もあるのではないか?」

千葉県連の料理を食べつつのリサとネモは、そう言うものの……

ヒノトが『ルシフェリアは休憩する』と俺にもリサにも前フリしたとなると、『だから気にするな』という念押しにも感じられるな。

となると探偵科出身者の習慣として、『じゃあ気にするべきだ』と考えてしまうが——気にしたと気付かれると、気になる動きを止められる可能性がある。気に係わる行動は慎重に、と、高天原に指示棒でケツをグサグサ突かれながら教わった俺だ。ここは全員で探すと目立ちすぎるから、一番息の合うアリアとだけで動こう。

襖で囲まれている構造上、寺の広間はどこからでも出られた。なので俺とアリアは人が遮蔽物になってくれている襖を選んで抜け出し、さっき靴を脱いだ下駄箱の所に着いた。廊下の板が軋む音を隠してくれたラジカセの読経には感謝だな。アリアは怖がってるが。

１００人からの女が集う会合に男1人で入って、一切ヒスらないはずもなく……会場に渦巻いていた女スメル、シッポを出していた女子のスカートの様子などにより、俺は今、甘ヒスの状態にある。おかげでモリアーティの企みも推理できたワケだが、この血流にはもう一仕事してもらうとしよう。

——色即是空　空即是色——

カセットテープが鳴らす擦れた音の中、俺は下駄箱を覗き込み、

「ルシフェリアはここにハイヒールを入れてたが、無くなってる。ヒノトの下駄もだ」

「外に出たのね」

アリアとそう話してから——スッ——俺は下駄箱の、ルシフェリアが履き物をしまって

いた区画に顔面を、というか鼻を侵入させる。その微かな、残り香を求めて……

——不垢不浄　不増不減——

「……な、何……やってんの、キンジ……？」

よし、嗅ぎつけたぞ。これがルシフェリアのハイヒール、というか足の香りか。あまのじゃくな彼女の性格が感じられる、深くて力強い甘酸っぱさ。異国情緒のある、マンゴーのように豊潤なコク。どんな高価な香水よりも魅惑的な、活き活きとした香りだ。

「——さすがは全きものの鑑、美の極みだな。香りに物語性さえ感じられる」

おっと、この俺の喋り方。女神の香りでヒス的血流が強まってしまったようだね。

——同じ指紋を持つ者が2人といないように、人にはそれぞれのニオイがある。そして嗅覚に優れる俺は、それをかなりの精度で嗅ぎ分けることができる。ヒステリアモードであれば、追跡もできるのだ。

『香気追跡』と名付けた俺のこの新技は、以前ローマでリサが道を警察犬のように嗅いでベレッタを探したのを見てインスパイアされたもの。帰国後アニエス学院で時間があった時に安達ミザリーの上履きを拝借して練習してみたら、香気が濃いめだった事もありすぐできるようになった。後に香気が中程度のかなめでも成功しており、さらには香気が薄いテテティ・レテティでも試したが、俺の香気追跡はニオイがそっくりな双子を嗅ぎ分ける事も可能なほどの精度があった。天が与えたこの力を、実戦で使う時が来たようだな。

とはいえ、ここはアリアの眼前。なぜか既にドン引き顔で俺を見ているのはさておき、女性の前で四つん這いになって地面をフンフンやるのは見栄えがよろしくない。

なので俺は、ザッ——両脚を左右に大きく広げ、上体を前に倒し、這うことなく地面に鼻を寄せるカッコいい体勢を作った。

——羯諦羯諦波羅羯諦——

「行くぞ、こっちだ」

「……なんか……キリンが水飲んでる時みたいなポーズね、それ……」

足の裏とは皮膚を弱酸性に保ち地面の雑菌から守るためエクリン腺が多く、そのせいでハッキリと薫る部位。それがいつも擦り付けられている靴で歩く行為は、俺に言わせれば地面にマーカーで線を引いてるようなものだ。

分かるぞ。ルシフェリアは、そこ。本堂から少し離れた所に建っている、別館のような建物まで歩いていったらしい。

俺とアリアがそっと近づいていくと……扁額に『織鶴院』と書かれた別館は、さっきの本堂よりかなり小さい。竹林に囲まれてもいて、夜の闇の中——近付かなければ、そこに在る事さえ分からなかった。

縁側にまで雑草が生えている破れ屋っぽさには、この寺全体に通じる作為性を感じる。ここも人が寄りつかないよう、敢えておどろおどろしくしているんだな。

「騒がしいパーティーを離れてデートするなら、隠れ家っぽい所がいいんだろうけどね」

「隠れすぎね。まっすぐ入らない方がよさそう」

織鶴院は純和風建築。木造の土台が腐食しないよう、通風を確保するため床が地面から1m弱高くなっている。いわゆる縁の下、床下がある造りだ。なので俺とアリアはそこへ潜り込み、院内の気配を探ることにした。

蜘蛛の巣に悩まされつつ、床下の束柱や礎石に足を引っかけないよう進む内……

5割ほどヒスっている俺の聴覚が、声を捉えたぞ。かなり前方、先の方だ。しかし俺の前を行っていたアリアは女児しゃがみポーズで動きを止めていたので、

「もっと前だ。何か話してる。声がしなくなる前に、早く――」

と、両手で背中を押そうとしたら。

ちょうどそのタイミングで改めて移動しようとしたらしいアリアがオシリを上げ、

(――っ……!)

むにぃっ。と、俺は、左右の手で思いっきり掴んでしまった。

スカートの上から、アリアの左右の臀部を。すなわち両オシリを……!

「……っ……っ……!」

「……きゃうっ……!」

えっこれオシリなの!? って思うぐらいに小ぶりなアリアのヒップは、その全面が俺の

両手でしっかり包めてしまうサイズ。す、すごい。まだ熟れてないスモモみたいなハリとぷにぷにした弾力性の共存する、国宝モノの触り心地だ。ていうか、こんなにガッシリと女子の臀部をモロに掴んだ経験は今までの人生に——

「どこ触ってんのよドヘンタイ！」

無声音で叫んだアリアは、べしいっ！　両手を地面について両足を後ろに跳ね上げる、カンガルーキック。狭い空間をモノともせず、かつ俺を頭上の床板に下からぶつけて音を立てさせる事もない、テクニカルな一撃を俺の顔面に炸裂させた。

一般人なら頭が外れてゴロゴロ転がっていきそうな蹴撃だったが、そこは逸般人の俺。ブリッジ姿勢になって、なんとか踏みとどまり——

——ドクンッ——！

（あ、あれっ……？）

さっきまで5割だったヒステリアモードの血流が、いま一気に10割になったぞ……!?

ど、どういう事だ。俺はミニな女子に顔面を思いっきり蹴られるとヒスるというのか？　だとすると超高校生級のヒステリア趣味だぞ。十代で到達していいレベルではない。いや、これは今さっきミニミニなヒップを掴んでしまった方での血流だと信じたい。信じよう、自分を。それが自信というものであり、自信とは自分で持つしかないものなのだから。

俺はブリッジ姿勢から逆回し映像のように元の片膝立ちに戻り、アリアに『静かに』のジェスチャー。今や完ヒスの聴覚で明瞭に聞こえる声の場所の真下へ、足首から下だけを無音で高速微振動させて滑るように到達した。動く歩道に乗ったみたいなその移動を見て、

「あんた、それ……HSSね？　こんな状況下で何をどうやってなったのよ……」

ヒップかキックかはともかく、ならせた張本人のアリアが無声音で言ってくる。

「フッ――お褒めに与り光栄だよ。そんな事より、ここの上だ」

と、俺はクールに微笑み――床板の継ぎ目、その比較的広いスキマから室内を見上げる。直下から覗く視界だが、それでも室内の様子はかなり窺い知る事ができそうだ。アリアも床板に下からそっと耳を付けた。

まずは、ヒノトの姿を発見できた。和服の少女を下から見上げるのはこれまたヒス的にアレだが、マグライトで照らし上げているワケでもないので両脚の内側は真っ暗。無罪だ。同じくナナメ下からルシフェリアも見え、他にも女子が10人ほど見えた。室内では――

「……我がNの者という事を誰に聞いたのじゃ？　話さんようにしておったのにのう」

訝しむような顔のルシフェリアが、ヒノトと立ち話をしている。

「私どもには各所にツテがございますので。特にマイノリティー界隈には協力できる者が多くございます。今回は政府筋の乙葉という者に問い合わせて、情報を得ました」

マイノリティー、政府筋、オトハ……乙葉まりあ。アニエス学院で俺が逮捕した、Nの翼賛者。アイツは与党の子飼いでもあるから、不起訴処分だったか既に釈放されてるかで

野放しなんだな。そしてあの女というか男というかは、社会的少数派（マイノリティー）同士レクテイア組合とも繋（つな）がってるらしい。世間は広いようで狭いな。

　ふわり、と、ヒノトが吹かしたキセル煙草（たばこ）のニオイがして——

「ところでルシフェリア様。この言葉をどう思います」

「……どう、とは？　日本語のことか？」

「完成度の高い美しい言語ではありますが、組合の日本支部の者は皆この言葉で喋（しゃべ）ります。もう誰もレクテイアの言葉を使いませぬ。共通語すらも忘れ去られておりましょう」

「共通語は地方ごとの訛（なま）りがスゴイからのう。ここでは日本語の方が楽じゃろ」

「それもございましょうけど。私めには口惜（くちお）しいのです。レクテイア人の子孫らは自らの言葉を捨て、歴史を忘れ、この世界のヒトになってしまっている」

「ふむ……」

　ヒノトの話を聞くルシフェリアに——他の組合員たちが、

「こちらの世界でレクテイア人らしく生きようとする者は、隔離されてしまうのです」

「国によっては、未（いま）だに魔女狩りに遭（あ）って殺された者もいます。ケモノのように売り買いされている者もいるのです」

「神のように崇（あが）められた者もいたそうですが、その信仰心も現代では風前の灯火（ともしび）——」

　口々に、少数民族の苦況を伝えている。

かなり厳しい内容を含むそれらの話は、事実なのだろう。超能力を持つ白雪たち星伽の一族、角やキバを持つ閻たち緋鬼の一族もそうだったが、人里離れた所に隠れ住まざるを得ないレクテイア人たちもきっと大勢いるのだ。ラスプーチナはレクテイア人を売り飛ばしていたし、グランデュカとイオは人々の信仰心を失って種ごと絶滅しかけていた。

「私めはレクテイア人でございます。迫害に晒されて、この世界のヒトに屈して同化し、レクテイア人の誇りを失うことはしたくありません。私めと同じ不満分子は、この国にも海外にも数多くおります。レクテイア組合は、それを引き抜くためのものでもあるのです――レクテイア共和同盟に」

レクテイア共和同盟。

その言葉をヒノトが口にした時、室内の組合員たちが揃って『きつね』の形にした手をそれぞれの左胸に載せた。獣を示す手を、女を表す乳房、それも心臓のある左胸に載せる。説明されるまでもない。それは彼女らの強い結束を示す、最敬礼だ。

「ほう、同盟とな」

「レクテイア共和同盟は、血の連帯で結びついたセクト。ここにおります私ども十余名はその日本師団の同志、私めはその師団長でございます」

カツンッ、と床を叩く音がしたのでアリアはビクッとしたが……今のはヒノトが仲間に渡された薙刀を床に立てた音だ。まだ俺たちは見つかっていない。

女の武器というシンボリックな意味もあるのだろうが、どうあれ、薙刀は武器。それを手にして組織を紹介するって事は、レクテイア共和同盟は武装組織って事だ。あの組合はその同志や資金を集めるフロント組織ってワケか。

「抑圧され続けてきたレクテイア系人たちは、各国で蜂起の好機を待ち続けて参りました。その好機は、今！　ルシフェリア様が連帯して下されれば、ヒトどもにレクテイアの力を知らしめられましょう！」

どうやらレクテイアの民族主義者らしいヒノトが、ルシフェリアに熱く呼びかけている。

これが——あの体育館の屋上で言ってた『侵掠（しんりゃく）』の真意ってワケか。

「我（われ）にヒトを襲えと申すか？」

「ヒトは数が多いので、私どもが千や2千の屍（しかばね）を積み上げてやったぐらいでは言うことを聞きませぬ。むしろ交渉に応じず反撃してきて、私どもの方が皆殺されましょう。ですが、ルシフェリア様の神の御力（おちから）で1万、2万をやってしまえば怖（お）じ気付（けづ）くはずです」

ルシフェリアが持つ神の力——つまりこの世界を滅ぼせる力を見せつけるテロリズムで、自分たちの権利を認めさせようって腹か。危なっかしいなあ。

「見せつけて、どうするのじゃ」

「国家を作るのです。レクテイア人の、レクテイア人による、レクテイア人のための国家——ニューレクテイア共和国を樹立するのです。良いと思いませんか、女しかいない国。

男という古い種族を排した、新しく美しい国です。そこではルシフェリア様を女王に戴き、私めが末永く執政を支えましょう」

国家の樹立――と来たか。ていうか、女しかいない国って。個人的には、聞いただけで血流に悪いんだが。

「……国を作るだなんて、イスラエルみたいな事を言い出してるわね。それかカストロがチェ・ゲバラを勧誘してるみたいなカンジだわ」

アリアは呆れた感じの無声音で俺に言い、

「宗教やイデオロギーじゃなくて血筋で結束してるから、民族自決主義かな。可愛く言い換えると、ナワバリを作ろうとしてるケモノ娘たちの団体だ」

ヒソヒソとアリアに返す俺も……苦笑いだ。

――『国家を作る』などというヒノトの話は、誇大妄想気味で現実味が全く無い。

この世界で21世紀に入ってから誕生した国家なんか、片手で数えられるほどしかない。それらも、一時的に統合してた国と国が元々あった国境線を復活させたとかそういう話がほとんどだ。特定の民族がどこかを占領して国を作るだなんて、そんな話――

「ルシフェリア様の御力に掛けられた封は、どうも脆弱な様子。解呪が得意な者を組合に募れば、容易く解けるものでしょう」

というヒノトのセリフを聞いて、俺とアリアが見合わせていた顔に少し緊張感が戻る。

……『魔を封じる魔』の足指輪が完全ではない事は、見抜かれてるな。

「封印が解けたら、大地を揺らし、海を溢(あふ)れさせましょう。台風を喚(よ)び、火山を噴火させ、小惑星を墜(お)としましょう。神の力による天災を――東シナ海、南シナ海に隣接する国々でお見せ下さい。手始めに、この日本です」

「……？　なぜ、我(われ)が暴れる国が決まっておるのじゃ？」

「先に挙げた海には、周辺の国々が自国領と主張し合って領有権が曖昧になっている島が多数ございますので。明確な領土を取るとなれば戦(いくさ)になりますが、不明確な場所はヒトとしても手放しやすいものでございます」

　何やらリアルになってきたヒノトの話に、俺とアリアの顔から気の緩みが消えていく。

「まずは、それらの島々を関与国の共同管理領にするよう命じるメッセージを送ります。従わない国には、天災の罰を下しましょう。レクテイア組合員は各国で政府筋にも潜んでおりますので、その者たちにはその天災がレクテイアの神の力によるものなのだと為政者どもに伝えさせます。信じないようなら、またお力を見せてやればよろしい」

　各地に根を下ろしている組合の組織力と、核兵器をも上回るというルシフェリアの力が揃(そろ)えば……

「天災で為政者どもがよく言うことを聞くようになった頃、共同管理領となった島嶼(とうしょ)群を独立させます。そこへ、各国で弱く貧しい立場に喘(あえ)ぐ組合員たちを移住させていくのです。

初めのうちは国際的な扱いも国ではなく、名称も異なりましょうが、そこが将来群島国家――ニューレクテイア共和国となるのでございますよ」

……現実のものにされかねないぞ、この計画は。少なくとも、笑い飛ばせないレベルの実現可能性、危険性はある。

「ニューレクテイア共和国は――Nの皆さま、それと皆さまがこちらの世界に連れてくるレクテイア人も受け容れます。人口が増えた後は再びヒトを天災で脅かしながら、国土を周辺の島々へ、いずれ大陸へと拡げていきましょう」

――ヒノトはルシフェリアを通じて、Nにも連携を呼びかけている。

海洋に潜むNにとって、この話は極めて有益だ。ヒノトが狙っている島々の周辺海域はN艦隊の拠点にできるし、島そのものはサード・エンゲージでやってくるレクテイア人の一時居留地にできる。

有益なのは、ルシフェリアにとってもだ。この話を持ってNに帰れば、あの海戦で俺に負けた不名誉は雪がれるだろう。封印を解いてもらい、神の力でニューレクテイア建国に貢献すれば、ナヴィガトリアを敗走させた失態をも補って余りある大活躍だ。

「さあ、ルシフェリア様。花嫁と花嫁になれずとも、今宵、同志と同志になりましょう。そうして、この奸悪を窮めし世界に、共に、速やかに行いましょう。ひとかけらの慈悲もなき――侵掠を！」

以前したプロポーズの言辞を繰り返したヒノトが、カツンッッ！　と、薙刀の石突きで床を鳴らす。それを合図に、共和同盟のメンバーたちは再び最敬礼の姿勢を取る。

　しばらく、上の室内を沈黙が流れ……

「……ふむ。侵掠、大いに結構。そちどもがやろうとしておる事も、そうしたい気持ちも、よく分かった。その手法、ルシフェリアがヒトと協定で禁じた『全面的な戦』かどうかは解釈次第。天変地異の種類を選べば、ギリギリやれるじゃろう。何より、我はこの足指に掛けられた魔を封じる魔をぜひ解いてもらいたい。ちんけなものとは分かっておったが、実は……我は魔を封じる魔を解く術が、全く出来なくてのう。魔を封じられたなら素手で戦えばよいし、そもそもこのような封印をされるほど他者の手に落ちることなどありえぬと思っていたし、我は術をコツコツ勉強するのが大キライでの。じゃから……」

　ルシフェリアが、そう答えた。

　これにはアリアが眉を寄せ、スカート内の銃に手を伸ばしている。だが――

「少し前の我なら、そち共の力になっておったじゃろうな。しかし今は、受けられぬ」

――ルシフェリアの答えは、拒絶だった。

「……受けられぬ……と？　この世界を侵掠なさるお志をお持ちなのに、ですか」

大きな目を見開いて戸惑うヒノトに、ルシフェリアは――小さく微笑み、頷いている。

「ヒノトよ。国などを作らずとも、我らレクテイア人の侵掠は進んでおるのじゃ。とうの昔からな。それは何も難しいことではないし、誰と争うこともない。我らの先達が自然に導かれ、脈々としてきたことよ。それはこの世界の者たちと番い、子を生すことじゃ」

「……」

「我は子供が好きでのう。先日も、今日も、この国の子らを具に見た。ヒトも自分の子を慈しんでおるとよく分かる、元気な子らじゃったよ。レクテイア人も、この世界のヒトも――子供らに幸せの多いことを同じように願う、同じ命なのじゃ。真の侵掠とは、子孫の繁栄。子供らの泣くような天災を弄し、自らの覇を延ばすことではない」

子供たちへの慈愛を語るルシフェリアのムードには、それこそどこか神がかったものが感じられる。いつもながら、悪魔っぽい形のツノがその印象を全力でジャマしてるけど。

「ルシフェリア様がお考えになられている侵掠は、その結果が既に出ているものなのです。それがレクテイアの誇りを失い、ヒトになってしまったあの組合の者たちの有様なのです。レクテイア人は、男などという別種の生き物と混ざってしまうべきではございませぬッ」

対するヒノトは、民族の誇りを謳い、男という異種族への嫌悪を露わにした。

それを見たルシフェリアが――小さく、笑う。

「フフッ。ヒノトよ、それではカレーパンは作れぬぞ」

「……は？　カレーパン……？」

「カレーとパンが組み合わさった、2つの世界で最もウマい食べ物じゃ。男というものは

たしかに女とは違う。だからといって違う者同士が国境線を引き、睨み合っていては——永遠に、別々のままじゃ。愛と勇気を持ち、違うものとも渾然一体になり、新たなものを生み出す。それが生きとし生けるものの使命と、我は気付いた……いや、気付かされたのじゃよ。主様に……」

そのルシフェリアの言葉に、ヒノトは——

「——このルシフェリア様は、私めの知るレクテイアのルシフェリア様ではありませぬ」

声を、震わせ始めた。

「そうじゃろうな。レクテイアのルシフェリア族は、誰も男と見えたことはないし」

「変わってしまったのですね。変えられてしまったのですね。あの男、遠山キンジに」

ファンを裏切って密かに恋人を作っていたアイドルに憤るような、ヒノトの怒りは……ルシフェリア当人だけに向けられたものではない。

その向こう側にいる者、神聖視していた女神・ルシフェリアを変えた者——男——つまり、俺に対しても向けられたものだ。

「およし下さい、男など。尊きルシフェリア族の万世一系の血統を抛ってまで、男などに殉じてはなりませぬッ！」

キンキン声で叫ぶ、男嫌い丸出しといった感じのヒノトに……ルシフェリアは、

「男に殉じる、か。よいではないか、それで。女なら」

柔らかく微笑(ほほえ)んで、そう返した。

その態度の柔らかさが、むしろルシフェリアの意志の固さを強く感じさせてくる。

「……やはり……男は危険。我らを滅ぼすものですね。私どもは私どもの道を諦めませぬ。虐げられた悔しさを忘れもしませんし、今も日陰に隠れて生きざるを得ないレクテイアの子孫を見捨てることもしませぬ」

ヒノトは怒りに足を震わせつつ——スッ——と、手にしていた薙刀(なぎなた)を構えた。

だがその構えは、切っ先を下げ、石突きを上げ、柄で体を守る形。防御的な下段構えで、最後の説得を試みようとしているようだ。

アリアは改めて左右の拳銃に手を掛け、もう動くタイミングを見計らっている。しかし俺は今しばらく様子見に徹するよう、アリアを目で制する。ここで俺たちが出ていったら、事態がどう転ぶか分からなくなる。ルシフェリアとヒノトたちが対話で戦いを回避できる可能性はまだある。ギリギリまで粘るんだ。

「かつては我もそうであったし、こちらの世界で覇を延ばさんとする者はNにもおった。そちはそやつらと同じ目をしておるから、さっきのノンキな集まりを見させられても——このような裏があり、戦うはめになるかもなとは思っておったよ。最初からな」

「私めを討とうとも、レクテイア共和同盟は残りましょう。ルシフェリア様が力を貸して下さらずとも、いずれまた別の神だって来ましょう。ここで討ち合うのは、ムダなのです。

この機会を逃してしまえば、ルシフェリア様は今度こそ、Nを、全てを捨てることになりましょう。敗北者のみならず、裏切り者の誹りも受ける事になりましょう」

――ヒノトのセリフは、出任せではない。

組織は支部長が1人消されたぐらいで無くなるものではないし、機を逃しても個々人の事情を超越して次を待つ事ができる。それが組織というものの強味だ。

そんなレクテイア共和同盟を相手取ってルシフェリアがここで局地戦をしたところで、全くのムダ。哀れな捕虜から一国の女王になれる人生最大の逆転のチャンスをフイにし、男のためにレクテイアを裏切ったレクテイア人として汚名を着せられるだけだ。命よりも名誉を重んじるルシフェリア族にとって、それは耐えがたい成り行きだろう。

だがルシフェリアはそんな損得勘定を全くせず、

「その覚悟はできておる。我は全てを捨て、全てを受けよう。主様への、愛のために」

――戦うつもりだ。テロリズムによるヒノトたちの侵略と。

愛と子孫繁栄による、自らの侵略を貫くために。

「愛など感情です。感情など、風向きひとつで変わるもの。それを信じるのですか！」

「愛とは、信じることじゃ」

両手を左右から腰にあてて、胸を張ったルシフェリアが――カツンッ――ハイヒールの両脚を、肩幅に開いた。構えたのだ。それを見た室内のレクテイア共和同盟のメンバーは、ルシフェリアから少し離れるような動きを見せる。

防御的な下段から攻防一体の中段へと薙刀の切っ先を上げたヒノトから……ジリジリと存在感が大きくなっていくようなムードが伝わってくる。実際に両側頭部の翼は拡大し、スリットがあったらしい白い和服の背面側にはわさわさと尾羽が出てきた。

息を呑むアリアも、俺も、それに似た光景は幾度も見た覚えがある。ブラド、ヒルダ、ベイツ姉妹――ヒノトはヤツらと同じ、変身して自分を強化する種族なんだ。

「ルシフェリア様は魔を封じられていらっしゃる。私めも、魔を使わずに戦いましょう。つきましては、退かれたりはなさいませんように……」

しかしヒノトの変身は、体が変わるだけのものではない。摩訶不思議な事に、その白い和服も、袖の下……布の袂が羽根に変わり、大きな翼に変わっていく。

多分、あの和服は生きた装備品。かつて妖刕・原田静刃がヒルダと対峙した時、ヤツの黒いコートは着用者の意志に連動するバイオニックな動きを見せていた。ヒノトの和服は、あれと類似した装備品なんだろう。

ただしヒノトの変身は、肉体・着衣のどちらも緩慢に進んでいる。そこは今までに見た変身する種族と同じだ。となると、変身が終わるまでに時間の猶予がある。それが終わる前に、押さえるべきだ。

「魔を封じられておるからと、そち如きを相手に一歩たりとも退く必要があろうものか。

素手でも仕合えてのルシフェリアじゃ」

仁王立ちのルシフェリアは自信ありげだが、今、その徒手による戦闘力は高くはない。アリアの部屋で何度もやった『勝負』で判明してるが、ヒステリアモードではない俺にも手玉に取られるレベルだ。危ないぞ。

「……勝負あり、でございますね」

ヒノトが戦う前に勝利宣言をした。残念ながら俺も同意見だ。もうここまでだろう。

出るぞ——と、俺は白銀と漆黒のガバメントを抜いていたアリアにハンドサインを送る。

それから屈んだ体勢のまま、床下からだと低い天井のように見える床板に両手を付け、腰、背中、肩、肘で生じさせた瞬間的な加速を繋ぎ合わせる——桜花——ッ！

——バガァァァァンッッッッ————！

散り乱れる木っ端の中、床に開いたマンホール大の穴からアリアが、次に俺が飛び出す。

アリアは後宙、俺は前宙を切って室内の床に立ち、それぞれ拳銃で周囲を牽制する。

このド派手な登場には、変身途中のヒノトも、レクテイア共和同盟のメンツも目を丸くしてフリーズしてくれた。

「——主様！　どうしてここが分かったのじゃ⁉」

「俺はルシフェリアがピンチの時には、どうしても現れてしまうらしくてね」

靴のニオイでストーキングしたというのもアレなんで、ウインクでごまかすと……

「ふふっ！　惚れ直したぞ、主様♡」

こんな時だというのに、ルシフェリアは床の穴をスキップで回り込んで俺に抱きつこうとしてくる。

だが、その体が——俺に、くっつかない。

（……っ？）

俺とルシフェリアの間に、見えない何かがある。

それに弾かれるようにして、俺とルシフェリアは離れ……

「……あうん!?」

ルシフェリアが尻もちをつき、どうもさっきバザーで買った物らしいペンがスカートのポケットから床に落ちる。そして、

「な……『七つ折りの凶星』か……！」

眉を寄せたルシフェリアが、身を護るように薙刀を構え直すヒノトの方を見上げた。

「はい。失礼ながら……お話をさせていただく前、この部屋に入った時点で仕掛けさせていただきました。私どもの話を断られたら、しばらく後に発動するという仕組みで……」

その術が無事に発動した事に安堵した様子で言う、ヒノトは——

ルシフェリアの魔力が封印されている事を知り、最初から魔術の罠を張っていたんだ。

『魔を使わずに戦いましょう』などという発言は、術の発動を待つ時間稼ぎの嘘。大仰な

薙刀(なぎなた)は、それで物理的な攻撃をするように見せかけていただけか。

「ルシフェリアっ……！　な、何よこれは？」

転んだルシフェリアを起こそうとアリアが駆けるが、ある距離より近くにはどうしても近寄れない。ルシフェリアを取り囲む、見えない壁がある。銃を持つ手でパントマイムのようにアリアが探るその壁は、どうやらルシフェリアの身長と同じ直径の真球形らしい。

それを裏付けるように、ルシフェリアのスカートは一部が地面から丸く浮き上がっている。

「お二方。どこから話を聞かれていたかはともかく、もう銃は止(よ)された方がよろしいかと。たった今、私めはルシフェリア様のお命を握ったところですので」

ヒノトが俺(おれ)とアリアにそう言った時——パッキィン……！

ガラスが割れるような音がして、そこで、見たこともない現象が起きた。
・・・ルシフェリアが、縮んだのだ。セーラー服やハイヒールごと。ちょうど、半分に。
ルシフェリアを囲む透明な球は外周が急に知覚できるようになり、球の外、床に落ちたペンは縮んでいない事も見て取れた。ルシフェリア本体と、体に接触している物体だけが縮んでいる。長さ2分の1、表面積4分の1、体積8分の1に。

ツノを含めて160cmほどあったルシフェリアの身長が、今は80cmほどになっている。大きめの人形のようなサイズだ。

小さくなった代わりに、その体表面の輝度、面積あたりの明るさは増したように見える。

ヒステリアモードの視力で見抜けたが、その光量は4倍。物理学的な仕組みは不明だが、あの球の中は表面積が縮まっても出入りする光の量は変わらない空間らしい。外周の形が見て分かるようになったのは、相対的に強まった内側の光がそこで屈折するためだ。

「……主様、アリア、逃げろ。こうなった以上、我は死から逃れられぬ。どうせ助からぬ我が人質に取られ、それで主様とアリアまで殺されては犬死にじゃぞ」

「どういう事だ、どういう魔術を掛けられたんだ！」

小さくなったせいで声質も変わってしまったルシフェリアに、俺が叫ぶと――

「これは『七つ折りの凶星』。レクテイアの性悪な女神が編み出した、頑固な敵に改悛を強いる古い呪いじゃよ。相手を見えない丸い檻に捕らえ、その檻を半分に、また半分にと縮めていく。最初は早く、次第に遅く……そして7度目の半減で、どんな強者でも存在が圧壊し、必ず死ぬ。普段の我なら掛からぬ、けっこう見え見えの術なんじゃけどな。この魔封じの足指輪のせいで、気づけなかった」

ルシフェリアは、ヤレヤレという感じで頭を振りながらそう教えてくれる。

「掛けた者になら解ける術だから、掛けられた者は死への恐怖から降参するものじゃがの。我は『そち共のために働くから解いてくれ』などとは口が裂けても言わぬぞ。それに……そちがこれを使った狙いは、我を・屈・服・さ・せ・る事ではないじゃろうしな」

「遠山様、神崎様。ルシフェリア様を包む空間は、術者の私めには今すぐ圧壊させる事もできるものでございます。もう何もなさらず、お退き下さりますよう」

ヒノトは白い翼と化した和服の袂を上げ、『ルシフェリアを今すぐ殺す事もできる』という脅しを掛けてくる。

「――アリア、ルシフェリアに足指輪の封印の解き方を教えるんだ！」

そうすればルシフェリアが自力であの空間から出られるかもしれないと思い、俺が言うものの――

「あれはジャンヌに外させるか、ルシフェリアが死なない限り無効化できないわ……！」

「外させるなど、できませぬよ。七つ折りの凶星の内と外を行き来できるのは、光や音の類いだけですから」

絶望的なアリアとヒノトの言葉に続けて……パッキィン……！　という音が、再び響く。

それと共に、ルシフェリアが８０㎝ほどから――４０㎝になった。

元のルシフェリアの４分の１の長さ、１６分の１の表面積、６４分の１の体積――今や強く発光して見える球形の領域は、大きめのビーチボールぐらいのサイズになっている。

「……？」

だが、今回の変化にはヒノトが小さく眉を寄せている。

驚いてはいないが、『面倒な事が起きた』というような表情だ。

一方のルシフェリアは囚われはしたものの、一矢報いたような顔をしている。

「ルシフェリア……！」

俺とアリアが何も出来ずにいる中、ヒノトは今や光る玉のように見えるルシフェリアを——質量も64分の1になっているようだ——抱きかかえて、持ち上げる。

そのヒノトに、ルシフェリアが何か語りかけている。小さくなったルシフェリアは声も小さくなっているので、ヒステリアモードの聴覚に集中しないと話が聞き取れない。もうアリアには全く聞こえていない様子だ。

「……いかに……としても……そちも今、気付いたじゃろ。我はこの術を止められずとも、速める事ができるのじゃ。魔の力をほとんど抑えられておるから、ほんの僅かにじゃがの。それでも我の体は月の出の寸前に7回目の半減を迎え、消える。そちの願いは叶わぬぞ」

ガラス玉に入れられた光る着せかえ人形のような、ルシフェリアに——ヒノトは、頭を横に振って見せている。

「なんの、今の頃合いなら間に合いましょう。時間に余裕を持ちたくはありましたものの、その手を打たれることも想定の範疇。備えは出来ておりますよ」

「ほう、よく調べてあるのう」

「私めらシエラノシア族は、古来よりルシフェリア様のことを隅々まで調べておりました。今さら自死なされても、お身体の組織が残れば光がいただける事も知っております」

会話には不明点が多いが、7回の半減の前にルシフェリアが自殺するケースを考慮した内容が含まれていたので――

「ルシフェリア、勝手に死んじゃダメよ。あんたはあたしたちの捕虜なんだから」

「早まった事はするなよ、これは命令だからな。大丈夫、俺たちが必ず助ける……！」

それを防ぎたいアリアと俺が、焦った声をルシフェリアに投げ掛ける。目の前では――

『助ける』と言う俺のセリフに虚勢を感じ取り、こっちに打つ手がないと悟ったヒノトが口の端を微かに笑わせた。

ヒノトに抱かれた光の玉の中では、

「主様、聞こえておるか？」

観念したような表情のルシフェリアが、こっちに向き直っている。

「ああ、なんとかギリギリ――」

「我には、ようやく分かったよ。昔、こっちの世界を支配しようとレクテイアから渡っていったルシフェリアたちが、次々と消息を絶ち、どこかへ消えてしまった理由が……」

ルシフェリアたちが、消えた理由……？

「それは……きっとこっちの世界で、みんな誰かステキな男に出会ったんじゃよ。好きになってしまい、愛してしまい、恋してしまい――ルシフェリアである事をやめて、人間の女になった。と、そういう事だったのじゃ。我がそうなったようにな」

……ルシフェリア……！　よせ、言うな。

「我は主様に恋をした。それは我が6695日の生涯で感じた事の無かった、いっちばんステキな感情じゃったよ。この命があるうちに子を作りたかったが……あの気持ちを……恋を知れただけでも、生きた甲斐はあった。主様、ありがとう」

……言うな、ルシフェリア。そんな、別れのセリフみたいな事……！

「主様。我がそこに落としたものを拾って、早々に逃げてくれ。それは主様に差し上げるために買ったものじゃ。前に、あの小っさな暗記帳を破ってしまって……勉強のジャマをして、悪かったのう。これでどうか、許してくれ」

さっきルシフェリアがスカートのポケットから落としたものを、俺が拾うと……

それはヴァルキュリヤの鎧にもあった、唐草のような未知の植物——レクテイアの植物柄なのだろう——の模様が飾られた、軸が木のシャープペンシルだ。御守りを兼ねているものらしく、『合格祈願』と漢字で彫られてある。

ルシフェリア……！

「遠山様。どうかお怒りになられぬよう。勝敗は決しましたし、元よりルシフェリア様は残り数年のお命でした。ルシフェリア族は美の極み。肉体が経年劣化する前に身罷られる種族なのです。生まれてから1万日を生きる事は希だとか……」

——パキィン……！

再び音がして、ルシフェリアを包む玉の直径が20㎝になった。

さらに強まった光の中にいるルシフェリアの姿は、もう曖昧にしか見えない。ヒノトが翼のような和服の袖で抱き込むと、声も全く聞こえなくなった。

（……時間……あの魔術の、タイムリミットは——）

ヒステリアモードの頭が、七つ折りの凶星の事象と時間を精密に想起して測る。

１回目の縮小から２回目の縮小までは、５４秒。２回目から３回目までは１分４８秒で、２倍になっていた。これが続くのであれば、次の縮小までは３分３６秒。その次までは、約７分。死の７回目は——縮小開始から約５７分後で、その時ルシフェリアは１・２５㎝にまで縮む事になる。

球体が持ち運びしやすいサイズになるのを待っていたかのように、ヒノトが周囲の仲間——共和同盟のメンバーへ視線を送っている。するとメンバーたちが、ジワリ、ジワリと……ある者は牙を、ある者は爪を伸ばし始める。角や翼を出す者もいて、程度の差はあれ姿を変貌させていく。どれもそれなりに強そうで、ルシフェリアという人質を取った上でなら俺とアリアを食い散らかせそうな集団だ。

「——鶴の営みを覗けば、終焉が訪れるもの。お二人は見てはならぬものを見てしまい、聞いてはならぬことも聞いてしまった事でしょう。直接の恨みはございませんが、お命、頂戴いたします」

何やら準備運動めいた仕草で側頭部の翼を羽ばたかせ、室内に微風を起こしたヒノトは

──言葉とは裏腹に、一歩退いた。

俺とアリアのことは手下たちに任せて、自らはルシフェリアの玉を持ってどこかへ行く気だ。

「お二人とも、抵抗はなさらない方がよろしいかと。往生際という言葉もございますよ」

俺たちが魔力を封じたせいでルシフェリアは魔的な攻撃に無防備だったから、ヒノトは交渉が決裂した時点でルシフェリアを殺すこともできただろう。しかしそうはせず、その身柄をどこかに連れ去り、今からおよそ55分後に死なせるつもりらしい。

──それは、なぜだ？

そこが分からない限り、こっちの取る動きが決めづらい。七つ折りの凶星が終わる前にヒノトがすぐルシフェリアを殺す事はなさそうだが、殺す事はできるようだ。そのせいで俺とアリアは敵に迂闊な手出しができない。全力で戦う、遅延戦闘で時間を浪費させる、一時撤退してから追随し状況を確認し続ける……こちらの行動のどの線がヒノトにとって『ルシフェリアをすぐ殺す』限界ラインなのか、分からない。

となれば──ルシフェリアの身の安全のため、最も低い所に線を引くべきだ。

という俺の考えが以心伝心したかのように、アリアが動く。正確には、アリアの周囲に動きが生じた。その小さな体の前を──スッ──と、赤い光の粒が横切ったのだ。

（……っ……）

光粒は俺の腰の前も横切り、グルリと楕円軌道を描いて背後を飛ぶ。再度Uターンして俺たちの前を飛ぶ最中、それがパキンッと2つに割れた。人工衛星のように俺とアリアの周りを周回し続ける光粒は2周目で4つに、3周目では8つに増える。

数の倍増を繰り返す、この光は——アリアの超々能力。瞬間移動だ。これを初見らしいレクテイア共和同盟の面々が不気味がってザワつく中、俺とアリアを包む赤い光は512、1024と際限なく増えていく。

「……落ち着きなさい。伝承で聞いた事がありますが、あれは虫も殺せぬ術のハズ。ただ、赤光の境目に入らぬよう」

部下たちにそう告げたヒノトは、瞬間移動について最低限の知識はあるらしい。だが、これを妨害しようという動きは見せない。玉の中のルシフェリアを殺す動きも取らない。

——アリアの決断は、一時撤退。俺と同意見だ。

ヒノトにとって今の主目的はルシフェリアに関する何らかの事柄であり、俺とアリアの殺害ではない。予想外の乱入をしてきた俺たちが退却するからといって、ルシフェリアを予定より早く殺す——何らかの理由で仕掛けた死のタイマー・七つ折りの凶星をご破算にする短気は起こさないだろう。ヒノトにとって、55分という時間には意味があるのだ。

ただ……

「アリア、ここは屋内だ。分かってるよね」

俺が知る限り、アリアの瞬間移動は視界内にしか飛べないものだったハズ。この室内の四方は壁や障子で囲まれており、さらに外は竹林だ。

今や俺とアリアを包む赤い靄となった光粒群の中で――

「分かってるわ。行くわよッ！」

緊張感のあるアリアの声がした、その次の瞬間。

――ズザッ――

と、俺とアリアは暗がりの中、紅鶴寺の参道に出た。さっきアリアが刺した中身の無い蜂の巣がある辺りだ。織鶴院も本堂も、ここからだと見えない。

「……アリアは見える範囲にしか跳べないと思ってたよ」

「やり方のコツ、最近ネモに聞いたの。『見てない所を見てるつもりで跳べ』って。でも、ぶっつけ本番だったわ。明日以降もっぺんやれって言われても、できるかは半々」

やっぱりキワドイ行為だったか。瞬間移動は失敗すると体がバラバラになりかねない術なんだから、やる前に一言断りが欲しかったね。とはいえ床の穴から逃げてたら追われて戦闘になり、ヘタすると釘付けにされてた。結果オーライという事にしよう。

「――キンジ、上っ」

アリアが気付き、俺も並木の上を見ると――夜空の下を白いものが横切った。ヒノトだ。織鶴院の周囲の竹林を、さらにこの参道の上の木々も飛び越えた。跳躍ではない、明確に飛行だ。ヤツは飛べるぞ。

ヒノトの姿、翼形は——側頭部の翼と和服の翼を併用する、カナード付きデルタ翼機(クロースカップルドデルタ)に似た構成。頭の先尾翼が発生させる渦流を和服の主翼に当て、高揚力を得ている。背中に差した薙刀(なぎなた)を垂直尾翼として扱う動きも見えた。空に、飛ぶ事に、慣れている。

その和服の胸元には、強く光るあの玉が収められていた。ルシフェリアを運んでいる。おかげで闇の中では視認しやすい。

逆に上空からは俺(おれ)たちも見えたハズだが、ヒノトが攻撃してくる動きはなかった。俺とアリアの事などもうどうでもいいかのように、どこかへ一目散に向かっている。

「——追うぞ！　ルシフェリアを解放する事ができるのはヒノトだけなんだ、追いながら対応策を見つけるしかないッ！」

そう言って参道を門の方へ走り始めた俺は、すぐ新たな問題に気付かされた。

飛んで目立つ事を嫌ったか、ヒノトが寺の駐車場へ降りていき——そこで待機していた黒塗りのトヨタ・ランドクルーザーが、ヘッドライトを灯(とも)したのだ。木々の合間に見えた運転席では、さっき組合の寄り合い(オルグ)にいたラリー選手の女がハンドルを握っている。

「……！」

ランドクルーザーの開け放たれた窓から、ヒノトがヒラリと後部座席に乗り込んでいく。

無名とはいえプロのドライバーを待機させていたという事は、ヒノトにはルシフェリアの身柄を掠って逃げるつもりが最初からあったという事だ。

だがそれも、なぜなのか分からない。なぜヒノトはルシフェリアを殺さず、掠ったのか。掠う際、その身体をどんどん縮めていくという奇妙な方法を用いたのもなぜだ。

「──ああもう！」

アリアが、ババババッ──！　と、白銀のガバメントを放つ。3発しか撃たなかったのは、あれが防弾車と直感で見抜いていたからだろう。.45ACP弾はバックドアに小さな火花を咲かせただけで、ランドクルーザーはホイルスピン音を上げて寺の門を走り出ていく。

「こっちも車に乗るわよ！　ネモを呼んで！」

叫ぶアリアと共に駐車場のトレーラーへ走りながら、俺はネモに携帯で電話を掛ける。説明されなくても分かったが、もう敵には先行されたし、ヒノトは飛べる。この追走、瞬間移動やレーザーの手数があった方がいいからな。

ネモに事情を素早く伝え、すぐ来るよう話しつつ……同時進行で、ヒステリアモードの頭脳がさっきの『なぜ』の答えに繋がりそうな情報を検索する。

そして数秒後、俺はある記憶に辿り着いた。

完全にこれが正解だという自信は持てないまでも、おそらく真相を掠めているであろう推理にも。

「ヒノトは──食べるつもりだ、ルシフェリアを」

「た、食べる？」

走るアリアが振り向いて赤紫色(カメリア)の眼(め)を丸くし、俺(おれ)が頷(うなず)く。

「レクテイアでは、ヒノトたちの種族は『ルシフェリアを食うとルシフェリアになれる』という迷信を信じていた。それをもしあのヒノトが今でも信じているなら……」

「あの玉の造りだと――丸呑(まるの)みにするために、小さく縮めてるってこと？」

「可能性はある。『食う』という行為が何をどこまでやれば成立するのかは、その迷信の設定次第だからな。たとえば一部を食べるだけじゃダメで、隅々まで食べなきゃならないという迷信なのかもしれない。そして奇想天外なレクテイア人のことだ――それが、迷信じゃない可能性だってある」

　という俺の説にアリアは、

「人類を脅(おど)す力をルシフェリアが貸してくれない場合、自分がルシフェリアになればいい――最初からそう考えてたのね、ヒノトは」

　それを、シャーロック譲りの直感で検証しようとしてくれている顔だ。

ルシフェリアはあと2、3回縮んだら嚥下(えんげ)できるサイズになる。それでルシフェリアになれれば、ヒノトにとって小さなルシフェリアはもう用済みだ。7回目の半減を待って、死なせても良し――という事になる。ここも、俺の説との整合性が取れる点だ。ヒノトはルシフェリアのファンだったとはいえ、熱狂的ファンが自分の意にそぐわない行動をしたアイドルに殺意を向けた例は枚挙に暇が無い。ヒノトの殺意は本物だ。

だがこの説には、どこかに欠けがある。ヒノトの意図を半分以上は捉えているハズだが、レクテイア人の異文化のヴェールに隠されているのであろう、まだ見えてない部分がある。ヒステリアモードの論理力が、自らにそれを指摘してくる。

「どのくらい合ってると思う」

「半分以上は正しいと思うわ」

アリアの直感力も満点は付けてくれず、部分点ってところだ。おそらく俺の推理には、重大な見落としがある。

ただどうあれ、俺たちはこの件にイエローラインとレッドラインを引くことはできた。

ルシフェリアは約10分後に5㎝、約24分後には2㎝半にまで縮む。その辺りでヒノトはルシフェリアを丸呑みにできるだろう。そこが、越えられると一気に俺たちが不利になるイエローラインだ。ヒノトは新たなルシフェリアになり、小さなルシフェリアを救うのは一層困難になる。

越えられたら終わり、の、レッドラインは――言うまでもない。ルシフェリアが7回の半減を終えて、存在が圧壊して死ぬ、約53分後だ。俺たちはそれまでに、ルシフェリアの解放を強いなければならない。未だその意図すら完全には見抜けていない、レクテイアの空飛ぶテロリスト、怒れる丹頂鶴の半妖――南ヒノトに――！

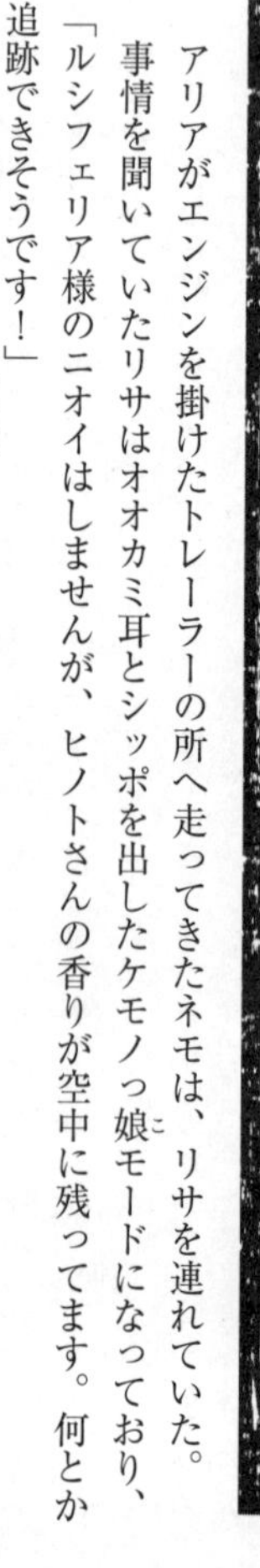

2弾　不可知の刃(エッジ・インフィニット)

アリアがエンジンを掛けたトレーラーの所へ走ってきたネモは、リサを連れていた。

事情を聞いていたリサはオオカミ耳とシッポを出したケモノっ娘(こ)モードになっており、

「ルシフェリア様のニオイはしませんが、ヒノトさんの香りが空中に残ってます。何とか追跡できそうです！」

さっき俺(おれ)が使った香気追跡(スニッファー)の、本家本元の力を発揮してくれている。

「あたしとキンジはヒノトの車が見えたら肉薄して制止を試みるわ。ネモはバックアップ。リサは鼻を使って追跡しながら、運転をお願い！」

暖気中(アイドリング)のトレーラーヘッドから降りてリサを運転席に押し上げるアリアだが、

「そ、それが。リサは、手がっ……車の中の人のニオイを追うとなると、秂狼(じんろう)の気持ちにうんと近づかないと、できなくて……！」

よく見るとリサは、手もケモノっぽい形に変形させてしまっている。かなりの段階まで変身を進行させないと、地面ではなく空中の微(かす)かなニオイを追跡する集中力は得られないらしいのだ。それだともう、背負ったモシン・ナガンも撃てないな。

「じゃあネモが運転して！　リサはニオイでナビするのよ！」

と、アリアがさらにネモを運転席に押し込み、

「う、運転か」

「がおっ！　あっ……今のは、『はい』と言ったつもりなのですっ。頑張ると心理的にも中途半端にオオカミ化してしまって、吠(ほ)えてしまってすみませんっ」

トレーラーヘッドの運転席を見回すネモと、押し出し方式で助手席へと移されたリサが、急造コンビを組まされる事になる。

「ど、どこへ行けばいいのだ」

でかいハンドルを握る小柄なネモに――

「ヒノトは東京タワー方面へ出たところまでは見えた。黒のランドクルーザー(ランクル)だ」

そう言い残し、俺はアリアを追ってトレーラーの後端ドア(リア)から荷台に入った。車輌科(ロジ)のガレージでも見たが、この荷台は隠し作業場にもなっている。前面の壁(フロントパネル)にはキャンピングカーみたいに運転席・助手席へ開かれたスライドドアもあった。

「ああもう(Gosh)。オーダーメイド品を届けてもらうより先に使うなんて、初めてだわ」

アリアは荷台の中で、ＹＨＳ／０３(イース・トロワ)――ホバー・スカートの着装を始めている。トレーラーで追って、さらに空から接近するつもりだな。確かにイザとなればヒノトは人目を気にせず飛んで逃げる可能性もあるし、ここは俺もタケコプターが欲しいところだ。

（……ひとつ、ドラえもんに頼むとするか。運良く、ひみつ道具はここにあるし）

と、俺はジーサードに電話を掛け——

『——おう兄貴。あー……兄貴の竪穴式住居の弾痕は塞いどいたぜ。今月は大矢に家賃も払っといてやる』

どうやら雪花が戸籍上で自分の母親になったと知ったらしいジーサードが、気恥ずかしそうに出た。

「そうくると思ってたさ。母さんの話もしたいところだが、今は別件で忙しくてね」

『そうっぽいな。そのキショいHSS口調で分かるぜ。ただ、力になれるか分からねえぞ。俺は今ちょっと探し物があって、九州に向かってるところでよォ。で、今度は何だ』

「空を自由に飛びたいのさ」

『は？　急に何だ。ヤクでもキメてんのか。やめとけ』

「お前のパーソナル・ジェット・グライダー——ガバリンがここにあってね」

『……？　ああ、かなめに預けて修理に出させたやつか。なんで兄貴のとこにあんだよ』

「こいつの乗り方を教えてくれ。今、電話で」

『な、直したばっかりで壊すつもりか』

「俺が乗ったら必ず壊れると思ってるのか？　それは偏見だ。今まで俺が乗った航空機は6割弱が無事に着陸してるんだぞ」

『4割以上墜ちてるじゃねえかそれ！　ていうか、ガバリンは教わってすぐ飛ばせるもんじゃねえぞ。けっこう難しいんだぞッ』

「俺はジェット機の操縦法を電話で教わって、15分後に着陸させた事がある。まあ何なら何も聞かず当てずっぽうで飛ばしても、俺は一向に構わないんだが？」

チイイィイッ！　とジーサードが超特大の舌打ちをし、『ウイングの下げ翼(フラップ)側の表面がタッチパネル式のコントローラーになってる。両手で3秒以上触ると電源オンになるから、パスコード333で起こせ』と説明し始めた時、ドルルルルッ……ネモが運転を始めたトレーラーが走り始めて……がくんっ。エンストし、車体がつんのめった。

「きゃんっ！」

助手席でズッコケたリサがイヌっぽい声を上げ、

「みゃきゃっ！」

尻もちをついたアリアも、ケモノっ娘(こ)でもないのにネコっぽい声を上げてる。

「――っ……」

ヒステリアモードのバランス感覚で転ばずに耐えた俺は、改めてジーサードの『今回のガバリンには、アシほど高性能じゃねえがＡＩが搭載されてる。ほぼバランスはオートで取れて――』という説明を聞きつつ、再びトレーラーが走り始めたのを感じる……が……

……ぶぉぉぉん……ごろろろぅん……

運転席で半立ちするような妙な体勢でハンドルを握るネモは、1速(ロー)のままトレーラーを寺から出したぞ。門の柱に危うくぶつかりそうな、スレスレのコースで。

それから……狭い一車線の一般道に出て、2速に入れようとした所で……ボスンッ。

またトレーラーをエンストさせてる。何やってんだ。

「お、おいネモ。もしかしてクラッチに足が届かなかったりするのか」

車輌科(ロジ)・鹿取一美(かとりかずみ)のこのトレーラーは、マニュアル車だ。適時クラッチペダルを踏み、シフトレバーを手動で切り替える操作が必要になり、それにはそこそこの体格が要される。

実はアリアよりも背が低いネモには、それができないのか……？　と思った俺(おれ)が、そう聞くと——アリアと同じで工具箱をチャイルドシート代わりにして運転してるネモは、

「じ、じじ実は、私は運転免許試験を受けてから一度もハンドルを握った事がないのだ」

とか言うし……！

「なっ、なんでよ！」

ネモに運転を任せたアリアが犬歯を剥(む)いて怒ると、

「だっていつも母(ママン)が運転してくれたから！　それにネモ家の跡取りは海に生きる者、私は海の女なのだ！　だから潜水艦ならいきなり操縦しろと言われてもできるが！　第一この車は私の教習車だったシトロエンC3(セ・トロワ)と違って右ハンドルだし！」

ネモは逆ギレしつつ、再びキーを回してエンジンを掛け直している。

そしてまた、ドルルゥ……ノロノロ……と、1速(ロー)で走らせ始めた。そんなトレーラーの

横を、買い物帰りの奥さんのママチャリが追い抜いていく。後ろからは軽自動車に煽られまくりで、プップー！　と、さらに後ろのタクシーにはクラクションを鳴らされてる。

かといって俺とアリアはYHSとガバリンの起動で忙しいし、リサは手がケモだしで、ネモに運転してもらうしかないのだ。いや、それでももうアリアか俺が代わるか——？

と思った時、ガリガリガリッ！　がろろぅんっ！　ひどいギア鳴りの音と共に、ネモがトレーラーを急加速させつつ2速、続けて3速まで上げた。アリアはさっきと反対向きにスッ転び、装着しかけだったYHSが外れるわ、スカートが盛大にひっくり返るわ。で、起き上がってなぜか俺を睨むわだ。見てませんよ、今日もいつも通りのトランプ柄なんか。

「ううぅうぅ」

「ネモ様わんっ、がんばってがおっ！」

運転席・助手席からはガチガチになってるネモの声とリサの応援が聞こえ、ドルルルゥ……ようやくトレーラーは片側2車線の道に出たが……ああ、赤信号無視してるぅ……まあヒノトの車輌を追跡してるとこだから、止まってる場合じゃないんだけど……

「……」

鹿取も武偵だから、このトレーラーの備品棚には緊急走行時に点灯させる赤色回転灯も積んであった。着脱式のそれを俺は今さらながら取り、荷台の前面のドアから運転席側へ身を乗り出して——窓から手を出し、トレーラーヘッドの屋根に灯しておく。緊急車両のトレーラーって、なかなか無いよ？

「ネモ様、そこの交差点を右折ですっ。ふんふんっ、ニオイに近づいてます！」

「う、うう右折。右折するぞ。ウインカー。うわうわワイパーが動いたっ」

ネモが運転するトレーラーは、車線も分離帯もガン無視のヨロヨロ走行で日比谷通りを北上する。交通量は多めだが、赤色灯のおかげか周囲の車は避けて走ってくれているな。みんな怖くて逃げてるだけっぽくもあるが。

輝く東京タワーの麓を、トレーラーは挙動不審に、しかしそこそこの速度で走り――

「あっ……ヒノトさんのニオイが近いです、もうほとんど追いついたはずです、右上ですご主人様！　うーっ、わんわんっ！」

首都高都心環状線をくぐる際、リサが吠えてヒノトの方向を教えてくれる。右・上――？

「――高速道路だわ」

「こっちも上がるぞネモ、芝公園料金所から入れ。すぐそこだッ」

「ネモ様、その入口から高速へ！」

「うわうわあわあああ」

トレーラーは料金所ブースの人がしゃがんで隠れるような勢いで高速入口へ突っ込み、目をぐるぐるさせたネモが4速、5速、6速と加速していく。そうして都心環状線を東へ走るうちに――道が左右へ分岐する、浜崎橋ジャンクションが迫ってきたぞ。

「荷台のウイングサイドパネルを開けて！　目視でヒノトの車を探すわ！」

　バレエのチュチュみたいに広げたＹＨＳ(イース)に燃料のケロシンカートリッジをガチャガチャ何種類も挿しながら、アリアが運転席側に叫び——

「ウ、ウイングサイドパネル？　どこを操作すればいいのだっ。いま私は運転に集中しているのだ、いっぱいいっぱいなのだ。余計な口を挟んでくるな！」

「がおっ、これではないでしょうか。えいっ！」

　ネモとリサがそう言ってからすぐ、グィィン……と、荷台の側面と屋根がガルウィング状に開いていく。露出した荷台には首都高の烈風が吹き込んできて、紙屑(かみくず)やビニール紐(ひも)、アリアがＹＨＳから剥(は)がした保護シートなんかが後方へ吹き飛ばされる。そして——

「——いたぞッ！　前方、右へ行こうとしてる！」

　ヒステリアモードの俺(おれ)が、夜の高速を走るランドクルーザーを瞬時に発見する。バックドアに、ガバメントが付けた３つの引っかき傷。ヒノトの車だ。同型車じゃない。まれに大型車の陰に入って見えなくなるが、高速道路に隠れられる場所なんかない。捉えたぞ。

　ネモは周囲の車を押しのけるような急激な車線変更で、トレーラーを右車線に乗せる。サイドパネルをカモメの翼のように開けて重心が高くなった荷台が、グラリと大きく傾く。ツインテールを靡(なび)かせるアリアと俺は揃(そろ)って片膝立ちで姿勢を下げ、転倒・転落を防ぐ。

芝浦(しばうら)運河を飛ぶように越えたトレーラーは、ランドクルーザーを追って首都高１号線を南下。走行の揺れに混ざる、ギアチェンジの振動。ネモがハイ・トップの7速に入れた。ランドクルーザーは他の車をジグザグに追い越していて、こっちは問答無用の直進行軍だ。まだまだかなり離れてるが、いずれ追いつけるぞ。

芝浦ジャンクション——直進。向こうはプロのハンドル捌きでトラックやバスを躱し、港南で走る東京モノレールと立体交差して、さらに先へ。どこへ行く、ランドクルーザー。どこへ行く、ヒノト。ルシフェリアを連れて、どこへ——

その時リサが、

「えっ……？　あれっ、わんっ、離れていますっ。ヒノトさんの車は前ですが、ニオイを追い越してしまっています……！　わおんっ！」

不可解なことを叫ぶので、俺とアリアは周囲を見回す。

どういう事だと思ったが、カラクリはすぐ分かった。というか、見えた。

「後ろッ、モノレールの上だ！」

首都高1号と交差してから横並びに走るコースを行く、東京モノレールの軌条。

そこを羽田空港へ向けて走行する、6両編成の車輛。その先頭車両前部のルーフ上に、白い翼を伏せて張り付いたヒノトがいる。俺たちの追跡に気づいて、ランドクルーザーを囮にしながら——併走するモノレールの上に飛び移ったんだ。

ヒノトが抱卵するように胸元に収め、和服の懐から球面が一部見えているルシフェリアの玉は——目測、10㎝にまで縮小している。それが、パッキィィン! という音を上げ、さらに小さくなった。サイズから判断して5回目の縮小だ。七つ折りの凶星、最後の縮小までは……

（……残り、約43分……！）

走行するモノレールの上のヒノトが、直径5㎝になったルシフェリアの玉を懐から出す。ビル群の光を反射し、ミラーボールのように不自然な輝きを放つそれを……上を向いたヒノトが、あんぐりと大きく開けた口に自ら押し込む。小さな手で、グッグッと。

そして——ゴクリ。鳥がやるように、丸呑(まるの)みにしてしまった。

「……ッ……！」

懸念していた通り、ヒノトはルシフェリアを食べたのだ。

これにはアリアも、バックミラーでその様子を見ていたネモとリサも、言葉を失う。

（ルシフェリアを食べると、ルシフェリアになれる——）

しかし、現時点でヒノトの肉体には何の変化も見られない。その事にヒノトが驚いたり慌てたりする様子も見られない。つまりヒノトにとって計画外の事は、まだ起きていない。その視線は俺(おれ)たちにではなく東の海へと向けられており、表情には先を急ぐような気配がある。

急ぐ——つまり、今ヒノトには何らかの時間的な制約がある。考えられる制約のうち、最も可能性が高いのはルシフェリアの死期だ。ヒノトはルシフェリアを自分の体内で殺害する前に、何かをしようとしている。

……ヒノトがルシフェリアを食べてルシフェリアになるには、飲み込むだけじゃダメで、他にも何かをする必要があるんだ。その条件を満たすため、ヒノトはルシフェリアが死ぬ前にどこか特定の場所へ行く必要がある。それはどこだ。

ヒノトは紅鶴寺（こうかくじ）を出て首都高環状線を行き、高速道と平行して走るモノレールに移った。経路の方角は、総じて東。西へ行けばゴチャゴチャした麻布（あざぶ）・六本木（ろっぽんぎ）に逃げ隠れもできたハズなのに、俺たちに見つかりやすくなるという犠牲を払ってでも東を目指していた。

東に、何があるんだ。ここの東には何もないぞ。何もない以上、方角そのものに意味があるのか。４３分以内に、東で、何が起きるというんだ。

（……ッ……！）

脳の３分の１を使って今なおジーサードの説明を聞きながら、３分の１を使って事象を分析し、残り３分の１で記憶を検索する中で——分かった。

さっきルシフェリアは七つ折りの凶星の進行を自ら早め、自分は月の出の寸前に消えると言っていた。それにより、ヒノトの願いは叶（かな）わないとも。あの時は単に時刻を表すため月の出という表現をしたのかと思ったが、違う。

月の出、それそのものがヒノトの願いを叶える必要条件なんだ。

正確には、月の光。いや、もっと正確には、月の光が水に反射した光。

（……水月婚（すいげつこん）……！）

ヒノトはルシフェリアと婚姻する事で、ルシフェリアになるつもりなんだ。

女しかいないレクテイア人は、遺伝子を遣り取り（やりとり）する方法がこっちの世界の人間のものとは違う。無秩序な交雑を避けるためその方法は種族によって異なり、ルシフェリア族の場合は——密着した相手の遺伝子を放射線でルシフェリアのものに書き換える手法による。

その放射線が出る生理学的なキーとなるのは、月光が海面や湖面に反射した、大規模な太陽光の2重反射光を浴びる行為だ。

この条件を満たすのは、難しいことだ。少なくともルシフェリアの同意が要る。それもそのはず、ルシフェリア族はレクテイアの神——世界を滅ぼせる者なのだ。神が望まない相手を神に変えてしまう事は、あってはならない。

しかしヒノトたちシエラノシア族は、ルシフェリアに望まれずともルシフェリアになる方法を考え出した。それが、『ルシフェリアを食うとルシフェリアになれる』という迷信じみた言葉に隠された作戦だ。七つ折りの凶星でルシフェリアを縮め、飲み込んで密着し、水月の光を浴びる——それを、ヒノトが今この世界で成し遂げつつある。出会った時からルシフェリアの花嫁を名乗り、しかし同意を得られず破談になったヒノトが。

（……ある種の略奪婚ってヤツだな、こいつは）

飲み込まれているルシフェリアは水月の光を浴びられないようにも思えるが、ヒノトがああやった以上、必要な反射光は可視光ではないのだろう。衛星や惑星には反射し人体は透過する、電波のような波が2重反射したものが、水月婚のキーなのだ。

――『月が綺麗(きれい)ですね』――水月婚で、ヒノトはルシフェリアとなり――

――『死んでもいいわ』――7回目の半減を終えたルシフェリアは、死ぬ――

「アリア。どうやら例の迷信は、迷信じゃないらしい。ヒノトはルシフェリアになれる。ただしそれにはルシフェリアが消滅する前に、水月の光――自然の中で大規模に反射した月光を浴びる必要がある。理解しにくい話だろうけど、とにかく月の出がタイムリミットだと思ってくれ」

ヒノトを花嫁として最後まで認めなかったルシフェリアは、月の出の寸前に自分が消滅するよう七つ折りの凶星の進行を速めた。月が無ければ、月光の反射光を浴びる事もできないからだ。

ヒノトが東へ向かっているのは、その月の出の瞬間を早めるためか。しかし先日ネモとゆりかもめから見た月の仰角を想起してそこから計算したところ、現在から月の出までは約70分ある。ルシフェリアが消える7回目の半減の、約30分後だ。仮に東へ100km飛んで移動したとしても、月の出は3・6分しか早まらない。間に合わないぞ、ヒノト。

「モノレールなら駅に停(と)まるかも。先回りして捕まえられるかしら」

YHS（イース）の保持金具（ビンディング）をバチンバチンッと留めたアリアが、俺（おれ）にインカムを投げてよこす。3つ投げてきたのは、リサとネモにも配れって事だね。

「あのモノレールには、空港快速の表示が見えた。羽田（はねだ）空港国際線ビル駅まで停（と）まらないやつだから、そこまでおとなしく乗っててくれるかどうか……それより、こっちもあれに乗り移った方が良さそうだ」

ヒノトを乗せたモノレールを左斜め後方に見やってから、俺は、

「うわわわなぜ高速道路（オートルート）にタヌキがっ……！」

「あれはハクビシンです。最近都内に増えてるのです、避（よ）けてくださいっがおっ」

「こ、今度は後ろに、白いバイクが追ってきたのだがっ？」

「あれは日本の警察バイクです。もっとアクセルを踏んでくだわおんっ！」

賑（にぎ）やかな運転席・助手席へと、インカムを渡しに行く。今このトレーラーはハンドルとアクセルをネモが、シフトとクラッチをリサが担当するという、むしろ難しそうな手法で運転されているようだ。あとブレーキは担当者がいないみたいだけど大丈夫かな。

「俺とアリアはモノレールを攻める。以後これで連絡を取るから、つけておいてくれ」

ハンドルから手が離せないネモには、俺がデイドリーム・ブルーのツインテールを片方持ち上げて右耳にインカムを装着させてやる。

リサについては、オオカミ耳が出てる時に元の耳がどうなってるのか気になったものの

……そこは知ってはいけない何かっぽい気がしたから、インカムを手渡ししておいたよ。

「オランダの獣人(ライカン)の集いで、ヒノトさんに似た——クロヅル(クラニッヒ)の翼を頭髪に紛れさせていた女性を見たことがあります。彼女はその羽根を矢のように投げ飛ばす事ができました」

「シエラノシア族の話はエンディミラに聞いた事がある。後頭部に1本だけ垂れている、大きな赤い羽根に気をつけろ。あれはミサイルのように飛んで、狙ったものの心臓を必ず射貫(いぬ)くとか……！」

半人・レクテイア人の知識があるリサとネモが、そんな危険情報を教えてくれて——

一方、荷台の方ではオンフックで通話を続けてるジーサードが『ガバリンはバランスを取れば、ホバリングもできる——おい兄貴、さっきから何やってんだ。ちゃんと俺の話を聞いてンのかよ？　もしもーし？(アーユーゼア)』とかヤキモチを妬(や)く。俺はそっちへ戻って、「一言も漏らさず聞いてるよ」と実際そうなので答え……ガバリンの準備作業、その仕上げに戻る。艦載機のように折り畳まれた翼から固定用の金具を外し、あとは進捗率80％となっているシステムのイニシャライズ完了を待つだけだ。

トレーラーはそこで、天王洲(てんのうず)アイルの緩いS字カーブに差しかかり——

「う、うわうわうわ」

「きゃうん……！」

その難所へ完全な速度超過で入ると、ネモは左・右。ダンスでも踊ってるかのように、大きくハンドルを切る。ぐらりっぐらりっ、と揺れたトレーラーは、ややジャックナイフ気味になって大きく減速。また俺（おれ）とアリアがよろめく中、左後方から俺たちを追う状況になっていたモノレールがジリジリ追いついてくる。相対速度は15㎞／hといったところだ。追う者が追われる者より先行し、減速しながら接近する。過去に無かった状況だな。

左手の眼下に京浜（けいひん）運河を見下ろしながら、トレーラーとモノレールが近づき、近づき、ついには併走する状態になる。

そこでアリアが、ほぼ完了したYHS（イース）の着装を中断してガバメントを抜き——

——バババッ！　バリバリバリッ！　モノレール上のヒノトを撃った。

しかしヒノトは銃を見た瞬間、モノレールの車体の向こう側にブラ下がるように隠れていた。飛べるから転落も怖くないという事なのか、かなりアクロバティックなハコ乗りを平然とやっているヒノトは……モノレールの車体を盾に、この武装トレーラーに気付いて慌てている乗客を人質にした形だな。あれが回送なら良かったんだが、乗車率は70％ってとこだ。けっこう混んでる。

自分の代名詞とも言える2丁拳銃を封じられてストレスMAXのアリアは、

「今すぐ投降してルシフェリアを解放しなさい、ヒノト！　こっちには幽霊だろうが怪獣だろうがお構いなしに撃破できる対超常の超常兵器があるのよ!?　投降しないなら今すぐそれをそっちに投げ込んでやるんだから！」

ぎゃんぎゃん！　と、ＹＨＳの着装の仕上げをしながらヒノトにそんな威嚇をしてる。

（対超常の超常兵器……？　そんな物、このトレーラーに積まれてたか……？）

と、俺は荷台を見回すものの——ここにはＹＨＳを付けたアリアとガバリンぐらいしか見当たらない。という事は、

「……それはひょっとして、俺のことかな……？　今は人命の懸かった緊急事態の最中だ。おふざけは良くないと思うよ、アリア」

「ふざけてないわよ、あたしはマジメに警告してるのッ」

「余計に良くないと思うよ、アリア……」

抗議しながらも、今からアリアに何をされるのかが分かった可哀想な俺は——観念して、インカムを耳に付ける。そして、念力ツインテールの大きな手が左右から腰をガッチリと鷲掴みにしてくるのを無抵抗に受け入れた。

「ヒノトは飛べるのに車とかモノレールに乗ってるし、いま撃たれても飛んで逃げたりはしなかったわ。ちゃんと飛ぶには、人に見られたくない準備が要るとか——たとえば裸にならなきゃならないとか、そういう制限があるのかもしれない」

「そのたとえばじゃない事を心から祈るよ。どうあれ飛べる相手だ、上空は押さえたいね。ガバリンはシステムのイニシャライズ中。ジーサードの話じゃ、あと１３５秒で飛べる」

「オーケー。ガバリンは後で運んであげるから、今はとりあえず、ヒノトをモノレールに

釘付けにして。ワン・ツー・ダウン・アップ！」

リズムを取ったアリアの『ダウン』で屈んだ俺は、『アップ！』で動くツインテールに放り投げられるのと同時に桜花気味のジャンプ。

凸凹コンビの呼吸はピッタリ合い、俺は横風でカーブを描きながらも——高速道路から運河を飛び越え、モノレールの先頭車輛の後端に着地できた。トレーラーとモノレールは等速で併走している状態だったので、回転受け身も華麗に取れたよ。

右には、今さっきまでいた首都高1号羽田線。左には中央環状、都道316号、湾岸道、首都高湾岸線。この辺りは主要道路が束になってる。流れ弾で事故でも起きてもらっちゃ困るから、射撃時には気を遣わなきゃだな。

東京モノレールの時速は現在、80㎞／h前後。新幹線よりは遅いが、品川シーサイドのビル群が至近距離を流れ行く光景のせいで体感スピードは非常に速い。

そこでモノレールの軌条は高速道路から離れ、大井競馬場前駅を通過し、勝島を迂回する高速道を行くトレーラーを後方に引き離した。アリアの射撃線から逃れられたヒノトは、俺もすぐには銃を出さないのを察し——ガッチャマンのマントみたいな和服の翼に向かい風を孕ませて、はらりっ。車輛の上に戻ってくる。その手に、薙刀をしっかりと携えて。

「平然と乗り移って来られましたね。ここは走る列車の上だというのに」

風に前髪を暴れさせつつ立ち上がる俺に、ヒノトが語りかけてくる。見れば、いつしかヒノトの髪は鶴のような純白に変色し、前髪のセンターが赤く色づいている。ヒルダとかベイツ姉妹が見せた、第2態ってやつへの変身は完了したムードだな。手こずりそうだ。

「悲しい事だけど、慣れててね。俺は新幹線、路面電車、リニアの上でも戦った事がある。中国ヤクザとか、孫悟空（そんごくう）とか、あのアリアとかと」

「……同情して差し上げないでもないですよ、遠山（とおやま）様」

――運命なんてものは俺の専門外だから、なんとなくの感覚なんだが……

この状況には、どこか運命の逆回転を感じる。

かつてこの東京モノレールで、俺はレクテイア人のエンディミラたちと都心へ入った。今はレクテイア人のヒノトと同じモノレールでそこを離れている。かつてこの先の羽田で、俺はネモと戦った。しかしそのネモは今、味方だ。

かなでが言っていた運命学とやらの用語で言うと、俺は何らかの見えない力に導かれて出来事のエレメントを一つ一つ逆さまに辿（たど）っているのかもしれない。だとするとこのまま逆回しにするのは良くないよな。今後の人生で一連の魑魅魍魎（ちみもうりょう）オールスターズがまた全部出てくる事になるわけだし。

「――お腹（なか）に入れたものを、返してもらえるかな。ちなみに俺は昔、鬼の女の子が飲んで隠したものを少し乱暴な方法で取り返させてもらった事がある。具体的には腹パンで」

「お腹にパンチとは。やはり男は乱暴な生き物ですね」

「今は反省してるし、ああいう事は二度としたくないんだ。俺は女を傷つけたくはないし、そもそも女は傷ついてはいけない。だからヒノトも、俺と戦わずにルシフェリアを返してくれないか」

優しく説得を試みる、ヒステリアモードの俺に……

ヒノトは少し、戸惑うような顔をした。男——乱暴な生き物の俺が、『だからお前にも腹パンして、ルシフェリアを吐かせる』と言うとでも思い込んでたみたいだね。

違う。違うんだよ、ヒノト。

レクテイア生まれの君は異性を異質なもの、理解しがたいものと断じてたけど……うん、それはレクテイア人に限らず、実はこっちの世界でも男と女が多かれ少なかれ感じている感覚なのさ。神代の昔から、男と女はお互いが最大のミステリーだからね。

男と女は違う。でも、違いは悪いものばかりじゃない。強く惹かれる、魅力的な違いもある。ヒノトは長く生きてるけど10歳ほどの姿をしてるから、男たちがそういうところを見せてくれなかったのかもね。

それなら、俺が見せてあげるよ。ヒステリアモードの俺は、牽制球だってホームランにできるほど女性のストライクゾーンが広いから。

「——ヒノトがルシフェリアを飲み込んだのは、水月婚でルシフェリアになるためだね？でも、七つ折りの凶星は月の出の前に終わるだろう。つまり、その作戦は失敗だ。無駄に殺人の罪を犯すべきじゃない」

ここまでの推理の答え合わせのためにも、まず俺がそこを指摘するものの――

「今宵は私めがルシフェリア様になる、幾星霜も待ち続けた夜。今さら取りやめるとでもお思いですか」

ヒノトは失敗を認めないし、破れかぶれになってる態度でもない。つまりまだ水月婚を成功させる目があるって事か。

「……仮にヒノトがルシフェリアになれるとしても、それは遺伝子だけ。きっと姿だけだ。『姿』は、本質じゃない。それよりも『心』でルシフェリアと同じものを理解する方が、よっぽどルシフェリアに近づけるとは思わないか？」

「ルシフェリア様と同じものを、理解する……？」

「――ヒノトにも理解してほしいのさ、男というものを。それがどういうものかは、俺が教えてあげるから」

「……っ……」

じわぁと顔全体を赤くして――怒ったのかな、照れたのかな？――ヒノトは、俺を睨む。

「……歯の浮くような事を、よくも真顔で言えたものです。男はそうやって女を惑わし、レクテイアの血を薄める異界の魔物。男、それそのものが悪なのです。悪を理解だなど、汚らわしいっ」

「男は、男だというだけで悪いなんてことはないさ。女と同じでね」

　レクテイア人に、男を理解してもらうこと。

　それはきっと、こっちの世界の男たちがやってきた事なんだ。歴史の中で、1人ずつ。

　その過程には、衝突やトラブルの火花もバチバチ散った事だろう。今ヒノトが俺(おれ)に薙刀(なぎなた)を大上段に構えて始めようとしてるような、激しいやつもね。

　だから、ルシフェリアを取り返すためにも——お望みなら、闘(や)ってあげよう。人と人は、ぶつかり合わないと分かり合えない事もあるものだし。

　俺はヒノトをウインクで牽制(けんせい)して、

「——アリア、聞こえるかな。キンジだ」

　インカムで、アリアに状況報告をする。

『ずっと聞こえてるわ。今どんな状況』

「今かい？　今は——すごく、アリアが欲しいよ」

『は……は、はあ？』

　アリアのギクシャクした声。モノレールが横切っていく大通りの向こうに視界が開けて、高速を走行するトレーラーの荷台でこっちを向いて赤面してるのも見えたね。

「もう戦わないといけなさそうだからね。待ちきれない、早くおいで」

『そ、そういう意味ね。ヘンな表現しないで。でもあんた、さっき女は傷つかなくていいみたいな事を言ってなかった?』

おっと。からかわれた仕返しになのか、ちょっとイジワルな事を言ってきた。

「——フッ。アリアなら無傷で乗り越えられるさ。この夜を——」

『ポーズなんか取ってないで、もう少し頑張って時間を稼ぎなさい!』

などと夫婦(めおと)漫才をやっていたら、首都高1号線は再び建物に遮られて見えなくなった。

おかげで、アリアに撃たれず済みそうだ。そうなると分かってて、からかったんだけど。

(さて、アリアの命令通り頑張るにしても——頑張り方が難しいな)

ヒノトの戦闘力は俺より低そうだが、一瞬で取り押さえられるほど弱くはなさそうだ。

となると俺が手抜きナシでヒノトを猛攻した場合、囚(とら)われのルシフェリアの命をカードにされるリスクが高まる。また、こっちがまだ飛べない段階で飛んで逃げられても困る。

——このモノレールの上では、俺は時間稼ぎに徹するべきだな。アリアが命じた通りに。

具体的には、互角ぐらいの戦力を演出する。ジャマな追っ手の俺を殺せると考えれば、ヒノトは戦って時間を消費するだろう。今はまだ何か間に合わせる手段があるようだが、七つ折りの凶星というリミットがある以上——必ず、水月婚(すいげつこん)が不可能になるタイミングはある。それを回ればヒノトは無意味にルシフェリアを死なせるより解放して降参した方が得という事になり、そう判断する知能もこの子にはあるはずだ。この意図がバレて飛んで逃げられたとしても、その段階でYHS(イース)とガバリンの準備が整っていれば追う事ができる。

「……遠山様さえいなければ、ルシフェリア様が変わってしまう事も無かったでしょう。この事態を招いた罪人は遠山様です。しかしその遠山様のことを、私めはよく存じません。ルシフェリア様を堕落させた悪行を後世に語り継ぐためにも、そのお命のある内にお尋ねします――貴男は一体、何者なのですか？」

進行方向に背を向けたヒノトが、ぽっくり下駄でにじり寄ってくる。

そして俺との距離が10ｍほどになった所で、止まった。いくら薙刀のリーチが広いとはいえ、遠い。間合いの中とは言えないだろう。

しかし、次の呼吸で攻撃が来る気配はある。この距離から薙刀でとなると、どう攻めてくるかが読めないな。薙刀を投げつける構えにも見えないし……

「ただの、無職だよ。どうせこの件も報酬はどこからも出ないだろうし」

薙刀は使うと見せかけているだけで、リサやネモが言ってた『矢のように飛ぶ羽根』を放つのだろうか？　いや、矢という表現から類推するに、それだと近すぎる。これは射撃武器と投擲武器の中間ぐらいの間合いだ。

「答えるおつもりが無いなら結構。後日、学校でかなでさんに優しく聞きます」

薙刀を振りかぶった。薙刀で来る。距離を一気に詰める体術があるという事か？

それなら、拳銃で足止めを――と、俺が抜銃しようとした瞬間、バァッッッ！　一瞬閉じた和服の翼を激しく広げながらのヒノトが、薙刀を振るう。自分の前方の、何も無い空間を高速で斬った――

――シュルルルッ――！　ヒステリアモードの視覚が、超高速で迫り来るブーメランのような空間の歪みを捉える。見えない何かを、さっき想定した通り射出あるいは投擲した。見えてから風切り音が聴き取れたまでの時間差から考えて、速度はマッハ０・８前後。

　これと類似した技が俺の脳裏をよぎる。指先から高圧の空気を射出する、伊藤(いとう)マキリの『不可知の銃弾(ゼロ・インフィニット)』。分かったぞ。これは、あれの逆技だ。ヒノトは翼を激しく広げることで自らの前方に低圧の空気を生じさせ、それを薙刀の刃で弾(はじ)き飛(と)ばしたのだ。言うなれば、極高真空(ごくこうしんくう)の刃(やいば)――『不可知の刃(エッジ・インフィニット)』……！

（――銃弾撃ち(ビリヤード)の連射で、散らす――！）

　という動きを俺が取るより先に、不可知の刃を追うように駆けたヒノトが接近してくる。想定より速い。前方に作った減圧空間へ体をわざと引きずり込ませて、超高速でスタートしたんだ。読めなかったその動きのせいで、こっちが動ける時間が縮まった。射撃による対応は間に合わない。回避するしかない。

　見えない刃とヒノトの突撃を、左ナナメ後方へのバックステップで避(よ)けると――足が、車輛(しゃりょう)の左端辺りを踏んだ。後が無い。ヒノトは今、俺のすぐ隣で和服の翼を閉じている。次の不可知の刃を放つ準備動作だ。また同じ流れになって退(さ)がれば、俺は転落してしまう。地上15ｍを高速度で走行する、このモノレールから。

バァッッ！　ヒノトが和服の翼を広げ、体の前を減圧した。薙刀(なぎなた)の刃が振りかぶられている。こっちが回避しかできないと見て、近距離からも不可知の刃(やいば)を放つつもりか。だが今度は1歩たりとも退(ひ)くな、俺(おれ)よ。

（むしろ——前に出るんだ！）

俺は減圧空間に自ら飛び込んで、今まさに振るわれる薙刀を止めにかかる。白羽取りは角度的に厳しい。仕方ない、もうしばらく隠し持っていたかったが——

「——ッ——！」

ギィンッッ！　俺は背に差していた光影(コウエイ)を右手で抜き、ヒノトの薙刀を押し返す。

女性の武器というイメージが強いものの、薙刀は南北朝時代には戦場の主役だった武器。斬る以外にも刺突や打撃の多彩な攻め手を持ち、実戦上、刀より有利だ。第2態の半妖とヒステリアモードの俺なら、運動力に大差は無いだろう。となると刀だけで正面から戦(や)り合うのは悪手だ。一剣一銃(ガン・エッジ)で行くぞ。

予期せぬ刀が出現し、ヒノトが近接戦のプランを組み立て直す一瞬の間で——俺は体重移動を仕掛け、ヒノトと自分の立ち位置をグルリと入れ替える。切り結んだ点を中心に、踊るように。同時に左手にはスライダージャケット(ジャッカ・コルソーレ)でデザート・イーグルを展開した。

さっきと逆にモノレールのフチへ追い詰められながら、ヒノトは光影の鎬(しのぎ)を削るように薙刀の切っ先を下へ滑らせてくる。狙いは刀を持つ俺の右手、手首。だが俺の左手による発砲がその刃を迎撃し、バチインッ！　と大きく逸らす。弾丸が運河へ落ちる角度に跳弾するよう気を遣って撃たなきゃならないから、少し難しかったな。

「――斬り合いに銃を交ぜ使うとは、無粋ですね。しかもそんな大口径の、凶暴な銃を」

「鶴には鷲が効くかなと思ってね」

撃たれた勢いを逆利用し、ヒノトはその場でスピンターン。薙刀をバトントワリングのように回して、石突きで殴ってきた。俺は屈んでそれを躱し、さらに来る回転力の乗った薙ぎ斬りを――ガチイッ！　と、光影の鍔で受ける。ブンブン振り回される長柄の武器は、圧が凄い。鍔迫り合いに持ち込んで、一呼吸置かせてもらおう。

「――んっ」

「おっと」

ヒノトは刀を押す薙刀を操り、刀を握る俺の右手を誘導してネジっていく。驚いたな。体と体が触れ合っていないのに、完全にサブミッションの激痛だぞこれは。

対する俺はここも無粋にヒノトへ銃口を向けてやり、射撃線から逃れようとする動きで関節技をキャンセルするよう仕向けた。流れ行く湾岸の夜景の中、超人的なチャンバラを演じた、まあ事実超人同士の2人が一旦離れ――そこでモノレールは平和島の上へ移り、車体を左に傾けるバンク角を取ってカーブの軌道を行く。

大通りの向こうにまた見えたトレーラーもカーブを走行しており、ネモのヘタな運転で大きく振られた荷台からは何もかもがズリ落ちそうだ。その遠心力のベクトルに合わせて、ようやくＹＨＳ(イース)を装着し終えたアリアが――バシイッ！　荷台に手を突き、カポエイラの逆立ち蹴り(ブードムセゴ)みたいなバリツの蹴りでガバリンを車外へ蹴り出した。

高架道から空中に飛び出たガバリンが、折り畳まれていたガンメタの主翼をガシャッと自動で広げる。そして慣性でトレーラーの横を飛びつつ、一般道の上空へ昇(のぼ)り始めた。

見ればトレーラーにいるアリアが、手持ち式のワイヤーリールでガバリンの飛行を補助している。まるで凧揚(たこあ)げだ。

ガバリンが高度30ｍまで上がると、助走を付けたアリアが荷台から飛び出した。ＰＫで広げたツインテールの翼を左右それぞれ上下２段――複葉機のようなフォーテールにして、２倍の揚力を得ながら。

コッ！　コォーーッ！　というＹＨＳの断続的なジェット音。アリアはワイヤーで繋(つな)がるガバリンを引っぱりすぎず、かといって上げすぎず、絶妙なバランスを取りながら上空をこっちへ旋回してくる。

どうあれ、ガバリンは運んできてほしいとは思ってたけど……空中でガバリンを凧揚げしながら、共に移動してくるとはね。まさかの運び方だな。空中でのバランス感覚が人間離れ人間してるよ。

その様子にはヒノトもすぐ気付き、確認の時間を取るためか――薙刀(なぎなた)で俺(おれ)を牽制(けんせい)しつつ、カポッ、カポッ。ぽっくり下駄で2度ほど跳躍し、モノレールの先頭方向へ退いていく。体内に収めた、ルシフェリアの玉ごと。

「――よく、飛べるものをご用意なさってましたね」

「かなり、たまたまだけどね。あと、あれをトレーラーごと持ってきたのは俺じゃなくてアリアだよ。こうなる予感がしたんじゃないかな、彼女」

「しかし、愚かしい。私めと空で競うおつもりとは」

「どこへ行くつもりかは正直分からないけど、ヒノトは飛ぶつもりならとっくに飛んでたハズだ。つまり今は何らかの理由で飛べないんじゃないのかな」

「飛べないのではなく、ここでは飛びたくないのですよ。だから、人目につかぬ海の沖か空の上までは乗り物で行く手配をしておりました」

「……ここでは、飛びたくない？」

「ええ。私どもシエラノシア族は、自らの羽根で織ったこの翼套を操って飛びます」

と、ヒノトは薙刀を持ったまま両腋を広げ、白い和服の翼を見せてくる。

「しかしこれを織るところや、これで本気で飛ぶ姿を人に見られるのは、私どもにとって危険なことであり、禁忌であり、恥なのです。その光景から自分がどの程度飛べるのかを見抜かれてしまいかねず、そうなれば飛べる者同士での戦いでは命取りとなりますので」

なるほど。それで、飛ぶのを控えていたってワケか。

「とはいえ地に足をつけて遠山様と神崎様を同時にお相手していては、七つ折りの凶星の時間が尽きてしまいます。このような不都合が生じ、人前で飛ばざるを得なくなることも想定の範疇——私は今夜ルシフェリア族に生まれ変わる身。シエラノシア族としての恥も、一夜限りの恥となりましょう」

アリアが迫る中、飛ぶ腹を括ったらしいヒノトが——バサッ……バサァアァッ……と、翼になっている和服の袖を羽ばたかせる。

それは確かに衣服だが、ジーサードの筋電義肢と同様に自分の意志で動かせるようだ。動くだけじゃない。その袂が、裾が、羽ばたくたび大きくなっていくぞ。それに合わせて、ヒノトの側頭部に生えた先尾翼となる翼も大きくなっていく。

走行するモノレールの向かい風に加えて、ヒノトの翼が生じさせる旋風が俺を叩き——俺がマバタキした瞬間を捉えて、ブワァッッッ……！　今や全長5mほどにまで拡がった翼を捻り、180度ターンしたヒノトの足がモノレール上を離れる。視覚的には、真上へ。

「……ヒノトっ……！」

俺の視線を自分から下げさせるためにか、ゴロリッ。ゴロゴロッ。

ヒノトが和服の裾から落とした何かが、モノレールの屋根を転がってくる。

硬い音を上げて俺の足下を通過し、さらに車輌後方へ転がっていったそれは——

——M67手榴弾。ピンは抜けている。

「――ってオイっ……！」

俺は飛び上がるヒノトを見てる場合じゃなくなり、手榴弾を追いかけるしかない。

Ｍ67は破片手榴弾。ピンで固定されていた安全レバーが開放されると、約5秒で爆発する。ピンを抜かれたタイミングが分からない以上、今爆発するかもしれない――！

起爆までの時間が最もあるなら残り2秒半。だがその場合、手榴弾は1輌目と2輌目の間に落ちたところで爆発するだろう。乗客、車輌、レール全てが被爆し、最悪、脱線したモノレールが地上のビルめがけて次々に飛び降りていきかねない。大惨事になるぞ！

（ヒノトにとっちゃ、人間（ヒト）なんかいくら死んでも構わないって事か……！）

俺は桜花（おうか）ダッシュで手榴弾に追いつき、サッカー選手のようなスライディング。今この瞬間に爆発するかもしれない手榴弾を足首に引っかけて止め、車輌の上から蹴り飛ばす。建物と建物のスキマを抜けた向こう、運河へ精密に蹴り込む角度で――

――バチュッ――！　ちょっとした砲弾のような速度で飛んだ手榴弾が運河に飛び込み、ドゥッッッ――バシャザァァァ！　と、高さ数ｍの水柱が上がる。

近隣のオフィスビルやマンションで、それを見た人々が驚いてワーワー騒いでる。だがヒステリアモードの目でザッと見回した限り、ケガ人はゼロだ。よかった。

「――キンジ！」

ほぼ直上からアニメ声がしたので見上げると、ＹＨＳ（イース）で飛ぶアリアの姿が見えた。もう手のひらで隠せるほど天高くへ飛び去った白い翼――ヒノトを追って、ロケットみたいに上昇している。

アリアは既にガバリンを凧（たこ）のように操るワイヤーのハンドルから手を離しており、そのハンドルをブラ下げたガバリンは昭和島（しょうわじま）上空をこっちへ飛んできているところだ。

黒いガンメタの翼は、走行するモノレールとナナメに交叉（こうさ）するコースを滑空してくる。高低差は5m。相対時速は170km。流氷の上でトマホークに乗った時と同様、ガバリンから垂れてるワイヤーのハンドルを掴（つか）んで乗れっていうムチャ振りか。とはいえアリアの誘導は完璧で、四角い吊革（つりかわ）みたいなハンドルはこの1輌目の上空1mを横切る。

1輌目の上で俺（おれ）は――パシッ――ハンドルをキャッチし、巻き取りスイッチを押しつつモノレールから虚空へ飛び出る。ハンドル内のモーターが火花を上げる勢いでワイヤーを巻き取り、滑空するガバリンにブラ下がった俺の体が急上昇していく。

『ヒノトは北北東へ飛んでる。風に乗ろうとしてるみたいだわ』

アリアからの通信を聞きつつガバリンに到達した俺は、切り離（パージ）したワイヤーを棄（す）てて――翼の上に出ているグリップを掴み、ガバリンの上へ移動する。そこで上水平支持（プランシェ）の体勢を取ると、それを検知したガバリンが翼端側ノズルからジェット噴射を強めたのが分かる。

よし、追うぞ。ヒノトを。アリアと組んで、夜にって事で言えば――医科研病院の上空以来の、空での追撃戦になったな。

3弾　綺羅月(カルティエ・ムーン)に翔べ

　ガバリンは、大きなブーメラン形をした全翼ジェット機。極小ジェットエンジンで人間1人を飛ばすという設計理念(コンセプト)は、実はアリアのYHS(イース)と同じものだ。違うのは形だけで、ガバリンは翼型だから滑空でき、YHSはスカート型だから出来ないというぐらいの違いしかない。推力さえあれば、ジェット機は割とデタラメな形でも飛ぶものだからな。

　さっき携帯で受けた説明と、以前ジーサードがこれを飛ばしていた時の光景を思い出しながら旋回してみると――AIの補助もあり、ヒステリアモードの体幹を以(もっ)てすれば安定して飛ばせる。俺は運河に沿って飛び、かなり北の上空を飛ぶヒノトを視界に捉え直す。向こうは今、レインボーブリッジの上空を跳び越えた辺りだ。

「ヒノトはただの鳥よりはずっと速いな。加速しよう」

『翼で飛ぶのに魔術を併用してるわね。まずは付かず離れず追うわよ』

　バサバサと防弾制服や髪を風圧に暴れさせながら、俺はアリアに追いついた。そこから2人で並んで飛ぶと、学園島(がくえんじま)上の夜空に2筋の飛行機雲が描かれていく。

　ヒノトを追って、レインボーブリッジの吊(つ)り橋(ばし)が撓(たわ)んでいる部分を飛び越すと――その先に空(あ)き地島(ちじま)が見えた。人工浮島(メガフロート)の南端には赤い翼端灯を点滅させる風力発電機が並び、長さ数十mの羽根を巨大なギロチンのように回している。ヒノトは今その先、隅田川河口付近上空だ。

「風力発電機に衝突しないよう、要注意。アリアが折ったやつも撤去されて、新しいのが立てられてるからね」

『折ったのはあんたでしょ。西から2本目と3本目の間を抜けるわよ。羽田に降りていく民間機にも気をつけなさい』

俺とアリアはインカムで通信しながら、空き地島の風力発電所を抜けていく。この飛行、緊急事態だから航空法違反には問わないで欲しいところだ。

空き地島の北には強い風があり、俺とアリアが揃って東南東へ流され始める。ヒノトは更に高度を取り、地上500m辺りで東へ加速していく。どうやら上では追い風がもっと強く、ここよりまっすぐ東に流れているようだ。その一方で、ほとんどジャマな雲は無い。ヒノトには気象レーダーのように、自然現象を広範に読む能力があるんだ。

『1150ftまで上昇ッ。ナナメ下に付けて追うわよ!』

アリアの号令に続き、俺たちはヒノトから水平方向に200m西、高度で150m程度下の空域を飛ぶ。そしてその位置関係をキープし、月島・豊洲の上空を東へ通過していく。

ガバリンの推力は50%。まだ加速できる。YHSも7枚のフィン兼ジェットエンジンの内3枚だけを噴射しており、余力がありそうだ。

とはいえ焦って仕掛けると、うまく躱されたら燃料のムダ遣いになる。鳥は何千kmでも渡れるものだが、こっちにそんな航続力は無い。ここまでの燃料消費量から計算するに、３００kmが限界だ。空戦機動をすれば、それはさらに縮まる。本気で仕掛けるのは、もう少し向こうの能力を確かめてからにしないといけない。

という見立てはアリアも同じらしく、まずは飛びながら俺と作戦会議を始める。

『さっきのあんたの話じゃ、ヒノトはルシフェリアを殺す前に月光の反射光を浴びたいんでしょ？　でもそれには間に合わないハズよ。なら、どうして東を目指してるのかしら』

「まだ分からない。東京湾の先、房総半島も越えれば……視界を遮る山稜が無くなるから、より月の出を早く迎えられる。だが、それでも間に合わないだろう」

『じゃあ太平洋をもっと東に——地球の丸みに沿って飛んで、月の出を迎えに行くような具合で早めるつもりかしら』

「それを狙うなら……俺の計算だと、ヒノトがマッハ５以上で飛べないとダメだ」

『マッハ５!?　マッハ０・５も出てないわよ、あれは』

「——瞬間移動が出来るようにも思えないしな。ただどうあれ、ヒノトは急いではいた。つまり、タイムリミットはあるんだ。だから、まず飛行を妨害する。そうすればどこかで時間切れが確実になって、ルシフェリアの身柄を返す交渉をしてくるかもしれない」

『……分かった。ヒノトの空でのスペックを見るついでに、飛ぶのをジャマしてみるわ。

あんたは一応様子見してて』

と言ったアリアが、荒川の河口付近上空でYHSのフィンを5枚噴射させてナナメ上へ加速した。空気抵抗を減らすため、広げて揚力を得ていた髪も可変翼のように閉じる。

ピンクの戦闘機と化したアリアは、ヒノトとの距離をグングン詰め——バババッ！　とガバメントを射撃。さらに、ビシュビシュッ！　YHS搭載のコイルガンも放っている。

上空のヒノトは、それらを躱す挙動を見せた。そのせいで飛行に遅れが生じるのを嫌うように、バッ——！　ナナメ下のアリアへ、白い何かを投げつける反撃の動作も見えた。

（——何を投げた？）

ヒノトが背負って垂直尾翼にしている薙刀はそのままなので、不可知の刃ではない。

ヒステリアモードの眼と脳が、300m以上離れた空中を飛んだ小物体の形を分析する。先は針のように尖っており、長さは10㎝、幅3㎝——羽根だ。白い羽根。あれがリサの言っていた、『矢のように飛ぶ羽根』だろう。

アリアは上昇角を上げて躱そうとしたが、羽根はそれに対応するようなカーブを描いて迎撃しようとしてくる。その羽根の想定外の動きに対応するため、アリアはさらに上昇を極端にせざるを得ない。ヒノトへの肉薄をキャンセルし、ほぼ直上へ上がっていく。白い羽根はこれを追うような動きは見せず失速し、力無くアリアの足下を飛び去った。

空中で直立姿勢になったアリアが自分と同じ高度に達する寸前、ヒノトは——シャッ！

水平方向５０ｍ背後に来るアリアの胸めがけて、２本目の白羽根を投げつけた。

　ヒノトの見越し角の取り方が完璧だったので、これは当たるかと思ってヒヤッとしたが――アリアは自分の体にツインテールを螺旋形に巻き付け、くりんっ！　風圧で回転扉のように体を捻り、羽根を左胸の先スレスレで擦れ違わせた。スゴイな。正面を向いてたら当たる投擲武器を、横を向くことで躱すとは。でもそれ、胸がもうちょっと大きかったら当たってたよね。口が裂けても言えないけど。

　やむなく宙返りしたアリアは、ヒノトから引き離され……ガバリンで飛行を続ける俺の隣に戻ってくる。３５０ｍ下の地上は今、舞浜。ミニチュアのように見える遊園地・東京ウォルトランド上空を突っ切ってるところだ。

「――次は俺が行く」

『あの羽根は空中でコースを変えるわ。気をつけて』

　アリアの警告を背に、ガバリンの推力を８割まで上げた俺は――右利きらしいヒノトが羽根を投げづらいであろう左側へ飛ぶ。ベレッタの有効射程より外、最大射程より内の、いわゆる危険区域にヒノトを置き――バッ！　バッバッ！　左手でガバリンを保持しつつ、単射のベレッタを鳴らす。ヒノトは上下左右にジグザグ飛行して弾を躱すが、構わない。

　これはヒノトの無力化ではなく、飛行の阻害を目的とした銃撃だからな。

　ヒノトは苛立ったように、俺にも白い羽根を投擲してきた。２枚、３枚。これが確かに弾丸とは異なる複雑な飛び方で、躱（かわ）しにくい。とはいえ何枚か避（よ）ける内に分かってきたが、この白い羽根はホーミング性のあるミサイル的なものではない。ヒノトがこっちの動きを予測して投げてきている、変化球のようなものだ。空気抵抗による減速のペースも速く、距離がある限りさほど怖くないぞ。

その俺（おれ）の様子を見たアリアも改めて加速し、一定の距離を保ちつつヒノトを撃ち始めた。空戦に慣れてるらしいヒノトは2対1でもなかなか被弾してくれず、反撃の白羽根も度々放ってくる。

俺とアリアは近付いて射撃を収束させたり、編隊解除（ブレイク）して十字砲火（クロスファイア）したり……ヒノトがイヤがる事を繰り返しつつ飛び続ける。浦安（うらやす）を飛び越えた眼下は真っ黒な東京湾に変わり、ヒノトの進路はそのまま東・千葉県千葉市美浜区（みはまく）の夜景へ向かっている。

『……これだけジャマしたのに、諦めないわね』

「これでも間に合う自信があるってことだな。となると、妨害するだけじゃダメそうだ。もうすぐ下がまた陸になるから、そしたら降りてもらおう」

東京湾上では下から俺たちを照らしていた街灯（まちあか）りが無くなったので見えたが、ヒノトの鎖骨の下、胸の上辺りには発光があった。あれは、強烈な光がヒノトの体内から透過して見えているものと思われる。ヒノトの胸の中央上部には前胃か砂嚢（さのう）のような器官があり、そこに収めたルシフェリアの玉が光っているんだ。

直下を流れる景色が、東京湾から——千葉マリンスタジアムに切り替わる。房総半島に入った。ここまでで、ヒノトの飛行・攻撃能力は十分見させてもらった。不慣れな空中戦だが、戦えなくはない事も分かった。行くぞ。ここ、美浜上空で勝負を掛ける——！

——という俺の考えを見抜いていたか、バサァッ——！　ヒノトが和服の翼を延伸させ、細い二等辺三角形のような姿になってスピードを上げ始めた。その加速は、まるで無制限。千葉上空を東へ翔ぶその白い姿が、俺たちをグングン引き離し始める。

速いッ……！　あれはガバリンの出力を１００％に上げても追いつけないぞ。向こうも、ここで仕掛けてきたか！　ヒノトはまだトップスピードを隠してて、逆にこっちの飛行・攻撃能力を確認してたんだ。それで自分の方が上と見て、全力で逃げ切りモードに入った。

『……マズいわ！』

追いつけなさそうなのはアリアも同じらしく、ＹＨＳの全フィンを噴射させている。俺も慌ててジェットエンジンの再燃焼装置を入れ、さらには姿勢制御用のスラスターも推進に併用する。ジーサードはこれで推力を１５５％まで上げられると言っていたが——燃料を倍速で消耗してしまうとも言っていた。こうなると俺の航続は大幅に縮まる。

脚をピッタリ閉じて飛ぶアリアのＹＨＳからも、さっきと違う高音域の笛のような音が上がっている。リミッターを解除して、とにかくスピードを上げさせてるんだ。フィンの並び方も花から蕾に戻ったみたいな高速形態に変形させている。

右方向に見えていた千葉の街並みが、みるみるうちに後方へ遠ざかっていく。ヒノト、俺、アリアの時速は共に３００㎞を超えた。風圧で呼吸が阻害され、インカムでの会話も困難だ。

今、スピードは……ヒノトより僅かに、俺とアリアの方が速い。

もどかしいほどにジリジリとではあるが、さっき広げられた差が詰まっている。

「――ヒノト、降りるんだ！」

声が届くかどうかは分からなかったものの、俺は叫びながらデザート・イーグルを撃つ。

大きな白い矢のように見えるヒノトはヒラリと身を捩って余裕で弾を避け、ビシュッ！

振り返りもせず、白い羽根を俺に返してきた。

「……ッ！」

叫びと銃声で俺の位置を読んだらしいヒノトの羽根が、顔面めがけて飛来し――やむを得ないッ――俺はギリギリまで引きつけてから、一気の１８０度ローリングを敢行する。

減速を覚悟で背面飛行になり、羽根を躱したその時……ガクンッ……！

ムチャな出力でムチャな機動をしたせいか、ガバリンに異様な揺れが生じた。何らかの問題が機体に起きた。

肝を潰して元の飛行姿勢に戻ろうとするが、戻りきらない。体を何度も振って、裏返るところまでは来られたが……翼は、大きく右を下げた状態だ。翼面のタッチパネルを確認すると、右の翼端スラスターが停止したというアラート表示。ＡＩも自律的に水平を取り戻そうとしているが、機首がフラついている。

「せ――扇貫（せんがん）ッッッ！」

スライダージャケットで銃を袖の中に戻すと同時に右腕を振るい、衝撃波で空中姿勢を取り戻す。推力は少なからず落ちた。運動力も落ちただろう。戦いづらくなったぞ。

アリアも銃撃を繰り返してはいるが、やはり空中戦ではヒノトの方が上手（うわて）だ。俺たちは白い羽根に翻弄されながら、２対１のローリング・シザーズみたいな機動で飛び続ける。

……パキィィンッ……！　という音が、ヒステリアモードの耳に聞こえてくる。

ヒノトの胸の光が、一気に増した。七つ折りの凶星、その６回目の半減が終わったんだ。

だがこれは、俺が計算していたよりかなり早いタイミングだ。おそらく、ルシフェリアが自らそれを早めた。

（ルシフェリア……！）

今やルシフェリアは２・５㎝まで縮んだハズだ。その最期は近い。急がないと……！

光の尾を引いて東へ飛ぶヒノトと、

『ＹＨＳ（イース）の燃料があと25％！　もう長くは飛べないわ！』

「こっちも……30％を切ったところだッ！」

インカム越しに大声で遣り取（やと）りする俺とアリアは、３つの流星のように下総（しもうさ）台地の空を飛び越えていき――九十九里低地の先に、真っ暗な海が見えてきた。太平洋だ。

今なお、ヒノトの進路に変更は無い。まっすぐ東、海を目指している。

水月婚――ヒノトがルシフェリアに変身するためには、月光が反射した光を身に浴びる必要がある。太平洋を、その水面に使うつもりなのか。しかし不可解だ。なぜヒノトは、同じく広い海面のある東京湾をわざわざ飛び越えたのか。もう一つ不可解な事に、やはりまだ月が出ていない。月の光が無いのだから、反射する光も――

（……ッ……!?）

いや、ある。

光が、ある。

水平線の、間もなく月が昇ってくる、まさにその方角に。

船の光ではない。明らかに自然光だ。月？　そんなバカな。あれは何だ。何の光なんだ。

「……！」

混乱する俺の脳裏に、ある光景がよぎる。それも、つい最近の光景が。

オホーツク海から知床半島へ帰還した時に見た……

（……光柱現象……！）

あの時は漁船の光だったが――あれは高層雲から大気中に舞い落ちた氷晶に、水平線の向こうの光が反射する自然現象だ。その光は上下に拡がって見えるために光柱と呼ばれ、月の光でそれが起きる場合は月柱とも呼ばれる。

気象レーダーのように自然現象を感じ取れるヒノトには、今夜太平洋で月柱が出る事が予測できていたんだ。

――月柱は刻一刻と伸び、光の塔のような輝きを強めていく。

あの光は紛うことなき、月光が反射した光。ヒノトをルシフェリアに変える鍵だ……！

「時は来ました！　私が、女神になる時が――！　あははははっ――！」

九十九里浜を飛び越えたヒノトは、千葉沖の夜空を上昇し始めた。まっすぐではなく、螺旋を描きながら――ルシフェリアを収めた自らの身体に、万遍なく月柱の光を浴びせるように。

俺とアリアがそれを追って飛ぶが、ダメだ。一直線に追う分にはヒノトと競り合う事もできたが、あんなにも激しい挙動や急上昇にはついていけない。YHSの構造上アリアは辛うじて追尾できているが、小回りの利かないガバリンで飛ぶ俺は低空に取り残された。

……そこで気付いたが、眼下、この海域にチカチカと光を明滅させている小型船がいる。

モールス状の発光信号だが、和文・英文どちらでもない。漢字を符号化した中文電碼でも、キリル文字、ハングルを意味してもいない。暗号、いや、おそらく未知の言語だ。つまり、

（レクテイア組合……！）

組合の千葉県連は、あの寄り合いを欠席していた。

それはヒノトから、この海域に出て待機するよう命じられていたからだったんだ。

ヒノトに船が要る理由も推測できる。ヒノトことシエラノシア族は縦横無尽に飛べるが、ルシフェリアは一切飛べなかった。ヒノトはルシフェリアに変貌すると飛べなくなるか、飛ぶ能力が弱まるのだろう。となると、さらに東へ飛ぶ可能性は低い。この九十九里(くじゅうくり)沖の上空が、ヒノトと俺(おれ)たちの決戦の空だ。

「──アリア！　あの水平線にある光の柱は、光柱(こうちゆう)現象──月光の反射光だ！　ヒノトはあれが目当てで、ここへ飛んできたんだッ……！」

『……そんな(Gosh)……！』

俺もアリアも、この事態をどう打開すればいいのか分からない状況だ。

激しい焦りと共に見上げると──ヒステリアモードの眼(め)で分かるが、白かったヒノトの胸の発光が水色に変わっている。そこから針のように四方八方へと迸(ほとばし)る、黄緑色の光帯も見られた。

視覚的・感覚的に分かる。あれはヒノトの体内のルシフェリアから、接触している者をルシフェリアに変える力の放射が始まってるんだ。月光が反射した光柱の光に反応して。

ルシフェリアの悲鳴のようにさえ思えてしまう、その放射は……ヒノトが上昇すると、より強まっていく。高度が増せば見渡し角が増して、光柱の水平線下に隠れてしまう部分からの光も受けられるようになるからだ。

「……ヒノトを上昇させるな！　上がられると、ルシフェリアへの変身が速まる！」

俺に言われたアリアは、ヒノトを追尾する螺旋機動をやめ——まずはヒノトを高度的に追い越して、上空を押さえるような位置についた。そこから、

『銃撃で押し下げてみるわ！　……こ……のォッ！』

アリアは苛立つような声と共に、バリバリバリッ！　マズルフラッシュの光を迸らせ、直下のヒノトに弾丸の豪雨を降らせる。もう飛べる時間が短いとあって——弾切れ上等、コイルガンの弾も出し惜しみナシの全力斉射って感じだ。

対するヒノトは、自由自在な空中運動で当たり前のように弾を躱す。やはり空では銃が通用しない。とはいえ、上昇は防げていて……いや、それどころか降下してきたぞ。

（——？）

アリアの銃を恐れて、という感じではない。

俺の方へグングン降りてくる。対応までは出来ていないものの、ヒノトの意図を比較的正確に見抜いてアリアに連絡する俺を始末しようと思ったのか。

ネオンのような光の尾を引くヒノトを、俺がベレッタで迎え撃つが——

「……ああ、分かる、分かる！　ルシフェリア様のことが！」

やはり銃など意に介さず、ヒノトは歓喜の声を上げながら——ビュンッ！　飛ぶ速度に重力の加速をつけて、俺よりさらに下へと飛び去る。そのスピードは８００㎞／ｈに至る

勢いだ。

（——ッ……！）

それを追って、銃を収めた俺もジェットを全開にした急降下を敢行する。

ヒノトを待つ千葉県連の船が1隻だけという確証は無い。あれだけ加速されてしまうと、その速度でヒノトが予備の海域にでも向かったらもう追えなくなる。同じぐらい加速して、食らいついていかないと。

真下めがけて、加速、加速、加速——俺の頭から血が引いていき、視野が狭まっていく。もうヒノトの白い翼の裾しか見えない。それすらも、白い点に見えるようになっていく。だが耐えろ、耐えろ、意識を保て、追え、追うんだ、俺よ……！

「ひとつひとつ、変わっていく！　アハハハッ——分かる！」

どこかルシフェリアっぽい笑い方をし始めたヒノトが、ドンッ！　翼で空気を叩く音を上げ、ほぼ90度の方向転換を見せた。垂直降下から、水平飛行へ。海面スレスレで。

（——しまった——！）

俺の高度が、100mを切っている。

ブラックアウト気味になっていたせいで、ここまで下がっていた事に気付けなかった。

今の動きは空中戦慣れしているヒノトが仕掛けてきた、空の罠——進行方向を垂直から水平へ急に変えられない俺を、このまま海面に墜落させるつもりだったんだ！

俺のダイブが止まらない。止められない。ガバリンの高度表示がみるみる０に近付き、タッチパネルが『機首を上げろ（ピッチアップ）！』の真っ赤なアラートを激しく明滅させる。

ガバリンの運動ベクトルを、なんとかして下から上に急転させないと。

しかしフラップ操作じゃとても間に合わないし、風圧で補助翼が飴細工（あめざいく）のように壊れてしまうだけだ。全ジェットはＡＩが緊急停止させたが、亜音速の降下は全く止まらない。

漆黒の海面が迫り来る。高度は５０ｍを切った。この速度で衝突すると、水面は鋼鉄の硬さに変わる。墜落まであと数瞬。高度０までに落下を止める事は、もう絶対にできない。

――終わりか。終わりなのか。いや、この土壇場で閃（ひらめ）いたぞ――！

（０の下にはマイナスだってある！　高度マイナスの海中を、空中に変えるんだッ！）

俺はガバリンのグリップを握る両手を支点に、桜花（おうか）の術理で風に逆らう。伸ばしていた体を丸め、両足を翼について、腰を大きく振り下ろす。

それで重心の位置が変わり、グリンッ！　真下へ落ちながらも、ガバリンの主翼前縁がほぼ真上に引き起こされる。こいつは競艇選手がやるモンキーターンの、縦版。言わば、モンキーロールだッ……！

高度２０ｍ。ジャケットの背が千切れんばかりに上へ靡（なび）く。主翼後縁に並ぶ噴射口（ノズル）は今、全て海面に向けられている。高度１０ｍ。俺の時間の流れが、ヒステリアモードの見せるスーパースローになった。高度０ｍ――海面にいる。エンジン再噴射、全開ッ――！

ドウウゥゥッッ——！　ガバリンのジェット噴射が水面にボウル形の穴を穿ち、高度マイナス1、2m近辺まで海を掘り進む。そこから跳ね返るようにして、俺の進行方向は見事に上へ切り替わった。慣性でガバリンから体が落ちそうになるのをなんとか堪え、

（追撃に戻るぞッ、ヒノトはどこだ……！）

今度はレッドアウトしかけてチカチカする眼で、白い翼を空に求める。

——いたぞ。早くも上空、200mの辺りに。そこで胸の青や緑の光を強めたヒノトが、さらに上空にいるアリアに白い羽根を放つのが見えた。拳銃が弾切れしたらしいアリアはYHSの機銃でヒノトの上昇を邪魔しているが、今やそれも残弾数を気にした撃ち方だ。俺はアリアと連携するため、再度急上昇していく。ガバリンの燃料は、残り10％——！

しぶとい俺を見下ろした、ヒノトは——

刻一刻と、その存在感が大きくなっている。それが俺に伝わってくる。今はまだ姿形が変わる事はないが、居丈高なムード、不可侵の気配、抜き身の銘刀のような怜悧さがその表情に交わってきている。

これは、ルシフェリアと出会った時に感じたのと同じ……王者の風格。

それが少しずつ、ヒノトに備わってきているのだ。

おそらく、世界を自在に滅ぼせる——ルシフェリアの、神の力と共に。

「ヒノト……！」

お前はルシフェリアの命を奪うのみならず、そのルシフェリアの力でこの世界に災いをもたらすのか。ルシフェリアがお前たちレクテイア人と対立してでも守ろうとした、この世界に。

ダメだ。それはダメだ。それじゃあいくらなんでも、ルシフェリアが哀れすぎる……！

「ヒノト？　違います。私はもう、純粋なシエラノシアではありません。ルシフェリアになりきってもいませんが、最早（もはや）ルシフェリアでないわけでもありません。嗚呼（ああ）、これが、力……！　参りましょう、ルシフェリア様。花嫁の在るべき、高き空の上へ」

自分の光る胸に手を添え、穏やかに目を閉じたヒノトが――ばさぁあ。白い翼を大きく羽ばたかせる。上空で月柱からの光を存分に浴び、ルシフェリア化の仕上げをするつもりなんだ。

――ヒノトが、真上で通せんぼうするように滞空しているアリアめがけて上昇していく。

「行かせないわよ！」

全弾撃ち尽くしたらしく、小太刀を抜いたアリアに対し――ドォンッ！　という爆音を上げて、ヒノトが真下から薙刀（なぎなた）を振るった。２０ｍ上下に離れた、完全な間合いの外から。

『不可知の刃（エッジ・インフィニット）』――！

その勢いは、さっきモノレール上で俺に使ったものより格段に強い。ナヴィガトリアで俺を悩ませたルシフェリアの格闘能力が、ヒノトの身にも備わりつつあるんだ。

「――ッ!?」

さすがのアリアは不可知の刃(やいば)を初見で躱(かわ)したが、それで大きく体勢を崩し……そこに、上昇して距離を詰めながらのヒノトが白い羽根を放つ。ボヒュンッ！　という砲のような音を立てたその羽根もまた、さっきまでとは段違いに速い。狙いは防弾ブラウスの裾下、ナナメ下からだと丸見えのアリアの腹部――マズい。躱せないぞ、あれは――！

「――アリア！」

ガツッッ！　と、羽根は上昇する俺(おれ)が青ざめるような強さでアリアのＹＨＳ(イース)に当たった。正確には、ヘソを射貫(いぬ)こうとした羽根をアリアが防いだのだ。咄嗟(とっさ)に、ＹＨＳを盾にして。

「あっ――！」

投げ矢弾(フレシェット)のような羽根の命中を受けたＹＨＳの制御翼(フィン)・兼・噴射口(ノズル)が１枚――左右のと共に３枚、一気にジェット噴射の光を消してしまった。それでバランスを崩したアリアはのけぞるようになって、コイントスされたコインのようにクルクルと落ちていく。

俺の前方数十ｍを墜落していくアリアは、失神している。異常を検知したか、ＹＨＳの残る４枚のフィンも停止した。アリアは糸の切れた操り人形みたいになって、落下速度をグングン上げていく。あのままじゃ海面に激突して、死んでしまうぞ。逆回転のモンキーロールで助けに――クソッ、ガバリンが言う事をきかない。無茶な機動であちこち内部を破損した主翼がもう耐えられないと判断して、ＡＩがその動きをブロックしやがった。

――どうする。どうする。どうするキンジ……！

活路を求める俺の脳裏に、ランドマークタワーのブラド、コロッセオのグランデュカの姿がよぎる。

（って……出来ないだろあんな事は！　いくらヒステリアモードでも！）

肉体の構造上、サイズ上、俺のような人間には不可能――

――いや、不可能って言うな！　それはアリアに禁じられた言葉だ。それにイ・ウーの甲板上ではシャーロックがやってた。ルシフェリアも劣化版の技をやってた。人間の体で、やっていた。やればできるんだ。できなきゃならないんだから、できると考えろ。やれ、やるんだッ――！

――ズオオオオオオオオォォォォォォォォォオオッッッ――！

俺の口が、鼻が、スクラムジェットエンジンのような轟音を上げ始める。胸鎖乳突筋、外肋間筋、外腹斜筋、横隔膜――呼吸筋という呼吸筋を桜花の術理で連動させて、一瞬で莫大な量の空気を吸い込む。左右の肺が際限なく拡張していき、胸骨が、肋骨が、背骨が、内側から折られそうになる。いくぞッ、やるぞッ。俺は右手で右耳を、首を傾けて左肩で左耳を塞ぐ。

――――叫べ――――！

「――アリアあああああああああああぁぁぁぁぁぁッッッッ！！！！！！！」

それは絶叫を超えた超叫、声の雷土。名付けて人間音響弾――M84スタングレネードの炸裂音を上回る、190dBの大音声だ。推定200dBだったブラドの『ワラキアの魔笛』よりは小さいが、それに匹敵する音の発破は――全方位の大気を激震させ、ヒノトの翼を強制的にバンザイさせ、アリアの小さな体を、その耳朶を打つ。さらには眼下の海面にも泡立つような波を生じさせた。

『――きゃっ！』

短い悲鳴と共に、アリアが意識を取り戻す。そして海面ギリギリで、ドウッッ――！YHSの4枚のフィンを再噴射させ――水平飛行に移った。その姿が、上昇……しない。できないのかもしれない。アリアはただ『ヒノトを追うのよキンジ！』と言い残し、この海域から離れるように北へ飛んでいく。

「……言われなくてもっ……」

人間音響弾は、半自損技だな。耳鼻咽頭、気管支・肺、胸周りの筋骨全てがビリビリと痛む。頭も半日殴られ続けたかのようにグラつく。二度とやりたくないね。

「……ほほほっ。どうやらついてくるようですね、最後まで……」

半ば、神……ルシフェリアと化したヒノトは、喋り方のトーンもそれっぽくなってきている。ばさぁっ――ばさぁっ――と、天頂へ向けて飛ぶ、その翼に籠もる力も増している。明らかに引き離されながらの俺が、その白い姿を追う。

（ルシフェリア……！）

　高度６００ｍ、７００ｍ、８００ｍ——１㎞に達した。気圧の低下が体感できるようになってきて、気温も下がった。ヒノトは１２００ｍを超えたところだ。ああ、上がっても、上がっても、手が届かない。

　そして、ここで……力尽きるかのように、ガバリンの推力が落ちてきた。ヒビの入ったタッチパネルに、残燃料が僅かなため上昇を禁止する旨の表示が出ている。

　それに逆らって上昇を続けようとしても——ついには、ガバリンが上昇をやめた。どう操作しても、水平飛行までしかしてくれなくなる。

　高度１２００ｍ弱で旋回するしかなくなった俺を見て、ヒノトは……

「遠山キンジ、お前には見せてやりましょう。私が光を齎す女神——ルシフェリアとなる、この神聖な時を。お前はこの水月婚の立会人となり、語り継ぐのです」

　俺より僅かに上の空で滞空し、胸の光を見せつけてくる。

　天空で行われる神々の営みに、人は介入できない——

　そう、宣言するかのように。

（ああ……チクショウ……ここまで、なのか……！）

　俺がガバリンのグリップをきつく握りしめ、歯ぎしりした時——

　——そこに。

……バシュウウウゥゥゥ……ゴォォォォォォォ……！

ヒノトの宣言に待ったを掛けるような、人工の噴射音が聞こえてきた。

YHS(イース)やガバリンより遥(はる)かに強力で暴力的な、この轟音(ごうおん)は――デュアル推進・固体燃料ロケットモーター……ミサイル!?

驚いて音の方を見下ろせば、東の海上から流星のような光が駆け上がってきている。

こっちへ、めがけて。

（――シースパロー(RIM-7)!?）

なんでこんな海域でそんなモノが、と思うヒマも無く――

そいつは、ゴオオオウゥゥッ！　余裕でヒノトより少し高くまで上がり、水平方向には少し離れた空で――ドオオオオオオンッッ！　と、弾(はじ)けた。花火のように。

弾頭の種類次第ではヒノトも俺も命が無かったが、そのミサイルはこの空域の東側――月柱とヒノトの間の空に、無数のメタルテープをバラ撒(ま)いた。

極軽量のメタルテープ群は銀色の雲となり、虚空に漂って、緩やかに舞い降り始める。

キラキラ、キラキラと……これは――

（チャフ雲……！）

通常はレーダー電波を乱反射させて妨害するために空中散布される金属片、使い捨てのパッシブ・デコイ――チャフが大量に撒かれた、チャフ雲と呼ばれるものだ。

「……うっ……!?」

　ここまで余裕を見せていたヒノトの顔に、驚きと焦りの色がよぎる。

　その身に受けるべき、月光の反射光——太陽光の2重反射光は、メタルテープのせいで3重反射光、あるいは4重反射光になってしまっている。

　東の海からは次々とシースパローが上がってきて、ドオッ！　ドオンッ！　ドドンッ！チャフ雲を空に次々と生じさせ、チャフ回廊を作っていく。

「う……う……っ……！」

　ヒノトが胸元の光を押さえ、苦しんでいる。見れば、さっきそこから迸っていた水色や黄緑の光が弱まっている。赤や紫の、今まで見られなかった色の光も出始めた。明らかに、異常な反応だ。

　多すぎる触媒では適切な化学反応が起きない事があるように、過剰に反射した月光では正常なルシフェリア化が起こされないんだ。それどころか、今やルシフェリアの放射光はヒノトの肉体に有害な影響を与えているようにさえ思える。

「——ヒノト！　七つ折りの凶星から、ルシフェリアを解放するんだッ！」

「だッ、誰が……このようないやがらせ如きに、屈するものですか……！」

　バサバサッ！　慌てるように羽ばたいたヒノトは——チャフ雲を潜り抜けて月柱の方へ出ようと考えたらしく、東、ナナメ下方へ飛び始めた。今なお水平線下にあって見えない半月へ、縋(すが)り付(つ)くような表情を向けて。

「……っ！」

——俺(おれ)もだ。飛ぶぞ。上昇できなくても、水平にはまだ飛べる。飛べ。飛ぶんだ。未(いま)だ見えない、半月に翔(と)べ——！

ルシフェリアがそれを速めている以上——七つ折りの凶星のタイムリミットは、もはや分からない。今この時、最後の半減が起きる可能性だってある。もうそういう時間帯だ。

だからこそ、ヒノトも焦っているんだ。

別世界(レクティア)から来た白い翼と、この世界の先端科学兵装(ノイエ・エンジェ)の黒い翼が、銀の雲の下を翔(か)ける。

このデッドヒートが勝負の最後の分かれ目だ。苦しみながら羽ばたくヒノト、ガバリンを1mたりとも下げずに飛ばす俺——今は、俺の方が僅かに速い。いける、追いつけるぞ。

そうしたら前言撤回で腹パンでも何でもして、ルシフェリアを取り戻してやる……！

その時——追いつかれる事を悟ったヒノトが、後頭部に手を伸ばした。そこに1本だけ吹き流れている、真紅の大きな羽根に。ヒノトはそれを薙刀(なぎなた)でブツッと切ったかと思うと——少しでも重量を減らしてスピードを得たいらしく、薙刀を捨てた。

さっきネモが言っていた。それは狙ったものの心臓を必ず貫く、必殺必死の羽根。

「紅(あか)い羽根はッ……慈悲の羽根……！」

呻いて赤い羽根をダーツのように構えたヒノトは、俺を狙いやすい位置に捉えるためにだろう——チャフ雲の真下まで、高度を上げた。

俺も改めて真後ろに付け直せば射られにくかっただろうが、ガバリンが制限するせいで高度を上げられない。それをヒノトは見抜いていて、有利な位置取りをしたんだ。自分を苦しめるチャフ雲に近付いてでも。

今や俺は、ヒノトのナナメ下に全身を晒している状態。俺から見ると、ヒノトは煌めくメタルテープの雲を背景に、胸を七色に明滅させ、苦悶の表情で真紅の羽根を構えている。その向こうには、水平線から伸びる月柱の光。まるで幻覚のような光景だ。

「……この紅い羽根は、血と同じ色。血に塗れたこの羽根を、お前の親兄弟が見ようとも……悲しまずに済む……慈悲の、羽根だ……！」

苦しみながら、ヒノトが敬語をやめた。もう自分は神になった、という事なのだろうか。それとも、そう思い込むことで苦しみを紛らわそうとしているのか。

——ヒノトが、赤い羽根を振りかぶる。

俺は後退しない。下降もしない。逃げない。どうせ逃げても無意味だろうしな。それは『狙ったものの心臓を必ず射貫く』という、とんでもない触れ込みの必殺技なんだから。

——やるならやれ。

対抗する手はあるぞ。いま閃いたところだ。来い。勝負だ、ヒノト。

「心臓は射貫かれるより射貫く方が得意かな。それと、こんな小さなハートより、もっと大きなハートを気にした方がいいんじゃないかな」

俺は左手で自分の左胸を指してから、ナナメ上にいるヒノトの、さらにナナメ上を指す。

飛びながらのヒノトが見やった、その上空から——

『——ヒノトぉぉぉッ！』

アリアが、ハート形のループを描く——バーチカル・キューピッドと呼ばれる機動で、ヒノトめがけて飛んできているのだ。４枚だけ機能するＹＨＳ(イース)に最後の力を振り絞らせ、チャフのメタルテープに渦を巻かせながら。

アリアはさっきＹＨＳが故障したように見せかけて、一旦はこの空域を離れた。そして高空へ上がってから戻ってきて、上からの奇襲を仕掛けたのだ。

アリアにしては頭を使ったねと褒めてあげたいところだが、このやり口はオホーックでシャーロックが撃った４発目のトマホークのほぼパクリだよね。戦場に著作権は無いけど。

「……空で、私を欺(あざむ)くとは、生意気な……っ！」

ヒノトは慌てて、ぐるりっ。俺とアリアの両方を視界内に捉えられるよう、背面飛行になって高度を下げていく。そのヒノトを、アリアが頭側上空から、俺が足側水平方向から、三次元的に挟み撃ちにする形になった。

ヒノトの赤い羽根は、１本しかない。

１本で２人を殺す事はできないのだろう。できるならもう投げているハズだ。

その羽根を……アリアに使うか、俺(おれ)に使うか。どちらか1人しか殺せず、どちらか1人なら殺せる。

赤い羽根は、白い羽根より遥(はる)かに大きい。拳銃弾に比べても10倍は重いだろう。それが超高速で衝突すれば、TNK繊維では撃力を分散しきれない。防弾制服は貫通されるか、受け止めても内部――肉体が砕け散る。金網の袋に入れたスイカがバットで殴られたかのように。

数瞬の逡巡(しゅんじゅん)の後、

「――男は……死ねッ――!」

新たなルシフェリアになろうとするヒノトが狙ったのは――俺だ。あのルシフェリアがこの世に残す思い出、生きた証(あかし)を消し去ろうとするかのように。

「募金もしてないのに、赤い羽根をもらうわけにはいかないな」

俺は左右の手で1つずつ掴(つか)んでいた、ガバリンのグリップ……その左グリップを右手で掴み、バッ。左翼上で片手上水平支持(プランシェ)の体勢になった。AIに機体の水平を保たせつつ。

そして、その次の瞬間――先手を打って俺が出した技には、

「……ッ……!?」

神になりかけのヒノトでさえ、目をキョトンとさせた。当然だ。この技は真の神、あのルシフェリアの目さえ欺(あざむ)いた技なのだから。

今――左翼上だけでなく、右翼上にも俺がいる。

俺は、２人になったのだ。

――景。ルシフェリアに見せてもらったおかげで復活させられた、遠山家の失われた技。

デコイとなるもう１人の自分を出現させる、分身技だ。

最初からいるキンジＡと、新たに出現したキンジＢ……どちらに赤い羽根を投擲するか、ヒノトが迷う。俺が後退せず接近し続けたため、狙いをアリアに変える時間的余裕はもうない。

「残像だ」

キンジＢが、そう言った瞬間。

――バッシュウゥゥウゥゥゥッ――！

そのキンジＢめがけて、ヒノトが必殺の赤い羽根を放つ。

その判断は合理的だ。喋った方が本物。残像とは、元の場所に残っている像という意味。

どちらも、新たに現れたキンジＢを本物と断定するのに十分な根拠だろう。

俺の視界が、ヒステリアモードの見せるウルトラスローの世界に変わり――

亜音速の赤い羽根が、キンジＢの胸元へ飛び込んでいく。

ヒノトの目が、『やった！』という表情から……

「――っ――!?」

驚愕の表情に変わる。

キンジBの心臓に到達した羽根を、残像のハズのキンジAが掴んだからだ。左翼上から身を捩って腕を伸ばし、右翼上のキンジBの体に手を突っ込んで。

ものの見事に引っかかってくれたな。これはルシフェリアがナヴィガトリアで見せた、『質量のある残像』。遠山家でいう『真景』だ。

今さっき閃いたそのカラクリは、実は簡単なもの――

要は、残像を2つ発生させればいいのだ。

キンジAという残像を残してキンジBの位置に移り、一言喋ってから、そこにも残像を残してキンジAの位置にピッタリ重なるように戻る。それだけだ。

次の瞬間、キンジBは消失し――

(――銃弾返しッ――!)

俺は掴んだ羽根を、ヒノトめがけてUターンさせる。右手ではガバリンに掴まったままなので、ほとんど左前腕と手首だけでのサイドスローになった。

――ビュオッッッッッ――

それでも亜音速を保った赤い羽根が、ヒノトに迫り――

「――キュッ!」

鳥のように甲高い声を上げたヒノトが、それをなんとか躱す。なんとか躱せるように、俺が投げたからだ。この銃弾返しは当てる事が目的じゃない。ヒノトの意識を回避に集中させ、目論み通りの場所と体勢に誘導するのが目的だ。

そして俺の目論みを以心伝心で悟っていたアリアが――ドムウウゥウッッッッ！

背面飛行していたヒノトの腹に、情け容赦のないタックルで飛びかかった。

「えぐぅっ――！」

ヒノトはビー玉のようなものを吐き、それをアリアがキャッチする。あれだ。あれが、ルシフェリアを収めた玉だ。しかしその光は、かなり弱まっているように見える。

アリアとヒノトはそのまま降下していき、俺よりも200mほど下でアリアがYHSをホバリングに移行させた。アリアはヒノトを抱えて捕らえ、何か会話してる。だが状況に変化が見られない。どうなんだ。ルシフェリアは無事なのか。

とうとう東の空に昇ってきた半月の光の中、俺はガバリンを旋回させながら降下し――アリアとヒノトの近くへ向かう。

翼の向きを変えて、俺もそこに滞空するが……

アリアが手にしている小さな玉が、急激に光を弱めていく。燃焼を終えた花火のように。玉の中にいるべき小さなルシフェリアの姿も無い。

そしてそれは、

「……っ……」

完全に光を失い、透明な球と化した。

今やそれがそこにある事は、愕然(がくぜん)とするアリアの指の動きでしか知覚できない。

……俺(おれ)たちは……

間に合わなかったんだ。

七つ折りの凶星、その7回目の半滅はすでに終わっていて――

ルシフェリアの存在は、圧壊した後だったんだ。

つまり……

「――ルシフェリア様は、死にました。ほほ、ほほほっ……」

喋(しゃべ)り方(かた)を敬語に戻したヒノトが、アリアの腕の中で嗤(わら)う。

「……私めは未(いま)だ、半分以上がシエラノシア族のまま。その体感がございます。この身は強くなりましたが、神の力を宿すまでには至りませんでしたよ。つまり、お二人は私めがルシフェリアになるのを阻(はば)みはしたのです。それは、誇ってよい事でしょう」

……ルシフェリア……！

「それでも、私めは志したことを一つ成し遂げました。私めが崇敬していたのは、完全なルシフェリア様です。男などという原始的な者に敗れ、その下につくルシフェリア様など――あってはならぬものでした。私めは誤ったルシフェリア様を消す事で、その完全性を守り抜いたのです。ほほっ、ほほほ……！」

半月の光の中、ヒノトが高笑いし……

「遠山様、アリア様。もう全て、終わりました。武偵として私めを逮捕するなり何なり、ご自由になさって下さい。しかしレクテイア組合の仲間はどこにでもおりますので、逆にいじめられる事になりますよ。お二人が賢ければ、この空に私めを解き放つか……そっと、下へ送り届けるのがよろしいでしょう。私めやレクテイア組合と敵対する意志がもうないことを行動で示すのです。それなら私めも、今夜のことは水に流して差し上げます」

ヒノトは和服の翼を大きな指のように動かし、洋上にいるレクテイア組合の船舶の光を示している。自分は逮捕されたって合法的に出てこられるのだから、和睦の意思を示した方がいい——という意味だ。

（……ルシフェリア……！）

ルシフェリアが死んだのは、俺たちのせいだ。

俺たちがナヴィガトリアから連れてきて、その力を封じたせいだ。

レクテイアで彼女がどれだけ有名かを知らず、ヒノトのような危険な崇拝者がいる事も知らず、人前に——レクテイア人の前に、連れ出してしまったせいだ。

Nの重鎮ではあっても、ルシフェリアは根っからの悪ではなかった。非常識なところはあったが、それは別の世界から来たからで、本人に罪は無かった。あまのじゃくだったりワガママだったりもしたが、それはレクテイア人たちに持て囃される身分のせいで人格に幼い面が残っていたからにすぎない。神の力を持ちながらも人間と全面的に戦わない掟(おきて)があるなど、自制的・倫理的な一面もあった。無邪気で、子供が好きで、時にどこか神聖な感じさえさせる女でもあった。

そのルシフェリアを、俺(おれ)とアリアが……

守ることができなかった。

死なせてしまったんだ。

「……ルシフェリア……！」

もう何も見えない自分の手の中に、アリアが呼びかけている。

「――ルシフェリア……！」

俺も、その名を呼ぶ。どこに向けて呼ぶこともできず、目を閉じて――

　――我(われ)の名を呼ぶものは、誰ぞ？

……その、声は……

（……!?）

ルシフェリアの声だ。

しかしその声が聞こえても、どっちを向けばいいのか分からない。アリアも俺と同じで、辺りを見回してる。声は俺たちの耳にではなく、頭の中に直接聞こえてきたのだ。まるで、神か悪魔がコンタクトしてきたかのように——

「……っ……」

ヒノトも、その大きな眼を見開いて絶句している。

——ぱぁっ——

アリアの手の中に、光が甦り——

その光が、縦方向に伸びていく。

下へは、重力に引かれるように海面まで。上へは、重力に逆らうように雲間まで。

——パチッ！　という電気がスパークするような音がして、アリアはその細い光の柱に弾かれたように後ずさる。ヒノトを抱えたまま。

これは……見たことも聞いたことも、想定したことすら全くない現象だ。言うなれば、光源の無いレーザー光。しかも質量物のように延伸した。光なのかどうかも分からない、俺たちの知識の範疇にない出来事だ。

天地を繋ぐ光の柱は空中を後ずさる俺たちに囲まれたまま、次第に太くなっていく。

今やそれは、サーチライト——いや、雲間から地上に降り注ぐ、光芒。天使の梯子とも呼ばれる、宗教画によく描かれる薄明光線。日の光もないこの時刻に、それが生じている。

その光のカーテンの中、さっきアリアの手から光が生じ始めた辺りに——

「……っ……！」

人影が、生じている。

見えない地面に立ち、両手で光を受けとめるような姿勢を取る——裸の女だ。その体の表面、部分部分には、黒いオーラのような……これも俺(おれ)たちの知る闇とは異なる、しかし闇と認識するしかない靄(もや)が漂っている。

「……ル……ルシフェリア……！」

それは、あのロールの掛かった黒髪がマントのように伸び、シッポもフサフサと伸び、刃物のような爪を生やして——さらにはヒルダのより遥(はる)かに大きいコウモリのような翼も背に備えた、しかしルシフェリアの顔形をした女だった。

以前より大きくなったツノの後ろでは、何らかのエネルギーと思われる黒い光——黒い光なんかこの世に有るわけがないのだが、そうとしか見えない——がグルグルと往還し、円を描いている。まるで——白や金色ではない、黒い天使の輪だ。

（きっと……これは、ルシフェリアの『第2態』……！）

超常に関する知識に乏しい俺には、そこまでしか分からないが——

身体(からだ)のあちこちに俺たちが理解できない現象を纏(まと)うその姿は、まるで悪魔の……それもベイツ姉妹のような小物ではなく、大物の悪魔の姿だ。

言うなれば——女性版の、魔王。

しかし若々しく瑞々しいその肉体は貫禄に乏しく、大魔王というところまではいかない。中魔王、といったところだろうか。そんな言葉は無いのだろうが、そう理解するのが一番腑に落ちる。それが、ルシフェリアという存在の真の姿だったのだ。

「ふ、復活、した……の？」

アリアが赤紫色の瞳を丸く見開き、やっとの事でそう言う。

俺も……感覚の部分でこれがルシフェリア本人だと確信はできるのだが、理屈の上ではそうではない可能性を考慮せざるを得ない。このルシフェリアの裸足の指にはあの封印の指輪がないし、その顔にもあの快活な表情がない。

「……シエラノシアか」

中心に赤い光をたたえた目を、ゆっくりとヒノトへ向けたルシフェリアが――

「また、悪さをしたのう……」

ルシフェリアの声でそう言って、白いキバを剥き、ニヤリと笑う。

すると、アリアに捕らえられていたヒノトのそばに……モクモクと……

「――！」

突如、闇の靄が拡がり始めた。靄は巨大な手……恐竜のような鉤爪を生やした手の形になっていき、ヒノトを鷲掴みにする。そしてアリアが抱えていたにもかかわらず、簡単にヒノトを奪い取ってしまった。それもまた、科学的に全く理解できない光景だ。闇の手はアリアのことは電波のように透過し、ヒノトには固体として触れた——

「ひっ……」

捕まって声を上げたヒノトを、闇の靄の手がルシフェリアの目の前に運んでいく。

そこでキスするような口つきになったルシフェリアが、すうぅぅっ……息を吸うと……

追い風が吹いたように前髪や服の裾を暴れさせたヒノトが、最初の姿に戻っていく。翼になっていた服も、ただの和服に戻ってしまった。戻したんだ、ルシフェリアが。ヒノトを第2態から、女児と大差ない元の姿に。

「おしおきしてやらぬと、いかんのう」

闇の靄の手で掴んだままのヒノトの胸元——さっき青や緑の光の帯を発していたそこに、ちょん、と、ルシフェリアが長い爪の手で触れる。

「……あ……ああ……っ……！」

その指先を見るヒノトが、ガクガクと怯え始めた。

「——そちは、我になりたかったのじゃろう？　この世を滅ぼしたかったのじゃろう？　よかろう。どちらも叶えてやる」

一連の魔的な光景を前に、俺とアリアは言葉が出ず……ルシフェリアは俺たちの事など、たまたまこの場に羽虫が居合わせたかのように目もくれずにいる。

何だ。何をするつもりなんだ、ルシフェリア。お前は——

「そちはこれより、無限の光と共に生きるがよい」

「……お、おやめくださいまし、ルシフェリア様っ……どうか、どうか……！」

——違う。あれはルシフェリアじゃない。

ルシフェリアなのだが、ルシフェリアではない。

この感覚が、理に適（かな）わないものだという事は分かっている。しかしヒステリアモードで鋭敏化した感覚が、そうとしか認識しようがないと自分に断言してくる。

「——光を齎すもの（エル・ウ・ケ・エッフ・シ・エル）——」

ルシフェリアが呪文のようなものを唱えると、ヒノトの胸に極小さな白光が生じ……

「……ひいいっ……！」

「そちも知っておろう。今は、そちに分かる言葉で喋（しゃべ）ってやっておるが——今我（われ）が唱えた我の真名（まな）——それは、光を喚（よ）ぶ詞（ことば）。そちの企（たくら）み通り、我はこの世の女王となってやろう。全宇宙を照らす恒星となった、この世のな。フフフッ、めでたい事じゃのう。ほれ、祝え。喜べ。笑え」

キバを剥（む）いて妖艶な笑みを見せたルシフェリアが、そう言うと……

音も無く、ヒノトの胸に灯（とも）った小さな光が2倍……豆電球のような明るさになった。

それが4倍、8倍、マグライトぐらいの光量に強まっていく。さっきルシフェリアが半減、半減を繰り返させられた意趣返しをしているかのように。

「お、お赦し下さい……！　ルシフェリア様、何とぞ、何とぞ……！」

「笑え」

「……ほ、ほほ……う……ううっ……お助けを……！　ひいいいっ……ううっ……！」

闇の靄の手に握られたまま命じられて笑おうとするヒノトだが、すぐそれは怯えきった泣き声に変わる。

発光は32倍、64倍と強まり、照明灯のようになっていく。256倍、512倍——眩しい。もう、スタジアムの投光器が全方位に向いているかのような光量だ。泣き続けるヒノトの姿は、光に塗りつぶされて見えなくなってきた。

（……っ……！）

何のエネルギー源も無しに、ただただ無限に倍増を繰り返す光。またしても非科学的な現象が、今、目の前で起きている。

光源付近では、闇を纏うルシフェリアの姿だけが最後まで微かに見えていて——辺りは、今が昼間と錯覚するような明るさになっている。

俺とアリアの周囲の空も、真夏の陽光のような光で塗りつぶされている。さらに、光が倍増——至近距離で閃光手榴弾が炸裂したかのようだ。自分の体すら、見えない……！

「——目を閉じるのよキンジ！」

「……ッ……！」

人の眼球は太陽などの強い光を直視すると網膜に火傷を負う。状況は把握し続けたいが、確かにもう目を開けていては危険な光量だ。

きつく閉じた瞼越しに、バァァァッッ！　また光が倍増したのが分かる。

（……！）

凄まじい光の放射だ。この閃光はもう、千葉でも東京でも観測できるものだろう。

熱くもなければ苦しくもない。だが、この光は――倍増を続ける以上、このままいくと、地球を覆い尽くすところまでいきかねないぞ……！

「ウフフッ、アハハハハッ！　我はルシフェリア――光を齎すものじゃ――！」

ヒノトの胸の光が、強まっていく。

地上に生じた、新たな太陽のように。

それが、もっと大きな恒星へ育っていくかのように。

――光は、生きとし生けるものに必要だ。水と同じように。しかし多すぎる水が洪水となるように、多すぎる光は有害なのだ。光の危険性なんて一度も考えた事が無かったが、いざ直面してみるとその破滅的な恐ろしさが伝わってくる。

このまま光の倍増が続けば、全ての人が、獣が、鳥も魚も、昆虫までもが視覚を失う。

それだけじゃ済まない。

多すぎる光は光合成を行う機能を破壊して、植物を絶滅させてしまうだろう。

そうして早晩、生きとし生ける者が、目映い光の中で死に絶える。

（せ……世界が、滅びる……！）

ルシフェリアは、そんな事をするヤツじゃない。だが今まさにそれをしようとしている。

どちらも事実だ。つまり、今そこにいるルシフェリアは——

さっき俺が感じ取った通り、ルシフェリアであって、ルシフェリアではない。

そして、この感覚には覚えがあるぞ。アリアが緋緋神に魂を乗っ取られた時。あの時とそっくりだ——

（……！）

それで分かった。

ルシフェリアは今、誰かに乗り移られている。

その誰かとは、ルシフェリア族の別固体。識別名を付けるなら、ルシフェリアX。弱い状況証拠だが、ヒノトを『ヒノト』ではなく『シエラノシア』と呼んだのはその表れだ。

かなでが言っていた『血の共感』——体験を共有する能力で、ルシフェリアがヒノトにやられた事は他のルシフェリアへ伝わった。ルシフェリアの復活に関与したかまでは不明だが、ルシフェリアXは復活したルシフェリアを乗っ取ってヒノトに復讐をしているのだ。

この世界を巻き添えにするような、恐るべき方法で！

ヒステリアモードの頭脳が弾き出した、この推理は——もし正しければ、レクテイアに関する『とある、とんでもない事実』も連鎖的に証明してしまうものだ。しかしその件は後で考察する。今はこの推理を元に、活路を開け。なんとかするんだ、俺よ……！

バッ、と、俺は今まで手をついていた翼の上に両足で乗り、

「──ルシフェリア！」

なにも見えないまま、サーフィンのような体勢で飛ぶ。真っ白な世界を。さっきまでの位置関係の記憶を頼りに、ルシフェリアの方向へ。

かつて緋緋色金に乗り移られた時のアリアも、心を完全には乗っ取られてはいなかった。まだルシフェリアの中にきっと、いや必ずある、ルシフェリアの──

（──心に、呼びかけるんだ！）

それができるのは、いや、それをする責任があるのは、

「ルシフェリア！　俺だ！」

この場で唯一の男、俺だ。

危機に陥った女の所へ駆けつけるのは男と、相場が決まってるからな！

「俺だ！　キンジだ！　分からないのか！　もう──やめるんだ！」

呼びかけても、ルシフェリアからの声は返ってこない。

でも分かるぞ。見えなくたって分かる。いや、男ならきっと誰だって分かるさ。今から抱きしめにいく女が、おとなしく抱かれてくれるかどうかぐらい。

ヒステリアモードの聴覚が、自分の声の反射からルシフェリアの位置を正確に割り出し
……減速はしたんだが——ごちんっ！
勢い余って、光の中でこっちを振り向いたらしいルシフェリアと正面衝突してしまった。
胸と胸、腹と腹、顔と顔で。おでことおでこ、鼻と鼻、口と口も。まあこのハプニングは
何も見えなかったからという事で、許してもらいたい。
俺は足下でガバリンをホバリング状態に制御しながら……
「……ルシフェリア、女王になんかなる必要はない。お前はもう、既に女王なんだから」
優しく、ルシフェリアを両腕の中に収める。
この状況下で、世界を滅ぼそうとしている自分を抱きしめる者がいるなど——想像だに
しなかったのだろう。ルシフェリアが激しくビックリし、困惑して身をこわばらせたのが
感じ取れる。そして分かる。見えないからこそ、感じ取れた。このルシフェリアXの中で、
俺の知るあのルシフェリアが——泣いている事が。
「——お前は、俺の女王なんだから——」
ツノの感触を頼りに耳元を探り当てたヒステリアモードの俺が、そう囁く。
「ルシフェリアは俺と勝ち負けを競ってたけど、そもそも女に勝てる男なんていないのさ。
男がどんなに力を振るおうと、女の涙には勝てない。男がどんなに知恵を巡らせようと、
女の笑顔には勝てない……だから、はじめから俺がルシフェリアの主様なんじゃなくて、

ルシフェリアが俺の女王様だったんだよ。俺の、俺だけの、女王だったんだ……」

「……？　？　う、うう……っ!?」

何も見えない光の中でも、かあああぁ、と、ルシフェリアが赤くなっていくのが分かる。

その顔が、胸が、熱くなっていくのが分かる。

「俺だけの女王に、他の誰かが——世界中が仕えるのを許せるほど、俺は寛大じゃないぞ。

そうなったら俺が、世界を滅ぼしてしまいたくなるだろう。この、手で……！」

ぐいッ、と、俺の手がルシフェリアの波打つ髪を垂らしただけの背中を強く抱く。

熱く、指が吸い付くようなその肌が……びくぅ、と、鼓動するように蠢いて——

時が止まったかのような、数秒の後。そっと……

「……主様……」

抱き返して、きてくれた。ルシフェリアが。

閃光の中でも迷う事なく俺の顔を探り当て、世界の誰にも見られない——

——キスを、してきながら。

そして、

「……それでこそ我の主様じゃあ……怒るとすっごくコワイ始祖様——我の母の魂でさえ、
ビックリして逃げてしまった。うふふっ」

とか言いながら、パッ。

と、ウソのように光を消してしまった。

「……っ……」

辺りは一瞬で真っ暗闇に戻り、俺は自分が失明しているのかと思ったが……

よかった、そうではないようだ。おそるおそる目を開けてみたところ——視界は激しくチカチカしているが、至近距離にある中魔王モードのルシフェリアの笑顔が何とか見える。何分かすれば視力は元に戻るだろう。光源と海面の反射光から距離を取ろうとしたらしいアリアがかなり上空でクラクラしているのも、ボンヤリとだけど見えたよ。

そこで、ちょんちょん。肩を巨大な指につつかれ——俺はギョッとして振り返る。指の正体を眩(くら)む視界で見定めると、それはヒノトを握ったままの闇の靄(もや)の手だった。どうやら意志を持って動いているらしいそいつが、『これどうしましょう？』的にルシフェリアの方へヒノトを差し出している。

失神と朦朧(ピヨり)の間ぐらいの状態のヒノトを、ルシフェリアは……「うーん」と腕組みして少し考えてから、受け取った。

で、ヒノトのオシリ側を前にして腋(わき)に抱え……べちぃィ！　べちぃィ！　べちぃィ！

……おしりペンペンを始めたぞ。

「きゃあ！」

それが気付けになったのか、意識を取り戻したヒノトは悲鳴を上げて耳の翼をビビンと広げてる。痛覚を共有してるのか、翼であることをやめさせられた和服も叩かれるたびに広がってるよ。その様子からも分かるが、もうヒノトは……見た目通り、小学生の女の子みたいに無力だ。

「このような時には本来、首を落とすべきじゃろうけどな。我は主様がナヴィガトリアで我にしたことに倣って、殺さないでやろう。フフッ、フヒヒッ」

「きゃあ！　きゃあ！　きゃあ！」

「フーッ、キヒッ、どうじゃ、ほれ！」

……なぜかルシフェリアは以前お尻ペンペンを俺にねだっていたが、されたいだけじゃなくてしたくもあったのかな。なんか楽しそうだぞ。

嗜虐嗜好と加虐嗜好はそれぞれ脳の近い領域が司っているとかヒルダが言ってたって、理子から又聞きした事があるけど……それはハイレベルすぎてヒステリアモードの俺にもよく分からない分野。見た目はともかくヒノトはとっくに成人済みだから、児童虐待にもあたらないだろう。あれは一旦、放っておいて——

「ほら、おいで」

「あら、あらっ」

今は、とうとうYHSが燃料切れになって落ちてきたアリアをキャッチしてあげよう。

久しぶりの、お姫様抱っこでね。YHSのフィンが硬いから、腕に伝わるアリアの身体の感触は半分ほどしか楽しめないけど。

「——これにて一件落着、かな？」

「そうじゃないって分かってるくせに。まあいいわ。今は少し、空を散歩して」

ガバリンをサーフィン乗りする俺にしがみつくアリアも、もう『二件目』が始まってることに気付いてるみたいだが……

「いいね、空の散歩。アリアとトマホークで飛んだオホーツク海は、ジョギングみたいにせわしなかったから」

……視力が戻ってくると、確かに辺りはしばらく遊覧飛行をしたくなるような景色だ。

夜空には星が瞬き、水平線の辺りには昇り来る半月。海風に漂いながらも重力に引かれて舞い降りていくチャフ回廊のメタルテープは、天の川のように煌めいている。いつしか、俺とアリアの下で。

「ここはまるで宇宙みたいだ。そこを飛ぶ俺たちは、まるで流れ星のようだね」

「あんたねえ……」

「アリア、今夜もありがとう。好きだよ——」

「!?」

「——あの氷の海より、この夜の海の方が、俺はね」

ウインクしてあげると、アリアがガクッときてる。相変わらず反応が分かりやすくて、面白い子だ。もっと好きになった。今夜はもう少し、この夜空でサービスしてあげよう。

ガバリンがあと数十秒で燃料切れになって着水する、その時まで。

「ヒノトが本当にルシフェリアになるかと思って、ヒヤヒヤしたけど。まあ、困った神が増えなくてよかったわ」

「なんといっても、女神がついていたからね。悪い子の思い通りにはならないさ」

「ついていた？　ルシフェリアは玉にされて、人質にされてたじゃない」

頭上にハテナマークを浮かべるアリアに、俺は噛んで含めるように囁く。

「俺の女神はピンクブロンドのツインテールで、身長１４２cm。美しい赤紫色の瞳をしていて、ももまんが大好き……」

「……バカ！」

とか怒りつつも、口の端はニヤけてる辺りがアリアだな。

でも今の言葉はただの口説き文句じゃない。実際、俺にはアリアが必要なんだ。今回の事件もアリアが来てくれなければガバリンも無かったワケで、解決できなかった。俺の命だって、今あったかどうか。ああ、まだ感謝を伝え足りない。心からのお礼を言わないと。

俺はアリアを抱き寄せたまま、ガバリンを旋回・降下させていく。メタルテープの川に潜り、それを抜けて、太平洋の海面へ。

着水地点を入念に選ぶ俺たちの方角は東、月の側を向き——

今、下弦の月が水月と合わさって、満月一つ分になっている。

そこへ向かって、俺とアリアは飛んでいく。音もなく。

「――月がきれいだね」

どうせ知らないだろうからと、ヒステリアモードの俺が最高級の感謝を口にすると……

アリアはハッと俺の顔を見て、目をウルウル、口をわぁあぁの形にさせた。

それから恥ずかしげに、どこまでも幸せそうに、俺の胸に顔を埋めるようにして――

「――死んでもいいわ」

おっと、知ってたか。俺の女神は、国語の勉強をしっかりしてるみたいだね。

でも夏目漱石が『I love you』を『月が綺麗ですね』と和訳したってのは後世の作り話らしいんだよね。二葉亭四迷が『Yours』を『死んでもいいわ』と訳したのは本当だけど。

なので……これは正しいプロポーズじゃないのに、アリアが受けたっていう図式になる。プロポーズの不正受給だ。ネモ数学理論で言うと、やっぱり不成立なんじゃないかな？

なお、これを以前俺がしたと言われている片道プロポーズと合算できるかどうかは、もう少し勉強をしないと分からないところだ。数学って難しいね。

などと考えてるうちに、俺たちの赤面必至な遣り取りに付き合いきれなくなったか――

ついにガバリンも燃料切れとなり、ゆっくり海面へ向けて滑空するのみとなった。

「ガバリンには着水機構がある。散歩は終わりにしよう」

「オーケーよ、キンジ」

　通常ガバリンは車輪を出して滑走路に着陸するが、砂地や氷雪原、水面に降着する際はソリ方式で降りる。海面に接近している事を検知したらしいＡＩが、翼下面の一部を下に迫り出させ……本来は車輪の泥よけになるフェンダーを下に向けて、橇状にした。

　波は無い。スキッドを使って、ガバリンが滑るように着水し――チャフ雲の下辺りまで移動してきていたルシフェリアも、べそべそ泣くヒノトを小脇に抱えたまま降りてきた。中魔王ルシフェリアは主に魔力で飛べてる様子で、コウモリのような翼は空力的に姿勢を制御するためだけの器官らしい。

　さっき裸だったルシフェリアに近付かれて一瞬焦ったものの、黒い靄のオーラは健在。さらに靄は絹布や革のような滑らかさ、金属や宝石のような煌めきを要所要所で生じさせ始めていた。以前『この装束はルシフェリアの一部』とルシフェリアが言っていた、あのビキニ水着みたいな衣装や刃のようなハイヒールが自律的に生成されつつあるみたいだ。

「主様ぁー！」

　ヒノトをポイっと捨てて俺に抱きついた中魔王ルシフェリアに、ヒノトをキャッチしたアリアがイラッとした顔をする中……

「生きてまた会えて良かった。死んだかと思ったよ、ルシフェリア」

「いや、死んだぞ」

「えっ、でも……生きてるよね？　ルシフェリアは今……」

「覚えておらぬのか？　前に『妻は七回生まれ変わっても主人の妻』と言ったであろう。我には30年ほどもつ命が7つあるのじゃ。だから7回まで死ねる。ちなみに死んだ時点で残っておったその命の寿命は、次の寿命に繰越できるぞ」

——い、命が7つ。そんなムチャクチャな。

俺も2度か3度死んで生き返ってるから、人のことは言えないけどさ。

「本来は経年劣化した肉体を崩して、若々しく再生するためなんじゃがのう。この再生を転用し『死んで甦って勝つ』のは、ルシフェリアの裏技じゃ。甦る場所と時はそれなりに自由に選べるから、どんな窮地をもやり過ごせるぞ。あと6回しか死ねないから、今後はもう少し気をつけて生きねばならんがの」

えっへんと胸を張って俺に押しつける、ルシフェリアだが——彼女の命に備わっていたその驚愕のシステムはヒノトも知らなかったらしく、大きな目を一層大きく見開いてる。

（どうりでナヴィガトリアの上でも、死を怖れないと思ったよ……）

キッチリ殺される事で七つ折りの凶星をやり過ごし、次の命で戦いに戻る。

それはシューティングゲームやアクションゲームでいう、無敵時間の利用みたいな手。

1機死ぬとしばらく自機が無敵になるのを逆手に取って、それで難所をクリアするようなやり口だったたってワケか。

「ただ本来なら、本人の落ち度で死んだルシフェリアは……連死せぬよう、始祖なる母に何生か体を乗っ取られるのが通例じゃ。交通ルールでいう、免停処分みたいなものじゃよ。だから我も母に肉体を預ける覚悟をしたのじゃが――フフッ、母には主様を主感するのは刺激が強すぎたみたいじゃの。共感でコッソリ盗み見ることにしたらしい」

「ちょっと……ルシフェリア用語が多すぎて話がよく分からなくなってきたんだが……」

「つまり主様は我の母にフラれて、逃げられたのじゃ。それでこの体は、また我が使ってよいことになった。めでたしめでたしじゃ」

これもゲームに喩えると、本来は1機死んだらプレイヤーが交替するルールだったけど――ルシフェリアXことルシフェリア母は、ちょっとやった瞬間にニガテなゲームだって感じて、すぐにコントローラーをルシフェリアに返したって事かな？

こっちから観測できる事象としては、それでルシフェリアが元のルシフェリアに戻ってくれたから良かったけど……ヒステリアモードの俺がクソゲー扱いされ、フラれたとは！こっちの俺は、女性に対してだけは唯一、絶対の自信を持っていたのに。お母さん世代にだって常勝を誇っていたというのに。傷ついた。傷ついた。激しく傷ついたよ。

「――キンジ。膝から海に崩れ落ちそうになってないで、早めにヒノトをどうするか決めましょ」

と言って片眉を上げているアリアは、担いだままのヒノトに手錠すら掛けていない。

それもそのハズで、実は……ヒノトには罪状がロクにないのだ。ルシフェリアに対する殺人罪に問おうにも、殺された本人が生き返っていては起訴どころか書類送検もできない。殺人未遂罪が関の山で、オマケに戸籍が未成年だから少年法のバリヤーで即座に放免だ。爆発物取締法違反、器物損壊罪、傷害罪なんか、武偵校生には実質的に適用されてない。

……だから、

「ヒノト。俺は検察官じゃないから正式な裁量は無いけど——君とは非公式な司法取引をしたい。ヒノトとしかできない、重要な取引だ」

ムダな逮捕はしない俺の方針に、アリアも否やはないようだ。

「……取引……？」

俺、アリア、ルシフェリアに囲まれたヒノトは、潤んだ大きな目を俺に向けてくる。

「ルシフェリアも最初そうだったけど、君たち純レクテイア人はこっちの世界の人間——特に、男が嫌いらしい。こっちの人間もレクテイア人を、特にその魔力や真の姿を怖れるだろう。両者がその違いを乗り越えるのは、きっと難しいことだ。こっちの世界の中でも異なる人と人、民族と民族、国と国が、数え切れないほど衝突を繰り返してきた」

「……」

俺の話を聞いているヒノトを、アリアがガバリンの上にそっと下ろす。

「でも、異なるもの同士が衝突を乗り越え、あるいは衝突を賢く回避して——より大きく、より優れた集まりになれた実例だって数え切れないほどある。俺だってルシフェリアともアリアとも出会った頃には戦ったけど、今は大切な仲間だ。民族と民族、国と国だって、融和できた例は枚挙に暇がない。だからきっと、世界と世界、レクテイアとこの世界にもそれは可能なんだ」

俺はヒノトに語りながら、ルシフェリアとアリアにも——

「だから理解し合おう……だなんて、こっちの世界でのレクテイア人たちの立場とか差別された歴史を見聞きした以上、軽々しくは言えないよな。だから、一つ約束するよ。俺は——君たちに味方する。サード・エンゲージが起きようと起きるまいと」

そして誰より自分自身にも、この思いの丈を宣言する。

あともう1人、この話を聞いているであろうキーパーソンに対しても。

「こっちの世界の人間は、『扉』と『砦』——レクテイア人と融和しようとする派閥と、排斥しようとする派閥に分かれてる。俺はその『扉』側について、君たちを守ってやる。こっちの世界の一人間として、これからレクテイア人を理解するようにも努める」

これを聞いたヒノトは驚き、ルシフェリアは嬉しそうになり、アリアは——

「冷静になりなさい、キンジ。元々お人よしだとは思ってたけど、それは度を超してるわ。ホントにそれをやったら、大勢を敵に回す事になるわよ。アメリカは『砦』の強硬派で、日本も追従しようとしてる。どっちの政府もサード・エンゲージの件でピリピリしてる今、ただでさえ危険人物指定されてるあんたが表立って『扉』を唱えたら消されかねないわよ。そのぐらいの理屈、今のあんたなら分かると思うけど？」

そう言うだろうね。確かに、それは冷静な判断だ。

弱い少数派に味方すれば、攻撃の矛先は自分にも向く。だから見て見ぬフリをするか、多数派に同調すべき。それが残酷ながらも正しい世間の理屈、損得勘定ってやつだろう。

でも——

「——理屈じゃないんだ。理屈抜きで、俺は彼女たちを守ってやらなきゃいけないんだよ。だって女なんだから、レクテイア人は。今の俺がこっちの俺だって分かってくれてるなら、今から言うことも分かるだろう。俺は命を懸けても、女を守る。世界の全ての女を。もう一つの世界の女も、分け隔てなく。それがこっちの俺の……いや、普段の俺でも、俺じゃなくても、男の務めってやつだ」

「キンジ……まったくもう。あんたって男は……」

「男が女を守る事に理屈なんか付けちゃいけない。損得勘定も無い。何も無い。有るものといえば、強いて言えば——愛。それだけで、いいんだよ」

と、俺はアリアとルシフェリアにウインクして見せてから……

ヒノトに、優しく向き直る。

「武偵高附属小5年、南ヒノトさん。交通安全教室でトカゲ男になって教えたつもりだよ。

『無闇な争いは何も生まない。どこの誰とでも仲良くしよう』。君にはレクテイア組合の皆を守りつつ、共和同盟には新たな道――レクテイア人がこの世界の人間と衝突せずに、融和する道を模索させてほしい。不満分子の苦悩を汲みつつそれを導くのは難しい事だと思うが、中心人物の君にしかできない事でもあるんだ」

この司法取引、つまりは和睦の申し入れを……

いつの間にか頬を赤くして俺を見上げていたヒノトは、

「……この度の私めの神殺しの罪が、それで贖えるとは思いませんが……分かりました。この翼に懸けて、遠山様に従います。たとえ死のうとも、必ずや……」

ぺたあ……と、ガバリンの主翼の上で土下座してきた。

その背後、ここから800mぐらい離れた海域には――解読不能の発光信号をしきりに送ってきているトロール船がいる。レクテイア組合・千葉県連の船だな。

「じゃあ俺は約束通り、まずはレクテイア人の理解に向かうよ。さあ、ヒノトも仕事だ」

片膝をついてヒノトの小さな手を取り、立たせてやって……

「――いいよね？」

本当はもう少しヒノトにお説教をしてあげたかったけど、時間的に厳しそうなので……

そうルシフェリアに最後の確認をすると、

「敵が軍門に降ったなら生かして使うのも、ルシフェリアの道じゃからの。それに我は、いつだって主様に従うぞ。主様が逃がすというなら見逃すし、ヤキトリにするというなら串を用意してこよう。フヒヒッ」

とか言うから、ヒノトはブルブルッと震えながら急いで和服を翼モードに変えた。

そして俺たちに背を向け──

「……レクテイア人は、男が嫌い……さっきそう言われましたが、私めは今夜、少しだけそうではなくなった気がします。遠山様は強く、賢く、優しい……推せる……全ての男が、遠山様のような御方だったらよいのですが」

──そう言い残して、ばさぁっ。

ぽっくり下駄でガバリンを小さく蹴り、飛び立った。

白い翼をはためかせ、仲間の待つ船の方へ。

それを見送りつつ、アリアは「そしたら世界が終わるわよ」と大きく溜息してから……

「で、キンジ。ハッキリ『扉』に付くって事は、Nと同じ道を行くって事になるでしょ。あんたモリアーティ教授の仲間になるの？」

平たい胸の前で腕組みして、俺を軽く睨んでくる。

でも二丁拳銃が弾切れしてると知ってる俺は余裕綽々で、クールな笑顔。

「ちょっと違うかな。ていうか、俺のこれは最初にルシフェリアを保護した時にアリアが言ってた事に沿ってるハズだよ。大筋では」

オホーツクから帰った時、捕らえたルシフェリアをどう扱うか尋ねた俺に——アリアは、『ルシフェリアに働きかけさせて、レクテイア人たちをモリアーティから離反させる』、『それでNを分裂・解散に追い込ませる』という2段構えの作戦を立てていた。

勘のいいアリアは分かった上で聞いてたようだが、俺の作戦はそれとほぼ同じだ。ただ、働きかけるのはレクテイアの人気者・ルシフェリアだけじゃなくする。レクテイア人——女性の扱いには天下無双の能力を誇る、この俺も働きかけるんだ。

それと、Nの分裂・解散については……解散までは行ってないが、分裂まではもう成功した手応えがあるよ。もうすぐ、それもこの目で確かめられるだろう。

「——アリアは『扉』を一括り(ひとくく)にして考えてるみたいだけど、今や『扉』は一つじゃない。モリアーティが『扉』の過激派で、俺が穏健派ってとこかな。派閥の立ち上げはたった今したところだけど、俺の考えを分かってくれる賛同者はNから分裂して合流してくれると思うよ。そしたらアリアが狙ってた、楽しい内部抗争の始まりだ」

穏健派の方針は、追って派閥内で擦り合わせるとして——と、俺は、

「その分裂がコレ？」

まずはアリアが示した、東の海を眺める。

俺もアリアもルシフェリアもとっくに気付いていた、巨大な存在の気配を収めた海域を。

——そこには半月の下、潜望鏡が突き出ている。

それが、さっきシースパローで空にチャフを撒いてくれたものの正体だ。

洋上に何もない海から艦載ミサイルを撃たれるのは、理子にハイジャックされたANA600便で経験済みだ。あれを撃ったのはイ・ウー、原子力潜水艦だった。そして今回も同じく、潜水艦だ。ただし艦は異なる。

「そうさ、こうなれば文字通り乗りかかった船だ。俺は『N』に行ってみるよ」

俺はアリアに頷いてから、海に映る半月を掬うように浮上してきた黒い突出部と甲板へ向き直る。距離は、250mほど。

……ザザアアァァァァァ……と、なだらかな艦体の左右へ引き潮の如く海水を落とし——全長約200m、セイル高10m超、水中排水量4万t超の巨艦が海上に出現する。

セイルとそこから左右に突き出た潜舵の——黒い十字架を闇に掲げた、人工浮島のように。

それは元々ルシフェリアの件でネモを日本に上陸させた後、この九十九里沖に潜伏していたと思われる……原子力潜水艦ノーチラス。Nの3艦の1つだ。

——分かってくれるよな、ネモ。

4弾　MOBILIS IN MOBILI（動中動）

ノーチラス——元インド海軍所属原子力潜水艦・マハーバーラタ。それは2つの民族の争いを描いた長大な叙事詩・マハーバーラタの名を冠した、堂々たる戦略ミサイル搭載型原子力潜水艦だ。

甲板上面を海面から僅かにだけ浮上させたノーチラスは、今は音も無く静止している。

艦体の上部に突き出た塔のような構造物——セイルの上には、旧式のフランス海軍服に着替えたネモがいる。俺たちをトレーラーで輸送した後、視界外瞬間移動（イマジナリ・ジャンプ）でノーチラスに移ったんだ。

予備のものらしい軍帽も被（かぶ）ったネモは、握ったスピーカーマイクで艦内へ細かく指示を出している様子だ。隣にはもう1人、ネモと同じ軍服姿の女がいる。ネモよりは大きいが小柄な、褐色肌をした、縦ロールの、銀髪少女だ。彼女はこっちを驚きと……少なからぬ警戒心を持った目で見ている。

その銀髪少女に、ネモは折り畳んだ大きな黒い布を渡した。敬礼した少女がセイル上の低いマストにそれを繋（つな）いでいく。あれは……旗だ。

「ノーチラス……こうも堂々と日本領海に潜航できてるなんて、驚きだわ」

左右のツインテールの結び目から1発ずつ出した——わっ、そんな所に予備を——隠し銃弾をガバメントにコンバットロードするアリアに、俺は手で『どうどう』の仕草。

「政治的な理由もありそうだけどね、その辺には。ああ、アリア、いきなり強襲するのはナシだよ。拳銃と日本刀だけで戦闘艦に単身カチ込むムチャは、もうやめよう」

「拳銃とナイフだけでイ・ウーとかハバククを攻撃したあんたにだけは言われたくないんだけど？　こないだは護衛艦も襲ってたって聞いたわよ。武藤から」

「俺は2人で攻め込んでるよ。原潜にも空母にも。護衛艦には3人でだ」

「戦艦は1人で強襲したでしょ」

「誰のせいかなあ、誰の」

ボヤいて、俺は——アリアの銃口を下げさせつつ、宙に浮くルシフェリアと手を繋ぐ。

ガバリンのグリップに足を掛けた俺を見て、ルシフェリアは俺の手をノーチラスの方へゆっくり引っぱり……ボートみたいになったガバリンに立つアリア共々、艦のセイル下の辺りへ導いてくれた。

「ネモ、チャフをありがとう。おかげで勝てたよ」

「——キンジ。話は聞いていた」

ノーチラスのアンテナに接続していたらしいインカムに触れつつ、ネモが軍帽の鍔の下から俺たちを見下ろしてくる。

そして、銀髪少女が揚げた旗をバッと後ろ手で広げて風に乗せた。

　さっきの俺の『扉』宣言に、応じるかのように。

「……ネ、ネモ様(しゃま)。この旗は一体、何でちか……？」

　舌っ足らずで、しかもえらく訛(なま)った英語で言う銀髪少女が——自分が設置したその旗を見て違和感を露(あら)わにしている。

　——ノーチラスのセイルに翻るその旗には、Nの文字が大きく刺繍(ししゅう)されてある。だが、それは今までに見てきた3本鍵のN旗ではない。Nの字は十字マークを背景にしており、ラテン語の『MOBILIS IN MOBILI(動中の動)』の句で円(まる)く囲まれている。よほど丁寧に保管されていたらしく状態は良いが、アンティークの趣がある古い旗だ。

「これは初代ノーチラス号艦旗。私の曾祖父(そうそふ)、海洋中の革命家、初代ネモの旗だ。文字は同じでも、このNはノーチラスのNであり、ネモのNでもある。私がこの旗を掲げた今、ノーチラスはネモの艦となった。つまりこれは教授への反旗だ。我々はNを離脱するぞ、エリーザ」

　ネモがそう宣言すると、エリーザと呼ばれた銀髪少女は幾何学模様の紅化粧がしてある両手で口を覆う。そのまま卒倒しかけ、ぐらついたが……どうやらモリアーティに対してよりネモに対しての忠誠心の方が高いらしく、改めて背筋を伸ばして敬礼してる。

　俺が読んだ通り、そして結果的にはアリアの計画通り、Nに大きな内部分裂を起こしたネモは――

「来い。『哿（Kinji the Enable）のキンジ』、『緋弾（Aria the Scarlet Ammo）のアリア』よ。立場はあると思うが、ルシフェリアも乗艦してくれるなら、ノーチラスは歓迎する」

　と、ネモ旗を背に告げてくる。

「――というわけで、俺（おれ）は行くよ。Nの件、全ての解決のために。それに、こうなったらモリアーティはネモを殺しに来るかもしれないし。俺はそのモリアーティに話があるし」

　俺がアリアにそう言うと、ナナメ上からルシフェリアが、

「主様（ぬしさま）が行くなら我（われ）も行くぞ。レクテイアから来た皆に会うのは恥ずかしいが、一死（いっし）する御祓（みそぎ）も済んだしな。それにあの御方（おかた）に話があるというなら、我の仲立ちも必要じゃろ」

　そう言って、ノーチラスの甲板に降りていく。

　銃を持ったまま腕組みしていたアリアは――

「ルシフェリアはあたしが預かってるワケだし……キンジがネモたちとくっつくんなら、いろんな意味で見張らないと危ないから。行くわ」

　くるくるすぽっと拳銃をレッグホルスターに収め、そう言ってくれた。

　ガバリンはバッテリーで翼下のソリを車輪に切り替え……甲板が黒い波打ち際のように見えるノーチラスへ、乗った。そこから、俺とアリアがノーチラスに立つ。

　ネモと銀髪少女は黒い塔みたいなセイルの中に引っ込み、そのセイルのすぐ後ろにある

甲板上で——ガシュンッ、ギイィィィ——という音がする。甲板にある出入口ハッチが、艦内から手動と油圧で解錠される音だ。

音の方を見ると、ハッチが開き……鬣を思わせるマフラーをした、黒襟のセーラー服の乗員が出てきた。ライオンっぽいケモノ耳を全く隠さず、月明かりに目を淡く光らせた、レクテイア人だ。銃剣付きのスプリングフィールドM14を絞るように抱いてるが、決して銃口を俺たちに向けない。儀仗兵が栄誉礼でやる持ち方だ。

ハッチの傍らで踵をカッと合わせ、俺たちに対して横を向いたライオン娘は——

「——お入るして下さい。ノーチラスは皆さま、歓迎の、大いにしますッ」

乗艦する俺たちを警備するような目をナナメ上に向け、これも酷く訛った英語で言った。明らかに母語ではなく、学習した……いや、学習している途中の英語だ。

核エネルギーを動力とする原潜は第二次世界大戦中のドイツで構想され、戦後アメリカ海軍がその革新性に惚れ込み、後を継ぐ形で開発した。そうして世界で初めて建造された原潜の名はこの艦と同じノーチラスで、1954年の進水。つまり原子力潜水艦は最新の乗り物ではなく、かれこれ50年以上前からある、枯れた技術の乗り物なのだ。実は。

その原潜——俺にとってはイ・ウー以来だ——艦内へ、ハッチからハシゴを伝って俺・アリア・ルシフェリアが降りていく。ライオン娘が最後についてきて、何重かのハッチのロックを手で閉めている。そこが手動な事からも分かるが、イ・ウーより古めかしい艦だ。

「さっき甲板上の発射口をコッソリ数えたけど、ノーチラスは潜水艦発射弾道ミサイルを最大16基搭載可能だ」

ハシゴを下りつつ、俺(おれ)は上のアリアに小声の日本語でチクっておく。仮にノーチラスがかつてフランス海軍が運用していたM20弾道ミサイル(SLBM)を16基搭載してれば……熱核弾頭の場合、その威力は第一次・第二次世界大戦で使われた全爆弾の合計の8倍になるからな。

「原潜に搭載できるのは弾道ミサイルだけじゃないわ。艦対空ミサイル、魚雷、なんでもいくらでも積める。せっかく入れてもらえたんだし、後で査察しましょ」

「インド海軍も困ったものを流出させてくれたもんだね」

「管理が面倒な原潜は、今じゃ正直お荷物なのよ。冷戦が終結して、全面核戦争なんかにこれっぽっちのリアリティーも無くなっちゃったし。それにこれは見るからに旧型艦だし、サイズも中途半端だし……インドは手に余ってたこの原潜を、Nへの投資に利用したのね。サード・エンゲージ後を見据えて」

アリアが言う通り、ノーチラスは旧ソ連製の超アクラ級(イ・ウー)と比べると二回りほど小さい。そのせいか、降り立ったホールも小さい会社のエントランスぐらいの広さだ。イ・ウーにあった博物館のような展示場など望むべくもなく、十畳間ぐらいの空間に鸚鵡貝(おうむがい)マークの足拭きマットが敷かれているだけ。鋼鉄の壁には配管が縦横無尽に張り巡らされており、工場や発電所のようなムードだ。床も、壁も、使い古された感じがある。シャーロックが大規模にリフォームしてたイ・ウーより、ノーチラスの方が古い戦争映画で刷り込まれた潜水艦のイメージに近いね。

艦内の湿度は40％ぐらいだろう。二酸化炭素濃度は外気と同じ400ppm程度。どちらも乗員が過ごしやすいよう管理されている感じだ。ただ、艦内温度は体感17℃ほどと肌寒い。精密機器を満載してる原潜では、その保護のためエアコンでの冷却が止められないからな。

「ナヴィガトリアも涼しかったが、ノーチラスもじゃの」

艦内の狭さに備えてか、ルシフェリアはいつの間にか第2態から元の姿に戻っていた。ツノは元の大きさに縮み、翼も引っ込めたか消したかして無くなっている。水着みたいな栄えある装束は見るからに寒そうだが、そこは海底軍艦での慣れもあるのか大丈夫らしい。

ともあれ俺的には、狭さ、古さ、寒さはまあ、気になるほどの事はなかったのだが――

（ニ……ニオイが……っ……）

通常、潜水艦の艦内はオイルやディーゼル燃料の悪臭が渦巻く空間として悪名が高い。とはいえそれは通常動力艦の話で、原潜ならそんな事はない。イ・ウーもそうだったし。と、油断して思いっきり吸い込んでしまった。この濃密な、いいニオイすぎるニオイを。

――ノーチラスにはシャンプーっぽかったり香水っぽかったり、果物、花、飴、チョコみたいな、フルーティーだったり甘ったるかったりの混合女子スメルが満ち満ちている。

しかもその香りが潜水艦という巨大カンヅメ空間に密封されてるから、たまらんとです。

（これはッ……ヒステリアモードの内に慣れておかないと、後がツライぞ）

素に戻るなりまたヒスらないようにと、俺は鼻を慣れさせる深呼吸を密かに繰り返す。

対し、その夢のような芳香の元たちは……ホールから艦首側・艦尾側へ続く狭い廊下に、恐る恐る、しかし興味津々の目つきで続々と集まってきている。

全員が水兵服——日本の女子中高生と同じようなセーラー服を着ており、その襟の色で階級が表されているらしい。それぞれを着用している人数から見て、青・紺色・黒の順に偉くなっていくっぽいな。左手中指には揃ってNの指輪をしているが、最下級の鉄指輪だ。みんな多様な形のケモノ耳、ツノ、シッポなどを露わにしており、見た目は一様に若い。実年齢はどうか分からないが。

ネモが厳しくないのか、艦内紀律は緩めのようだ。ドーナッツを囓りながら現れたのは、ネズミっぽいミミのある女。長い舌を伸ばしてそのドーナッツを取ったのは、肌の一部にヘビのようなウロコがある女だ。驚いた事に、玉藻・ツクモ・伏見によく似たキツネ女もやってきたぞ。ギザギザの歯をした、筋肉質な、どことなくトラっぽい女。シカのツノが生えた女。パトラにチョイ似のおかっぱ頭の女には、ジャッカルみたいなケモノ耳がある。

次から次へと廊下に現れ、こっちを見てくる乗員たちは——

「揃ってるわね」

「こうも大勢いられると、もう驚きようもないね」

アリアが腕組みし、俺が苦笑してしまう事に……全員レクテイア人。組合にいたような子孫ではなく、明らかに1世だらけだ。そうでないのはネモと、さっき見たエリーザ――あれも退化したようなケモノ耳があったから、2世か3世っぽいが――だけだろう。

ここのレクテイア人たちも……多くの者は、レクテイアのアイドルことルシフェリアの姿を見て嬉しそうにしてる。

一方、みんな俺に対しては近寄りがたいものを感じてるらしい。これは俺がこの艦内で唯一の男だからだな。

俺以上に怖がられているのは、アリアだ。何人かはアリアの姿を見て、仲間の陰に隠れさえした。それもそのはず、アリアはオホーツク海戦でこのノーチラスに単身乗り込んでネモを追いかけ回す大暴れをやらかしてるからね。

と、そこに――このホールの正面にある螺旋階段を、

「ルシフェリア様、乗艦ンーッ！　乗客3名乗艦ンーッ！」

褐色肌・銀髪縦ロールのエリーザが、大声を張り上げつつ下りてきた。

「ネモ艦長のお出迎え！　総員ンーッ、気をつけ！」

ホールに立ったエリーザが号令する中、ネモも螺旋階段を下りてくる。それに続いて、モシン・ナガンを肩掛けしたリサもやってきた。ネモの瞬間移動についてきてたんだな。

「ご主人様、アリア様、ルシフェリア様っ……ご無事で何よりです……！」

俺たちを見てリサは喜んでいるが、ここまでついて来てしまったって事は——この先も付き合わせてしまう事になる。主人として、責任を持って守ってやらないとな。

ネモが現れるなり……廊下で俺やアリアを不安げに見ていた乗員たちが落ち着きを取り戻していくのが分かる。皆、ネモへの信頼は厚いようだ。

そうして、皆がピシッと直立不動の姿勢を取り——廊下の奥から音楽隊らしき三つ子のレクテイア女子がホールに駆け出てきて、軍隊ラッパを吹いた。ト・ト・タ・テ・チーの旋律は耳慣れないが、どうやら歓迎の意を示しているらしい。主にルシフェリアに。

それから乗員たちは胸を張り、ザッと一斉に敬礼をした。指を揃えた右手のひらを前に向ける、フランス海軍式の敬礼だ。廊下の奥やホールの壁際に、多様なその姿が居並ぶ。

改めて見回した、その姿は——

尖ってたり丸かったりの、頭部に突き立ったケモノのミミ。まっすぐだったり曲がってたり、長かったり短かったりのツノ。太かったり細かったり、毛がフサフサしてたりそうでもなかったりのシッポ。

肌の色も、白、肌色、褐色、黒とバラバラ。瞳もまるで宝石図鑑みたいに色とりどりだ。ネモが自由と定めているらしく、髪型も各人各様。ストレート、ショート、ポニーテール、ツインテール、三ツ編み……髪色は1人として同じのがいないどころか、ツートンカラーまでいる。髪にあしらう飾りもリボン、カチューシャ、花飾り、羽根飾りなど華やかだ。制服はあっても、足下は自由らしく——靴や靴下はまちまち。スニーカーやローファー、ブーツやヒール、ローラーブレードや裸足(はだし)の者までいるから驚きだ。

　それと……ほぼ全員が、銃や刀剣を身につけているな。武装してるというより『武器は服の一部』みたいな空気がある。これなら、俺たちの武装もそのままでいいだろう。

「ノーチラスはルシフェリアを乗員とし、遠山(とおやま)キンジ、神崎(かんざき)・ホームズ・アリア、リサ・アヴェ・デュ・アンクを乗客とする。生きていれば多くを見る(Moult voit qui vit)——オホーツク海での事は忘れ、私が東京で和解した客を丁重に扱うように」

　ネモが命じると、乗員たちは「分かりました(アントンデュ)！」と声を揃えてるが……どうかな。今の命令一発でアリアに対しての敵愾心(てきがいしん)は和らいだのを感じるが、男という異質な者にはすぐ慣れてはくれないかもしれない。そんな気がする。

「——休め！　自由に、ただし混乱のないようにするでちよ！」

　エリーザが縦ロールの銀髪を跳ね上げ、訛(なま)った英語で号令すると——乗員の女子たちはそのエリーザが螺旋(らせん)階段を上がっていくのを待ってから、

「ルシフェリア様！」「ノーチラスへようこそ！」「生きてらしてよかったですわ！」

　と、ルシフェリアを取り囲み始めた。キャアキャアと、女子って感じ丸出しのノリで。ある者は英語で、ある者は日本語で、あるいはレクテイアの言語らしき言葉で。

その様子を見るに、一般的なレクテイア人は無邪気というか……外見よりかなり精神が幼い者が多い印象だ。ルシフェリアの人格でさえ、ここの皆よりはお姉さんっぽい。多分この精神年齢の差もあって、ルシフェリアは生まれつき『みんなのお姉さま』的な種族、生まれながらにして皆の目上の種族、すなわち王の血筋として認められていたのだろう。

皆を撫でてやったりハグしてやったりするルシフェリアは、

「えーと、ここの主様——遠山キンジは、今や我のつがいじゃ。失礼のないようにな」

と、例の『つがいは自分自身なので、ナヴィガトリアでの件は自分が自分に負けただけだから不名誉ではない』理論をノーチラスの面々に匂わせている。みんな興奮状態だから、あんまり聞いてないっぽいが……ただ、何人かはそれを聞いてむしろ俺に嫉妬したような視線を送ってきてもいるな。こわ。

ルシフェリアの所に女子が集まると俺の周囲の女子密度も上昇するので、その場を少し離れ……俺はヒノトの事が一件落着した話をしようと、リサの所へ向かう。

するとそこでは、まだオオカミ耳を出したままのリサが——赤セーラー服のスカートを跳ね上げるほどオオカミ尻尾を立て、驚いてる。

何があった？　と思って視線の方を見ると、うおっ……！

「まあ……」

「わぁ……」

そこに、もう1人のリサがいる。正確にはリサと激似の、オオカミ系レクテイア人が。

2人は肌や髪の色、顔つきも瓜二つ。もう1人のリサは、青いセーラー服にエプロンを増設している辺りまでリサっぽい。髪型はポニーテールなものの……こっちのリサと同じオオカミ耳とオオカミ尻尾を立て、鏡像のように目をぱちくりさせてるぞ。

「うるる？」

「……！　うるるるっ」

「うるる……！」

リサとセーラー服だけが色違いのリサが、何やら舌を震わす発声だけで会話し始めた。うるる、るるる、るる……よくそれで通じるな。

「リサ、この子……あんたの親戚？」

アリアも、ソックリな2人を見比べてキョトンとしてる。

「る、るる、は、はい。昔お母様に教わった古い兲狼の言葉が通じました。ミサさんは、私の縁戚にあたる方のようです。オランダのアヴェ・デュ・アンク家とチェコのファン・デ・アーギュ家以外の兲狼が存在しているだなんて、信じられない気分です……」

リサ、ミサ——名前まで似てるな。

つまり、ジェヴォーダンの兲狼もレクテイア由来の血筋だったっぽいね。月光を契機に変身したり、強者に仕えて遺伝子をもらおうとする習性にも確かにレクテイア感があるし。

ミサはフランス語もできるようでペラペラとリサやアリアに挨拶し始めてるが、俺には夭狼語と同じぐらいイミフだ。話し方の調子から見て、ボーイッシュなタイプっぽいのは分かったが。

リサとミサは2人とも嬉しそうに尻尾を左右に振ってて、双方のスカートがキワドイし……『ボクっ娘のリサ』みたいなミサにはそれはそれでヒスい魅力を感じなくもないので、俺はルシフェリアからもリサミサからも距離を取る。

するとそこで、クイクイ。ネモに、袖クイされた。

「……キンジ。最初は念のため、私から離れるな。アリアもな。一緒に艦橋へ来い」

周りに悟られないようにか小声で言ったネモは、ルシフェリアやリサをホールに残して俺とアリアを螺旋階段の方へ案内する。

「……ノーチラスには外に全く出た事のない乗員も多い。ここではレクテイア人の常識が半分は通ってしまうと思え。特に、キンジは異質な『男』だ。誰が何を思うか分からない。副長のエリーザに統制を徹底させるが、身辺には気をつけろ」

俺たちを連れて螺旋階段を上っていくネモは、自艦の乗員たちに警戒している様子だ。

……外では異質なレクテイア人たちが、この艦内では多数派。

外と中では立場が逆転し、女でもなく超能力者でもない俺はここじゃ少数派って事か。

だからといって、最初から周囲の多数派を疑いの目で見たくはない。そうしたら相手も疑い返してきて、しまいには偶発的な衝突から戦いになりかねない。まずはこっちが皆を信用してる姿を見せて、信用に信用が返ってくる事を願おう。それが正しい道のはずだ。

そう考えつつ、俺はネモやアリアと共に螺旋階段の上――

潜水艦の甲板上構造物（セイル）の中にある艦橋、ノーチラスの発令所に入る。

発令所とは、戦闘艦の中枢部。艦長としてのネモの仕事場だ。そこにお邪魔するのは、知り合いの女子のバイト先に顔を出すみたいな面はゆさがあるな。とはいえその仕事場はハンバーガーショップやコンビニじゃなくて、一国を一夜にして滅ぼす戦闘能力を持っていかねない原子力潜水艦の司令室なんだが。

元々が旧式の原潜であるノーチラスの発令所は、割と映画やネット動画で見たイメージ通りの空間だ。光学潜望鏡、ソナーや火器管制のディスプレイ、そしてナビゲーション用コンピューターなどが全てこの空間にある。そのそれぞれに、黒セーラー服の上級兵――尉官ってとこだろう――たちが配置されていた。

黒セーラーたちは俺とアリアがここに上がってきた事に少なからず驚きの目線をしたが、それがネモの許可を得ての事とハッキリしているので騒ぎはしない。

（リサについてもそうしたみたいだが……ネモはまずノーチラスの心臓部に俺とアリアを入れて、敵じゃない事を示してくれてるんだな）

俺が内心ネモに感謝する中、発令所の中央やや右に立っていた副長のエリーザが敬礼でネモを出迎え、ネモが短く返礼する。

　発令所の左側に設置されたコンソールは、機械操縦盤。そこにイヌっぽい耳の黒髪女が1名。右舷側のコンソールは、注排水管制盤。そこにも黒イヌっぽい女が1名。どうやら双子らしいその2人は、制御状況やジョブ管理のモニターを見てスイッチやキーボードを操作している。どうやらもう、ノーチラスの主要機構のコントロールを始めてるようだ。

「……うぉっ……」

　と小さな声が出てしまったのは、昔ジオ品川(しながわ)でエンディミラを巡って戦ったドラゴン女――ラスプーチナに似た、ドラゴンっぽい尻尾のついた女が火器管制盤の席にいたからだ。

だが周囲との会話から彼女の名前はレノアエルだと分かり、あのロシア系奴隷商人女とは別人だと確認できてホッとする。これは多分、あれの類縁なんだな。

「慣性航法システム、ヨシ」

　発令所の左側最前方には、操舵手席(そうだしゅ)がある。そこではヴァルキュリヤの色違いみたいな女がそう言いつつ、航空機の操縦桿(そうじゅうかん)のようなハンドルを握って待機している。1人で操舵するということは、ノーチラスはコンピュータ制御艦なんだろうが――それでもジャンボジェット機サイズの長大な乗り物を海中で動かすのは、三次元的な方向感覚に優れているのであろうトリ系のレクテイア人が適任なんだろう。

「艦首ドーム内バウアレイ、異音キャッチ無し」

という声の方を見て、小さく吹いてしまい——それから笑いを堪えるのがキツかったが、ノーチラスの耳の役割を果たすソナーステーションに座るソナー係は、ウサギ耳の生えたレクテイア人の女子だ。ソナー席に体育座りしてる非常に小柄な彼女は、これはたまたまだろうがレキと髪色・髪型が似ている。ピラミディオン台場で見損ねて以来、念願の……ってワケでもないが、バニーレキを拝めたね。なるほど耳は鋭いらしく、俺が笑ったのを聞きつけて「死ね」と呟いてきたのは怖かったけど。

ネモ、エリーザ、双子の黒イヌ娘、ラスプーチナ亜種、ヴァルキュリヤ亜種、ウサレキ——発令所の7人は、この艦の脳であり神経。ネモはそのメンバーについて種族を問わず、適材適所で選んだ感じだ。レクテイア人は種族が違うと揉めやすいイメージがあったが、ネモの指揮下だとしっかり連携できるらしい。

「現在、北緯35度38分35秒・東経140度36分30秒」

「時刻、00時29分、日本標準時」

ヴァルキュリヤ亜種の座標報告、懐中時計を手にしたエリーザの時刻報告に続けて——司令室の中央に仁王立ちしたネモが、

「これより本艦は日本列島に沿って西太平洋を南下、台湾沖、ルソン海峡、マラッカ海峡、アンダマン海、ベンガル湾を通過してアラビア海に入り、補給のためムンバイへ向かう」

と、航路の概略を告げた。ムンバイ。このノーチラスことマハーバーラタの生まれ故郷、

インドか。とんでもない所まで行くな。とはいえニューヨークやロンドンよりは近いし、スペースシャトルでは地球低軌道の宇宙にだって行った俺だ。今さら原潜でインドへ行くぐらいの事でビビりはしない。武偵憲章8条・任務はその裏の裏までの精神で、ここまで付き合ってしまったネモとは行けるとこまで行ってやるさ。

発令所には折り畳み式の座席——艦長席があるが、ネモはそれを使わず立ったまま艦の指揮を執るスタイルらしい。ちょっとダブついている長い袖の中から、手首の内側にしたローズゴールドのブレゲ・マリーンを見て……それが0時30分を指すと同時に、

「ノーチラス、潜航！」

凛々しい声でそう命じ、それから発令所の7人は「ハッチ閉鎖確認ッ」「機関、低速」「ネガティブベント開放」「深度2、3、4……」「取り舵、0－9－0」「90dB未満」「姿勢角指示願う」「潜舵下げ舵、1・5」「速い、ネガティブブロー」——矢継ぎ早に、命令、確認、報告を交わし始めた。

……ズズウゥゥン……という低い海鳴りのようなポンプジェットの機関音は、極めて小さい。今ウサギ耳が報告した90dBというのは、パッシブソナーではそれこそ海鳴りと区別がつかないかもしれない静穏性だ。

潜航しながら進むノーチラスが、傾き始めた。これは航空機や潜水艦に特有の体感だな。とはいえ洋上の波に揉まれない潜水艦とは、艦船の中では最も揺れないものだ。海自でも

船酔いする人は潜水艦勤務を希望するという。

「もう潜ったわね」

「イ・ウーでもそうだったが、実感は湧かないよな」

傾斜した発令所内で俺に少し寄りかかったアリアが言う通り、今、深度5ｍ。観光用の潜水艦や深海探査艇なら窓があるが、ソナーを主な感覚器とし、光学的な目を潜望鏡しか持たない原潜は、外界と遮断された巨大なカプセルのような乗り物だ。宇宙船より視界が無い。海の女を自称しながらネモが魚に無知だったのも、今さらながらに納得だね。


ノーチラスは一旦真東に向かってから南西に転舵（てんだ）し、深度を下げて西日本沖へ向かっているようだ。その後、ネモから案内役を命じられた副長のエリーザに俺とアリアが連れていかれたのは……ホールの下、医務室。まずはそこで、身体検査を受けろとのことだ。

大所帯のノーチラスには、ちゃんと船医もいる。クマ耳を生やし、巨乳のせいで白衣がマントみたいになってる肉体派の女医だ。レクテイアでも医者をやっていたらしい彼女は、こっちの世界でもＮのシンパの女医から医学を習ったらしい。

「潜水艦の中じゃ気圧の変化をかなり感じるもんや。せやから、耳、鼻、目、歯に異常がないことが大事なんやで」

かなり訛（なま）った英語で船医が説明してくれた通り、確かに、俺は今までの僅かな時間でもノーチラスの艦内気圧の変化をビックリするほど感じていた。これは比較的新鋭艦だったイ・ウーでは感じなかったものだ。古い艦だと、どうしてもその辺が甘くなるらしいな。

船医は他にも俺(おれ)たちの体温を測定したりノドを診たりと、かなり入念な検査をしてくる。少量だが採血もされたので俺が「なんで血液検査までするんだ」と訝(いぶか)しむと、

「この閉鎖空間で伝染病が出たら、オシマイやからな。乗員たちには一応、風疹(ふうしん)、麻疹(はしか)、インフルエンザとかのワクチンを打ってあるけど、ワクチンかて絶対やないからな」

そう言われて、納得がいった。レクテイア人はこっちの世界の病原体に耐性が無いから、もし俺たちがそれを持ち込んでしまったら全滅してしまうのだろう。

その悲劇を起こさないため、こっちの体を念入りに診てる……んだと思ったが、何だ？女医がペタペタと、上半身裸にさせた俺の胸をやたらに触ってくるぞ。アリアに対してはブラウスに下から聴診器を突っ込んで心音・呼吸音を確かめただけなのに。で、

「……うーん。これがオトコ。ホントに不思議やな。ほぼ成体やのに、乳房がない……」

とか言ってるんだが、これもう検査じゃないだろ。

「大体のワクチンは俺も打ってるから。もういいな？」

美人のお姉さんに体をまさぐられていると、せっかく落ち着いてきていたヒステリア性血流がぶり返しかねない。なので俺はアセアセと体を引くんだが、

「いや、もうちょい……」

　とか、今度はズボンのベルトを外そうとしてくるし！　というわけで、俺はレクテイア人と早くも偶発的な衝突。男子のプライドをいたずらにお姉さんに開陳しないためにも、ベルトで綱引きをするハメになってしまった。ていうかアリアもエリーザも、なんで俺の下半身の成り行きを真顔で見守ってんの！　助けてよ！　ひいっ、お姉さん力強い！

　などとアホをやってたら、ト・ト・テ・テ・ター――ラッパの音がした。廊下の方で。

　そしたら急に女医がパッと手を放して立ったもんで、俺は座ってた丸椅子ごと仰向けにゴテンと転倒する。

「何あの音？」

「時報でち」

「食事や就寝のローテーションがあるんで、ちょいちょい音楽隊が吹くんや」

　そう語るアリア・エリーザ・女医のスカート内が全員分見える位置に頭があった俺は、這う体勢に寝返りを打ってから……

「潜水艦って、あんまり音を立てちゃダメなんじゃないのか……？」

　腕立て伏せするように起き、半ケツになっていたズボンを上げる。

　戦争映画なんかでは、音で敵艦に発見されないようにするため――潜水艦の中で物音を立てるのは御法度とされていたものだが、この艦ではその辺は気にしなくてもいいのか。

「いつの時代の潜水艦の話をしてるでちか。ノーチラスには無反響タイルも減音殻も完備してるから、ライブでも怪獣映画の上映会でもやりたきゃやれるでち」

エリーザは縦ロールの銀髪をフリフリしながら、ヤレヤレの仕草。白衣をマントっぽく翻して「メシやメシ」と医務室をスキップで出ていく女医を見て、

「何なら、アリアとキンジも何か食っていけでち。今は食糧にも余裕があるでちよ」

とか、親切に言ってくれる。これは嬉しいな。夕食はレクテイア組合でもいただいたが、立食って食べた気がしないものだからね。そのあと戦ってカロリーも消費したし。

医務室を出て歩く廊下が狭いのは、左右の壁際にあれやこれやの戦闘用・航海用装置が配置されている上——100人はいる乗員のための食糧保管庫が幾つもあるせいだった。

無限の航続力を持つ原潜がそれでも無期限に航行できない最大の理由は、食糧の補給が必要なためだ。特に堂々と寄港できる港が少ないのであろうノーチラスには、可能な限り多くの食糧が積み込まれている。壁の配管にまで、ネットに入れたタマネギ、ペペローニ、ドライソーセージ、ヒョウタンみたいな形のカチョカバロ・チーズなんかが吊されており、ほとんどデッドスペースは見当たらない。

それらを横目に、艦の中央よりやや艦尾寄りの区画まで歩き……

「ここが科員食堂——乗員が食事をしたり、勤務時間外にくつろぐ所でち。混雑を避けるため一応の利用シフトはあるけど、まあ空腹ならいつでも食べに来ていいでち」

　そう語るエリーザの案内で、俺とアリアはレトロなレストランみたいな場所に入った。

いわゆるファミレスを手狭にしたような空間だが、ここが潜水艦の中だと考えると広くて開放的な広間だと言えるな。そこでは何人かの乗員がスパゲッティーやサラダを食べたり、紅茶を傾けてトランプをしたりしてる。ソフトクリームのサーバーでは青いセーラー服の乗員が何人かでキャッキャしてて、ネットカフェの女子高生みたいな絵面になってるな。ウマっぽい尻尾と耳があるからそこは違うんだけど。


　ここも潜水艦ならではの省スペース化が図られており、電子レンジや保温ポットは壁に埋め込まれていた。イスの座面は開閉式で、下が米や小麦粉、野菜の保存庫になっている。

「ノーチラスには給養員が3人いて、全乗員の食事を作ってるでち。今はローテの都合で1人で――あれ、2人いるでちね」


　とエリーザが示した、食堂に隣接している調理場には……大小の調理器具が揃っていて、ここが仕事場らしいミサと、ミサの手伝いをしてるリサもいた。

「あっ、ご主人様、アリア様。いらっしゃいませ！」


　リサは狭い調理場でだけはモシン・ナガンを外し、髪を後ろでポニーテールにしており――これがけっこう新鮮なんだが、元々その髪型のミサと外見のお揃い度が増してるね。

「うふふっ、リサあんた、水を得た魚って感じね」

「はいっ。リサは幼い頃、レストランで働くのが夢だったのです。モーイ……！」

アリアが言う通り活き活きとしてるリサは、鍋つかみをはめてオーブンから焼きたてのベーグルを出してる。スープ鍋をかき混ぜてるミサも、リサと一緒で幸せそうだ。

2人がどんどん作っている料理は——惣菜屋なんかにあるようなガラスとステンレスの温蔵ショーケースや、デパ地下の食品コーナーにありそうな冷蔵ショーケースにタップリ並べられてる。ノーチラスの食堂では常時いろんな料理を作り置きしておいて、いつ誰が何を食べに来ても応じられるようにしてるんだな。

並んでいる料理はパスタやピザ、小籠包や焼売、ミートローフやハンバーグ、粥やパン、タコスやガパオライスなど種類が多く国際色が豊か。そして、どれも出来が良い。リサも職業メイドだが、ミサも明らかに料理を専門的に学んだ者だな。

「……フライドポテト、炒飯、これは押し寿司かしら。各国の料理があるわね」

「逆に、レクテイア料理と思われるものは無いな」

アリアと話しながら、俺は何となく勘付く。

これは……艦内のレクテイア人をこっちの世界の料理に慣れさせる、つまり学習させるためのメニューなのではなかろうか。そんな意図を感じるぞ。

「ここに無いものでも注文していいでちよ。ミサは何でも作れるし、通信教育で栄養士の資格も取ってるでち」

エリーザがそう言い、紅化粧のしてある褐色肌の手で幾つかの料理を指しながらミサに

フランス語で何か注文をしている。なので俺(おれ)とアリアもそれぞれ、思い思いのメニューを頼んでみる事にした。

　で、それから案内された奥の士官専用テーブルには——

「エリーザ、御苦労」

「おお、主様(ぬしさま)！　ほれ、ここ。我(われ)の隣に座るがよいぞ」

軍服姿のネモと、1人だけ水着っぽい民族衣装なので痴女感のあるルシフェリアがいた。

なお、士官用テーブルは満席の時にも士官が優先的に座れるというだけのものらしく、イスの背に鸚鵡貝(おうむがい)のマークがあるのと紙ナプキン入れが銀製なだけで他と大差ない。

（まあ、それはいいんだが……）

個人的に、問題があるぞ。座ってから気付いたが、ここには。

というのもやはり潜水艦の中は狭いので、このテーブルは上階層(デッキ)からこの食堂に通じるハシゴのそばにある。で、俺の席からだと、そのハシゴを上り下りするレクテイア女子の背面がよーく見えてしまうのだ。ナナメ下から。というか、見えてしまった。下りてきたネコ系女子の、フルバック白が。上がっていったトリ系女子のレース赤も。これはやばいでしょう。こんなのを眺めておかずにしながら食事を楽しむなんて、退廃した貴族の遊びですかい。うう、また見えちゃった。ハイレグ青とは珍しいですねペンギンさん。

左右のネモとエリーザのお誕生席は艦長・副長の指定席らしいし、3枚見ちゃった以上正面でハシゴに背を向けてるアリアに席替えを頼むワケにもいかない。そしたらアリアは「それが目当てで最初そこに座ったのね！」と2発きりの弾を惜しみなく俺に撃つだろう。「それが目当てだったら席を交換しようなんて言わないハズだろ！」という至極論理的な理屈を述べたところで、それが怒ったアリアに通じるであろうか。否。かといって視線をあからさまに逸らしていると訝しまれる。何か自然に視線をハシゴから外す言い訳を発見するんだ。頑張れ俺。自分以外全員女子、しかもその女子たちに逃げ場のない密閉空間でヒステリアモード血流がフルバーストしたらと思うと……うう、頭が……！

するとその時、左隣のルシフェリアがテーブルに突っ伏して――

「はあ、たまにはムオアが食べたいのう」

「申し訳ない、無いのでち。レクテイアにはうじゃうじゃいたそうでちけど、こっちにはムオアがいないのでち」

来た！　ナイスフォロー！

「ん？　ムオアって何だ？　興味が湧く名前だなあ。おっと、ここに紙ナプキンがある。そして、取りいだしたるこのシャープペンシル。ルシフェリア、お前がくれたものだよ。ありがとう。さて、紙とペンが揃った。そうなると、ムオアの絵が描けるじゃあないか。ルシフェリアがそれを描いて、俺がそれを見る。うん、そういう事を、今からしようよ」

「ど、どうしたのキンジ……？」

「この喋りは英語がヘタなせいでちか？」

「いや、彼は頭がヘタなのだ」

「よーし！　我が主様に絵を描いて教えてやるぞ！」

俺が完璧にロジカルな発言をしたにも拘わらずアリア・エリーザ・ネモは頭上にハテナマークを浮かべたが、ここは俺のことを一切疑わないルシフェリアが元気に応じてくれたおかげでダウトの声は掛からなかった。

　これにより、俺は視線を自然にハシゴからテーブル上――ルシフェリアが紙ナプキンに描き始めた絵へと移すことに成功。窮地から華麗に脱出を果たした。

「ムオアは鳥じゃ。こーんな感じの……大っきな鳥じゃ。でも翼は無い。ムオアの挽肉をムオアの皮で包み揚げにすると、カリカリのフカフカになってとっても美味いのじゃ」

　ルシフェリアが描いた、足の太いダチョウみたいな鳥の絵は……まあまあ上手い。

　ただ気になるのは、鳥の大きさを示すために横に描かれたハリガネ人間の大きさが鳥の半分もない事だ。つまり、この鳥は頭高が3～4ｍあるって話になるぞ？　って、

（……ムオア……）

　これは19世紀に絶滅した、ニュージーランドのモアという鳥に似ている……というか、それそのものじゃないか？　名前もほぼ一致してるし。それが、レクテイアにいるのか。

　ていうか以前から気になってはいたのだが、エンディミラもトウモロコシらしきものが

レクテイアにあるような事は言っていた。この世界とレクテイアは同じではないものの、多くの共通項が見られる。そもそもレクテイア人がこの世界で普通に呼吸してる時点で、大気の組成が近似してるって事だしな。

（……あ……）

ああ、何か重要な事が分かりかけたのに！　ついハシゴに目を戻したら、リス系女子がはいてたクリーム色・クルミを持ったリス柄のバックプリントに思考を中断させられた。

さらにそこへ、

「みなさーん、ごはんですよー」

「お待たせしましたぁー」

リサミサが料理をワゴンで運んできてくれたもんだから、俺の重要な気付きはどこかへ行ってしまった。

俺とアリアにはリサが、ネモ・エリーザ・ルシフェリアにはミサが配膳してくれて……見れば、食器類も乗員用のはアルミだが士官・乗客用のは純銀製だった。

アリアの食事はパンと牛乳、ローストビーフ。デザートにはフルーツポンチを注文しており、甘い汁に浮かぶサクランボを見て嬉しそうにしてる。甘味は昔から世界中の海軍でストレス緩和のための重要な物資とされており、甘いものが切れるとあの紀律正しい海上自衛官たちでさえ艦内暴動を起こすなんて話もあるとかないとか。なので軍艦では甘味の残量に燃料弾薬の残量並みの注意を払う。ノーチラスにはまだ十分あるみたいだけどね。
　ローストビーフはリサがここで切り分けるのだが、省スペースを旨とする艦内ではその
カッティングボードも小さい。包丁で切り分けるのも慣れるまでは少し難しそうだ。
「アリア、お前のまな板を貸してやれよ、むね——グゥッ、ウッ——ぐあっ……は、早く
フルーツポンチでストレスを緩和して、心を穏やかにしてくれ……ください……」
　胸の、と言いかけたところでアリアがイスに座ったまま俺にスライディングするような
つま先蹴り。それが下腹部に命中した俺はズレた腸の位置を遠山家の整復術で戻すハメに
なった。
「こちら、ご注文の品です。初めて作ったから、あまり自信は無いんですが……」
と、ミサがルシフェリアに提供したのは——品良く皿に積まれた、数個のカレーパン。
ルシフェリアは熱々のそれを手づかみでパクパク食べ始めると、
「うまい、うまい！　そう、これはアレじゃ！　主様に食べさせてもらった時から何かに
似てるなーと思っておったが、ムオアの包み揚げと似た見た目と歯触りじゃ！」
とか、喜色満面で言ってるんだけど……えええ……？　カレーパンってモアと似た食感
なの……？　一生何の役にも立たないだろうけど、すごい事を知っちゃったよ。
「お野菜やお肉は、日本の新鮮なものがございましたよ」
　リサが俺に出してくれたのは、カツカレーライス、ゆで卵、生野菜サラダ。エリーザは

さっき食糧に余裕があると言っていたが、なるほどね。ノーチラスはルシフェリアの件で上陸したネモの帰還を待つ間、日本で生鮮食品の補給もしてたって事か。ボートか何かで不法入国して買い付けるか、日本のNのシンパから瀬取りする方法で。

「カレーとカレーでお揃いじゃのう、主様」

とかニコニコして俺にすり寄ってくるルシフェリアの生肌から距離を取りつつ、ハッと危険情報を思い出した俺はリサを手招きし、

「あー……リサ、ルシフェリアが調理場を手伝いたいとか言っても手伝わせるなよ。特に俺に何か作るとか言い出したら、体を張ってでも止めろ」

ルシフェリアが聴き取れないよう、コソコソとイタリア語で耳打ちする。

「は、はあ。どうしてでしょう？」

「こいつのカラダのどこかからは、クセになる系の、うまい汁が……」

「し……汁……？」

「あ、いや、とにかく手伝わせるな」

そう言った俺は、多くは語らないアピールのためにもカレーのルーをアラジンのランプみたいなグレイビーボートからドロッとカツ&ライスにぶっかける。

カツカレーはカツの衣にカレーをかけずサクサクのまま食べる派と、カツの衣をルーでしなしなにしてから食べる派がいるが……俺は中道。女子たちの見てる前でやるのは気が

引けるが、ルーでカツを覆ってからカッ込むように食べるのが中道派の作法である。

　というわけでガツガツ食べ始めたカツカレーは——すばらしい！　リサの手作りだからってのもあるが、いい肉を使ってる。やや大きめにカットされててゴロッと感を楽しめる野菜も質がいい。今後しばらく国産の食品は口にできないだろうから、満喫しておこう。

　狭くて制限の多い艦内で長期の航海をする潜水艦では、食事は最大の楽しみ。どの国の海軍でも、とりわけ潜水艦の食事は美味と言われている。その噂に違わずノーチラスでも食は重視されてるようで、ありがたいね。

「おっ。主様、ほっぺたにカレーがついておるぞ。幼子のようじゃな。あはっ」

　と、ルシフェリアが紙ナプキンに手を伸ばすので——銀の食器を鏡代わりにして見たら、あ、ほんとだ。なので、

「ちょっとガッつきすぎたな」

　俺がサッと紙ナプキンを取り、自分の頬を拭いたら……ルシフェリアは、どかーん！　急に怒りだしたぞ？

「なんで自分ですぐ取っちゃうんじゃ！」

「えっ、なんで怒るんだよ。お前がこそいで食おうにも、ほっぺたに付いたカレーなんて微量だぞ。食い意地を張るな」

「そうじゃなくて、我が取ってあげたかったのじゃ、花嫁として！　もっぺん付けろ！」

「こらっ、カレーを顔に塗りつけようとしてくるなッ！　インド人が見たら怒るぞ！」

「あんたたち、まだその新婚夫婦ゴッコやってたの？　子供ねえ」

ルシフェリアはツノで俺の頭を挟んで固定してカレーをスプーンで塗ってこようとし、アリアは謎の余裕を見せて助けてくれないんで、マナーの悪いドタバタを食卓でやる事になった俺を前に……魚料理をお行儀良く食べていたエリーザは、はあ、と溜息(ためいき)。

「それを見てもインド人はカレーだとは思わないでちよ。そもそも日本人の食べるようなカレーライスは、インドじゃ外国人用のレストランにしか存在しないでち」

「えっ、そうなのか。知らなかったぞ……インドに詳しいんだな、お前」

「私はインド出身でちよ」

あ、そうなのか。どうりで英語が訛(なま)ってると思った。

あとそれで分かったが、エリーザの手の甲にある幾何学模様はメヘンディ——インドの未婚女性が指甲花(ヘナ)の色素でやる紅化粧。幸運を願ったり、お守りとして描くものだとか。TBSの『世界ふしぎ発見！』で見たのを思い出したよ。

シッポをギュッとやって「ひゃぁ主様のエッチ！」と言われつつもルシフェリアのツノ固めから逃れた俺は、どうにかこうにか中道(ちゅうどう)カツカレーを流し込むように食べ終え……

一同の食事が済むと、ネモは食後のカフェ・オ・レを傾けつつ、

「アリア、キンジ、リサも——この急で遠い船旅について来てくれて、ありがとう。私は

今から艦で溜まった仕事を片付けるが、その後で今後の事を語らせてくれ」

と、礼を言ってきた。

「いいのよ。遠いって言っても、ムンバイからなら帰ろうと思えば飛行機で半日もかからないから。あたしとしても、あんたが動いてくれたチャンスを逃したくなかったし」

「ああ。後でしっかり話そう。俺としても、ここが勝負どころだって感じてるよ」

ここは、アリアと俺もマジメにそう返し……

ネモ、ルシフェリアと共に、Nとの戦いがこれから新たな局面に入るのを実感する。

……実感する、ん、だが……

「私の動き――Nとノーチラスとのこれからの関係については、状況を窺いながら、次の寄港時に乗員たちへ周知するつもりだ。今後の行動が拙速にならないよう、私自身もまず考えをまとめたいしな。ついては、その時までこのメンバーだけの話にしておいてくれ」

ネモが大切な話をしてるのに、顔を上げてる俺はハシゴが視界に入ってしまうから話が右の耳から左の耳へだ。側頭部に翼のあるトリ系女子は身軽にしたい習性があるためか、細っそいランジェリー。ああ、ハシゴをジャンプで下りるなって。

この科員食堂、第一印象ではファミレスっぽいと思ったが――多種多様なサムシングが眼前を行き交うという点では、回転寿司屋のようだな。こんな回転を見せつける寿司屋があったら、すぐ摘発されるだろうけど。

５弾　それが出来るのなら

それからネモは発令所へ向かい――ルシフェリアは乗員たちに誘われて科員食堂に残り、彼女らと楽しそうにボードゲームなんかを始めてた。

食堂を出ると早速、アリアがノーチラスを査察しようとして、

「レクテイア人について勉強したいんだけど、艦内を見て回ってもいいい？」

とか、エリーザに真っ正面から聞いてる。ヘタだなぁ。そういうのはコソコソやるべきだろ。俺たちは客とはいえ、ノーチラスは戦闘艦。勝手に歩き回るだなんて、そんな話が通るワケ――

「いいでちよ。勉強は本艦で推奨されてる行為。ネモ様からも、二人には自由に行動してもらうようにとの命令を受けてるでち」

――通った。それどころか、エリーザは俺とアリアを置いて下階層へ行っちゃったよ。

というわけで、俺とアリアは腹ごなしの散歩も兼ねて……手分けして、艦内を調査する事にした。何より、核武装の有無については自分たち自身でチェックしておきたいしな。ネモに聞いて余計な波風を立てたくないし。

大ざっぱに言えば、原潜の内部は『ミサイル発射基地』と『原子力発電所』から成る。そのミサイル基地の部分を目指して艦内を歩くのは、さほど難しくなかった。というのも壁のあちこちに艦内図が貼ってあるし、廊下の床にもどっちに行くと何があるのかの印がフランス語、英語、未知の言語——おそらくレクテイアの文字——で書かれてあるからだ。艦長のネモが方向音痴だから、表示が徹底されてるのかもね。

ノーチラスは上から、甲板上に飛び出ている塔みたいなセイル、上デッキ、中デッキ、下デッキの4階建て構造になっている。セイル下部には発令所こと艦橋が、上デッキにはホールや乗員の生活区画がある。中デッキにはさっきの医務室や科員食堂、倉庫、作業所、事務室らしき部屋がひしめいて、会社みたいな感じだ。下デッキには原子炉があり、その管制を行う区画になっているらしい。

甲板のハッチから上空へ発射する機構上、原潜では大型のミサイルを柱のように立てた状態で搭載する。そのため、俺(おれ)が到着したノーチラス中央部のミサイル格納庫も上中下のデッキを縦にブチ抜いた広大な空間で……キャットウォークから、まず艦対艦ミサイル(ハープーン)、艦対空ミサイル(シースパロー)がエグいほど保管されてるのが見えた。ネモがキレたら空母打撃群の1つぐらいは相手しちゃえる量だね。しかしそれらは一般的には通常弾頭を搭載するもので、戦略核兵器ではない。

逆に核弾頭を搭載するのが一般的なのは、潜水艦発射弾道ミサイル(SLBM)であり——それも、しっかり1発あるぞ。

　とはいえ、その白いミサイルは妙なシロモノだ。全高10m程で短距離弾道弾っぽいが、アメリカ、フランス、ソ連ないしロシア、中国……どの保有国のＳＬＢＭでもない。九分九厘、ハリボテだ。ミサイル係の乗員も周りにいないし、ラジオハザード標識も無いし。

（——つまり、核武装の『可能性』だけを搭載してるってワケか）

　それでも、あれを１００％完全に偽物と断定する事はできない。つまりノーチラスには発射可能かもしれず、核弾頭を搭載してるかもしれないＳＬＢＭが1基だけある。そしてノーチラス側から見れば、それで十分なのだ。それだけでもう、どこの国もノーチラスに手出しができない。あれがもし本当に飛んで、もし本当に核の攻撃力を持つものだったら、それで自国が終わるから。

　この『可能性』によって、ノーチラスは全ての法から解き放たれているんだ。

　イ・ウー、そしてノアやナヴィガトリアと同様に。

　他の武装も確認しておこうと思い、中デッキの廊下を艦首側へ歩いていくと——数名の乗員が掃除をしながら、あちこちにある食糧庫の中を入念にチェックしていた。どうやら害虫やネズミがいたらしっかり駆除するという事らしい。美容師の技能を持ってる乗員に洗面所で散髪してもらっている女もいた。ただどの乗員も俺を見ると少し驚いた顔をして、そっけなく擦れ違う。　あとなぜか中デッキには3箇所もシャワー室があり、その1箇所は閉鎖されてたんだが……なんでなのかは、分からない。

また、中デッキには艦内牢という気になる空間もあり——鍵が掛かっていない半開きの格子扉の向こうで、2人の青セーラー服が体育座りしてた。どうやら何かをやらかして、晒し者にされる羞恥刑を受けてるらしい。

見れば2人は狭い部屋の中で手を繋いでるので、

「なんで手を繋いでるんだ?」

俺への反応を確かめたかった意図もあり、英語で尋ねてみると……

「……刑罰」

「ケンカしたら、しばらく手を繋ぎ続けて仲良くなる決まり」

質問には、ちゃんと答えてくれた。英語で。へー。どうやらレクテイアの文化に基づく刑らしいけど、スキンシップ刑とでも呼ぶべきかな?

それと回答してくれた時の空気感から改めて感じたが、やっぱりノーチラスの乗員——レクテイア人1世は、『男』の俺によそよそしい。

ヒステリアモードの事を思うと距離を置いてもらえるのは有難い事なんだが、俺は今や『扉』の道を行く身。こっちの世界の人間の先陣を切ってレクテイア人を理解するべき今、このままじゃいけないよな。

と、腕組みして歩いていると……廊下の先に、上下階へ移動するハシゴがある。ここは要注意ゾーンだ。科員食堂のハシゴで次々見たものと同じものを見ないよう、俺は視線を前に固定。上を見ず、前方に集中してそこを通過していく。そしたら前から、がーっ！　というローラーの音を立て、ギンギツネっぽい耳とシッポの女子がスケボーでやってくる。艦が長大だから、移動にスケボーを使ってもいいのかっ。自由だなノーチラスは！

「おっ、おい……！」

「きゃっ――！」

俺とぶつかりそうになったギンギツネちゃんはスケボーの前を上げて、後端を床に擦るテールブレーキで急停止。おかげでスカートの前面が慣性でフワッと全開になって、白に紺色の花が刺繍(ししゅう)してあるパンツ正面を全目撃するハメになった。ここは潜水艦じゃなくてパン水艦かよっ！　チクショウめえ……！

ツリ目が魅惑的なギンギツネ女子は美少女だらけの艦内でも上位の可愛(かわい)さだったのと、出会ってコンマ4秒で秘密の花畑を見てしまうというシチュエーションのヒスさもあり、俺は中央に集(つど)いかけた血流を散らすためにその場で激しいスクワット運動を実施。クリア。それから気を取り直し、もう何も見ないようにと目を閉じて壁伝いに歩き始めたものの、下デッキへのハシゴ穴に落ちて膝を痛めたのでやめた。

　痛めた足を引きずり、艦のあちこちにある手すりみたいなポールに掴(つか)まって休憩しつつ、艦首側——誘導魚雷(スピアフィッシュ)や魚雷迎撃魚雷(シースパイダー)がビッシリと保管されている魚雷室に着く。日本から中性子魚雷(NDD)を盗んでたりしたらネモを折檻(せっかん)してやろうと思ったが、保管のされ方から見て核魚雷の類(たぐ)いは無さそうだ。

（だがヘンだな、この魚雷室には係の乗員が見当たらないぞ……？）

　と思ってたらさらに艦首側、奥の方に何人かの気配がする。満杯の材木置き場みたいに積まれた魚雷の向こうなので見えないが、魚雷員がいるはいるらしい。

　男という事でレクテイア女子たちに塩対応されてる俺(おれ)だが、２つの世界の平和的交流のためだ。まずはこっちから頑張って胸襟(きょうきん)を開き、積極的に話しかけよう。

（一応、艦内で英語が通じるのはありがたいよな。流暢(りゅうちょう)な子たちだといいんだが……）

　あとレクテイア女子にその期待はあまりできないが、あんまり可愛(かわい)くない子だといいな。というのも非ヒステリアモードの今の俺は美人が相手だとテンパってしまい、キョドって目を逸(そ)らしてしまい、ロクに喋(しゃべ)れなくなるからだ。逆にヒステリアモード時の俺は平然と美女を壁際に追い詰め、瞳の奥を覗(のぞ)き込(こ)み、いきなり口説き出す。中間は無いのか。

　壁のように積まれた魚雷をグルリと回り込んでいくと……魚雷室の一角に、魚雷のないスペースがあった。オホーツク海や北太平洋でイ・ウーに撃った分が抜けて、長細い部屋みたいになったんだな。

そこは魚雷チームの居室にされてるらしく、壁のフックと魚雷の間にハンモックが3つ渡されており——それを掻き分けて「ジャマするぞ」と侵入させてもらうと、

（……っ……！）

小っちゃくてイタズラっぽい顔つきの女子中学生、スポーティーでシャープな目つきの女子高生、巨乳でおっとりした感じの女子大生といった感じの魚雷チーム——どことなくイルカ、シャチ、クジラの特徴を感じなくもない美形の3人が、お着替え中っ……！

青・紺・黒のセーラー服が3着とも床に落ちてたから全裸かと思って心停止しかけたが、3人はこれも青のスポブラとガキパンツ、紺のブラ&ショーツ、黒のランジェリーの御姿。つまり半裸なので俺の心臓も心房・心室のうち心房だけ停止した。我ながら器用な停まり方をするもんだな。頑張れ心室！　蘇生ドラミング急げ！

「うおおおおおッ！」

ドコドコドコッ！　と心房狙いで自己心臓マッサージの拳を自らの胸に打ち込み続ける、ゴリラ系レクテイア人になったかのような俺を前に——

「「「……？」」」

海色の髪や瞳の色が揃ってて姉妹と分かる3人は、キョトンとするだけ。逃げも隠れもしない。通常なら「キャー！」からの両手によるカラダ隠しが行われて然るべきなのだが、それも無い。男の俺に、堂々と下着姿を見せてくれちゃっている。

この反応は——玉藻（たまも）や覇美（ハビ）、あと白雪（しらゆき）の6人いる妹の一番下の2人こと淡雪（あわゆき）・小雪（こゆき）が昔俺（おれ）とフロで遭遇した時と同じだ。こっちはビビりまくりなのに向こうはへっちゃらという、女児の心構え。レクテイア1世は男がいない世界から来たワケだから、当然、自分の生のカラダが男を性的興奮させるものだとは思いもよらないのだ。どうりでどいつもこいつもスカート周りに気を配らず、男の俺の目に対する遠慮が無かったわけだよ……！

驚いた事に、俺は原子炉制御室のある下デッキにまで普通に立ち入りを許された。

そこは原発のコントロールルームっぽい部屋で——実際、そうなのだろう——艦内図によると、動力伝達装置やその他の可動部も全てがこの下デッキに揃（そろ）っているようだ。

制御室にいたビーバーとかカモノハシ系のレクテイア女子たちは俺を気味悪がり話してくれなかったので、英文の書類だけ見せてもらったが……ノーチラスは原子炉から巨大な絶縁管で高圧蒸気をタービンに運び、タービンの回転に減速機を噛（か）ませて動力を得る造り。バックアップ用のディーゼルエンジンもあって、それすら動かなくなっても油圧で動ける。冗長性の高い、実戦的な艦だ。

（しかし……）

それがネモ流なのか知らないが、制御室の紀律も緩め。広いここを居室にしてるらしい原子炉チームは壁に埋め込まれたテレビで『ロード・オブ・ザ・リング』を見てゲラゲラ笑ってる。原子炉は古いものとはいえコンピューターが管理しているからいいのかもだが、ちゃんとモニタリングしといてくださいよ。あとそれって笑う系の映画だったっけ？

　ここでもレクテイア人と打ち解ける事は出来なさそうだったので、出て行こうとしたら

……うおっ……！

　また心臓に悪いことに、制御室の隅っこには大きなビニールプールがあって——そこに白水着で浸（つ）かってる、真っ白い肌のレクテイア系女子がいた。頭まで水中に入ってるから死体かと思って焦ったが、おそるおそる見てたら水中でアクビをした。寝てる。側頭部にある外鰓（そとえら）みたいなものの形から見て……ウーパールーパー系の女子か。水槽用ヒーターのケーブルに付けられた貼り紙によると、『冬眠明けまで水温は15度に保って（Keep the water temp at 59°F until the end of hibernation）』だそうだ。凄（すご）いな。こんなのまでいるのか。レクテイア人との相互理解は前途多難そうだね。

　いろんな意味でノーチラスの要所を見て回り、疲れたのと……さっきの冬眠してる子を見たら俺も少し眠くなってきた。だがこの人口過密な艦内では、米空母カールビンソンの時みたいに客室を提供してもらうのは難しそうだ。その辺の事をネモと話せないかと思い、発令所に行くが——ネモはいない。というかノーチラスは自動操縦中らしく、発令所にはソナーステーションのウサギ系レクテイア人しかいなかった。

　ウサ耳はソナー席に体育座りし、何やら真剣に本を読んでいる。潜水艦乗りは戦艦乗り

みたいに艦上体育もできないから、そうやって余暇を潰してるのかな。

ところで……読書しながら聴音もしてるらしいんだけど、そのヘッドホン。普通の物を改造して増設したらしいイヤーパッドが頭頂部の両ウサ耳にも添えられてるんだが、側頭部の耳はどうなってるんだろう。しかしそれは知ってはならない事のような気もする……

でも興味があって後ろから耳周りを見てたら、

「——わ。急に湧くな。死ね」

ウサ耳はソナー席の上で軽く飛び上がって驚き、赤い瞳で俺を睨んできた。回転イスがこっちを向き、ウサ子は体育座りをやめないし内側を隠そうともしないんで……またもやスカート内が丸見えだよ。だが俺も少なからず慣れてきたのと、ウサ耳は化繊の肌触りが好きなのかブルマーを穿いてたので、そこまでテンパらずに済んだ。

よし。この子は英語が上手いし、少し会話してみよう。ちょっと顔がレキっぽいから、レキだと思えば慣れも手伝って美少女相手でもキョドらず話せそうだし。

「気配が薄くて悪かったな。お前、何を読んでるんだ?」

「教科書だぞ。ジャマするな。死ね」

「何の教科書だよ」

「政治経済。明日テストがあるんだぞ。死ね」

死ね死ね言う割には、応答はしてくれてるな。ただ、レキはこんなに口が悪くないぞ。

レキに失礼だ。改善を求めたい。

「テスト……政経の？　テストがあるのか？」

「ミヒリーズはそれを選択して学んでるんだぞ。ノーチラスは戦う艦であり、学ぶ艦でもあるんだ。ジャマするなって言っただろ。下等な生き物、失せろ。死ね」

けりっ、けりっ、と、ウサ子ことミヒリーズはイスの上から俺の腹に前蹴りしてくる。普通の女子の足に見えてもウサギの脚力が秘められてるのか、このキックがやたら痛い。なので俺は退散するしかなかった。ていうか、ミヒリーズのミヒってミッフィーちゃんと音が似てて覚えやすいな。さすがにこれは偶然だと思うけど。

……本格的に眠くなってきた。腕時計は見ないようにしているんだが、俺は日本時間で言えば完徹ペースで起きてる状態のハズだ。いいかげん寝ないと。

――ノーチラスでの寝床は、探すまでもない。居住区になってる上デッキでは、壁際にスキマさえあればそこがベッド化されているのだ。ただどれも、カプセルホテルが天国に思えてくる棺桶じみた狭さ。備品はマットと枕とタオルケットだけで、カーテンを閉じて中を暗くはできるみたいだが……プライバシーも何もないね。まあ戦時中のUボートではさっきの魚雷室みたいにハンモックで寝てたらしいから、それよりはマシか。

なんでそんな狭っ苦しい事になってるのかというと、これはノーチラスの乗員数が多く、艦内設備も多いためだ。乗員が100人はいるのに対し、ベッドは35基。つまり全員が同時に寝る事はできず、3交替ぐらいでベッドを使い回してる。これが俺が寝るに寝られない悩みの種だ。

　数の都合上、ベッドはいつも満員で——誰かが起きて出ると、すぐ次の誰かが潜り込む。ノーチラスの寝床は前に寝てた女子の温もりが絶える事のない、いわゆるホット・ベッドなのだ。ていうか、どのベッドも近くを歩くだけで超いいニオイがしてヒス的に厳しい。いろんな美少女たちの匂いがブレンドされた魔性のカクテルは35種、どれに入ろうともヒステリアモード化は免れないだろう。今も目の前ではベッドのカーテンを半開きにしてクーカーと寝息を立ててるシカ系の女子がおり、コイツの寝相が悪くてムチムチの生足が片方べろんとベッドから垂れてるわ、紅葉模様の下着が丸見えだわだ。だんだんマヒしてきたんで見ただけじゃ動じなくなってきたが、それでもそんな生々しいものが収まってた空間にあなた入れますか？　ハードル高すぎでしょ……

（どこか、硬くなさそうな……マットか何かのある床で寝るか……？）

　悩みすぎで對卒を起こしかけたかわいそうな俺は、艦内をさまよい——気がついたら、この艦で最初に立ち入ったホールに戻ってきていた。

　もう限界なんで、ここで寝よう。鸚鵡貝マークの足拭きマットは柔らかいんで、ここに頭を置けば背中の辺りが鋼板でも眠れそうだし。

女子に踏まれないよう、発令所に上がる螺旋階段の下のスキマに体を収めて……っと。

うーん、螺旋階段の踏み板は格子状の鋼板だから、階段を上り下りする女子のスカートを直下から見てしまうアングルにはなるが……よく考えたら、俺は寝てる間は目を閉じてる。そしてノーチラスの女子たちはスカート内を見られても怒らない文化の持ち主だ。従って、トラブルに発展するリスクは無い。問題ナシ。

（はい、おやすみなさい。世の中に、寝るより楽は、なかりけり……）

──カンカンカン──

螺旋階段を下りてくる足音がして、寝入りばなを挫かれた。音があったか。科員食堂で紙ナプキンをもらってきて、耳栓を作ろう。と、目を開けたら──ううん……また見えた。今日は人生で2番目に女子の下着を沢山見た日だな。もう動じませんよ、眠いし。しかし珍しいね。トランプ柄。アリアとお揃いのやつだ。と思ったら、

「へ……ヘンタイっ！　そんなとこで何マニアックな事やってんのよ！　ここの子たちのスカートが短いからって！」

──ぎゃあ！　スカート内を見られたら怒る文化の持ち主、アリアだよ！　スカートが臙脂色だった時点で気付けばよかった！

階段の下で仰向けに寝てスカートを覗いている男を発見したアリアは、ツインテールが浮き上がるぐらいゾゾゾッと震え──スカートを手で股に巻き込むようにしながら階段を

駆け下りてきた。殺されるっ！

「——死んでたまるかッ！」

「ひゃうっ⁉」

しかしここは、戦闘開始時の位置関係が俺に味方した。最初から寝っ転がっていた俺は、飛びかかってきたアリアのスカート内に両手を突っ込む事に見事成功。死に際の集中力で白銀と漆黒のガバメントを両方奪うという大金星を挙げた。

さらにここは階段の下の狭いスペース。地の利がある。俺はガバメントから2発だけの実弾を抜き、奪い返されたら終わりなのでヒノト方式で飲む。それからブレイクダンスのように方向転換し、頭部を階段の下に滑り込ませて隠す。そこから、アリアの足めがけて寝たままアリ・キックだ！　これは前世紀、プロレスラーのアントニオ猪木がボクサーのモハメド・アリを痛めつけた戦い方。１・２・３・ダー！

「くっ、キンジの分際で割とやるわね、この、とりゃああ！」

「だあああ！　痛い痛い！　膝はさっき挫いてるからやめろ！」

でもよく考えたらアリアは寝技の無いボクサーじゃなく、投極打何でもできるバリツの使い手。自分も這う体勢になって俺の左足を上下逆さに抱きかかえ、膝十字固めを極めてきた。これは極められる側に極める側がオシリを向ける技なので、強襲科じゃ極められた際は睾丸を殴って反撃しろと教わったんだがアリアにそんなものは無い。武偵高の勉強は役に立たないな！

「隙あらばバカなんだからこのバカキンジは！　あんたなんかを好きになった自分に腹が立つわ！」

――ごきいっ！　いま何かスゴイ発言をされたような気もしたけど、ぎゃああ！　膝が外れた衝撃で全て頭からフッ飛んだ！

「うぎゃあああ！」

「ご、ご主人様、大丈夫ですか!?」

アリアと一緒だったらしいリサも螺旋（らせん）階段を慌てて下りてきたが、これもスカート内を飾るキャットガーターと純白フリルのサムシングが丸見え。もう、堪忍してけろ……！


お互いがノーチラスを査察した結果について語る機会もナシで――アリアはプリプリと怒って去っていった。その後、遠山（とおやま）家の整復術でゴキュッと膝を入れ直し、ヨロヨロ……と起き上がったら、バチンッという音と共に視界が暗く――というか、赤くなった。

さっき飲んだ.45ACP弾が体内で暴発したのかと思って人間ポンプをやったら2発ともそのまま口から出てきたので、そうではないらしい。艦内の照明が赤くなったんだ。

（これは……『夜』って意味か）

ほとんど太陽と無縁で、かつタイムゾーンを行ったり来たりする潜水艦の中では乗員の時間感覚が無くなってしまう。それだと目的地で時差ボケになり行動に支障を来すため、適切なタイミングで夜を演出するのだ。とはいえ真っ暗にすると当直の乗員が困るので、赤色灯に切り替える。と、本で読んだことがある。非常時や演習中も赤色灯にするらしいけど、副長のエリーザがノンキな顔でポッキーを食べながら通りかかったから違うね。

「あー、エリーザ。俺、寝たくて……乗客用のベッドとか、個室とかないのか？」

ワンチャンあるかもと思って聞いたけど、

「悪いけど、無いでち。個室と専用ベッドがあるのは艦長だけでちよ」

やっぱり無いらしい。かといって床で寝てるとまたアリアが勝手に来て勝手にキレるし、しょうがない。どれかのベッドで寝よう。男は度胸だ。

というわけで俺は嗅覚に全集中。できるだけ女子スメルの少ない寝床を求めてデッキを歩く。空いているベッドは少ないので、候補は限られるが……むむっ⁉　ここはほとんどニオイがしないぞ。なんと、ここはシーツやタオルケットが洗濯されて間もないベッドだ。求めよ、さらば与えられん。聖書の言葉は正しかったな。

よしよし。3段あるベッドの上2段に誰か女子が入っているのはいただけないが、もうこうなりゃ上がオネショの雨でも降らさない限り文句は言いませんよ。お邪魔しまーす。

横向きになってモソモソ入ったベッドは、ちょうど上下のスペースが自分の体の厚みの倍ぐらい。窮屈だが、カーテンを閉めるとイイ感じに真っ暗になってくれる。

（……さて、今度こそおやすみなさいだ。寝るは極楽、金いらず……）

とか思ってたら、

「……ぬしさま……」

ルシフェリアの声が聞こえたから、また心停止しかけた。こ、この3段ベッドの中段に、ルシフェリアが入ってる。なんという不幸！　でも今の声は俺に呼びかけたものではなく、独り言っぽかった。まだ俺は見つかってないぞ。

「……主様（ぬしさま）……主様、主様……」

ルシフェリアは上で独り言しながら、ハアハアと荒い息をついてる。モゾモゾ動いてもいるらしく、ベッドのサイドフレームがキシキシ軋（きし）んでるぞ。ドーンと落ちてこないか、下の段の俺は怖くて仕方ないんだけど。

「……よしよし、おしおきしてやるからな……」

などと、ルシフェリアは俺のモノマネで一人二役（ひとりふたやく）もしてる。

え、マジで何やってんの……？　本気で分からなくて、怖すぎるんだが。

「……はう、そんなスゴイおしおき……でも我（われ）にとっては、ご褒美じゃあ……」

それが何のためなのかは全く不明だが、ルシフェリアは独り芝居に熱中してるっぽい。

よし——その謎行為が盛り上がってる内に脱出しよう。ここにいる事がルシフェリアにバレたら、なんだかとってもマズい気がするし。

と思ってカーテンをソーッと開け、俺が体を半分這い出させたら——赤色灯の下、

「……っ……！」

ベッドのすぐ前のところに、明治神宮で俺と戦った槍使い・ヴァルキュリヤがいたから声が出そうになった。だが、よく見たら違う。セーラー服に略鎧を付け加えてるし、赤髪三つ編み頭にトンガリ兜もかぶってるけど、別人だ。発令所にも同じタイプのがいたが、年齢から見てあれの妹らしい。ヴァルキュリヤ亜種・妹って事か。

ヴァルキュリヤ亜種・妹は洗濯物を満載した特大のカゴを抱えてて、足下の俺のことは気にしてない様子で、

「ルシフェリア様、お着替えを持ってきました」

なんで今そこに声をかけるかな！　バレるじゃん！

「……んっ……あ、ああ。ご苦労じゃ、うむ」

シャッと中段ベッドのカーテンが開き、上からニュイッとルシフェリアが出てきて——上から垂れてきた縦ロール髪が、びょいんと俺の左右の頬にぶつかってバネ運動。うっわ、トロピカルフルーツ系の甘いニオイが。

ノーチラスから借りたらしい黒セーラー服を着ていたルシフェリアも、下で誰かに髪が触れたという感覚はあったらしく……

「——主様？」

キョトンと首を傾げて見下ろしてから、ぴょこ！　と、バンビっぽいシッポを立てつつベッドを出てきた。で、

「なんじゃあ。我の声を真下で盗み聞きしておったのか。イケナイ人じゃのっ。羞恥心でドキドキするぞ。このっこのっ」

ルシフェリアがニヤニヤと、俺を下段ベッドへ押し戻してくる。お、追い詰められたっ。

「ぬ、盗み聞きって……うわうわ、入ってくるなっ！　ここは2人が入れるほどの空間は無いっ」

たしかに盗み聞きしてた形にはなるから強く出られない俺のベッドへ、ルシフェリアがツノから入ってこようとして——

「メロキュリヤ、今から我と主様がする事を見守っておれ。キヒヒッ」

「は、はい？　はい。見ます」

「人に見せたがるとか悪趣味だぞルシフェリアお前！」

俺がルシフェリアの左右のツノを両手で掴んで必死に押し返そうとしてたら……

トトテー、トテチテトテーッ！　一応は夜のハズなのに、やかましい軍隊ラッパの音が艦内に響いた。さらに、ビーッ、ビーッ、ビーッ——と、けたたましい電子音のブザーもスピーカーから鳴る。

これは時報じゃない——何らかの警報っぽいぞ。

ラッパによるトトテー……の旋律が、繰り返される。どうやら発生した出来事の内容を意味するメロディーらしい。その音を聞いたヴァルキュリヤ亜種・妹ことメロキュリヤは洗濯物のカゴを左腕で抱え込み、右手で登り棒みたいな手すりに掴まった。

（……っ？）

ぐぐ……ぐぐぐ……と、ノーチラスが傾く。向きから見て、取り舵。猛烈なバンク角を取って、左へ急転舵してる。

赤色灯の中、見えるもの全てが悪夢のようにナナメになった。壁際に吊された食糧袋や戸棚の中身がガサガサと、壁・床・天井がミシミシと、地震の時みたいな音を立てている。

「みぎゃあっ」

ルシフェリアも、でんぐり返しの逆回し映像みたいに長い脚を振り上げて転がっていく。俺は押し込まれたベッドから滑り出てしまい、中腰で立って踏んばろうとするものの、

「うっ……！」

――ダメだ。手すりでポールダンサーみたいなポーズになってるメロキュリヤの方へ、つんのめっていく。頭っから。

「きゃっ――」

メロキュリヤも俺を躱せないようで、２人の衝突は必至。とはいえゴチンとぶつかって兜や鎧――身につけてる物を外してしまったら、ヴァルキュリヤの時みたいにレクテイア

ルールで殺すだの愛すだの言われかねない。どうもこれはあれの近縁種っぽいし。

なので俺はつんのめる角度を調整し、メロキュリヤ本体ではなくメロキュリヤが抱えるカゴに突っ込むことを選択。ヘッスラする野球選手っぽい体勢で、セーラーブラウスやらスカートやら、あと何なのか何となく分かるが分かりたくはない色とりどりの小布やらが満載された洗濯カゴに上半身でダイブした。そしたらメロキュリヤの姉の物らしい鎧兜のパーツも入ってて、それが当たった眉間が痛いの痛くないの。

「い、今の警報は何だ。敵艦か？」

俺が腕と顔をズボッとカゴから出して尋ねると、ポールにしがみつくメロキュリヤは、フルフル。三つ編みごと頭を振り、

「前方に内部波を観測。回避中。総員、揺れに備えよ——という意味の音です」

と、教えてくれる。よく分からんが、敵じゃないって事っぽい。そこは一安心——

「主様、大丈夫かぁー？　ぶつけたとこがあったら、我がさすってやるぞい♡」

——安心できない！　艦の傾斜が戻ってきて、黒セーラー服の色っぽいルシフェリアがのし掛かってこようとしてるぞ。俺を気遣うと見せかけて、明らかに違う意図のさすりを目論んで。そうはいくかッ！　と、俺は両手を前に突き出し、押し返す構えを取る。

そしたら、俺の左右の指の間に何かが手錠っぽく引っかかっていて……左右の腕が一定以上に広がらない。この、絹みたいなナイロンみたいなスベスベした感触の、よく伸びる

黒い細布は——あっ、カゴの一番上にあったらしい、ルシフェリアの栄えある装束だ！　しかも下の。えっ、っていう事は今ルシフェリアはスッパダカにセーラー服だけを着てる状態って事⁉　あっぶね！

「わ、我の誇り高き肌着であやとりをするとは、さすが主様。発想力がすごいぞ。それを見せつけられてると、弄ばれてる感覚がゾクゾク来る。うう、ううう。いい……」

「なんでお前あやとりとか知ってんの……？　っていうかルシフェリア！　潜水艦が回避しなきゃならない内部波って何だッ。お前も海底軍艦に乗ってたんだから知ってるだろ、教えろっ」

どうあれルシフェリアの前進が止まってくれてはいるので、俺は質問・回答のトークで時間を稼ぎながら逃亡のチャンスを窺う事にする。かめはめ波みたいな手つきのまま。

「なんか固いとこじゃ、海の」

クソッ、痴女の回答タイムが短すぎるっ。まだ逃げる経路が思いついてないのに……！

ちなみに俺の質問には、ポールにしがみついたまま屈んでたメロキュリヤが、

「海中には温度の差による水の層が存在します。特に水深500m以上になると太陽熱が届かず急激に冷たくなるゾーンがあり、その上下では対流の渦が発生しています。これを内部波と言います。潜水艦が巻き込まれると危険なものです」

とかキッチリ説明してくれちゃったので、再質問で時間を稼ぐ事もできなくなった。

そこで――トトテー、トテテチトテーッ！　またラッパの警報。艦体がグラリ……グッ、グッ、と急激に傾いていく。今度は面舵（おもかじ）。俺はパンツあやとりの手を振り上げながら、尻もちをついてしまい……ルシフェリアは体育の時間みたいに前回りしてきて、ぐりぃっ。俺の頬（ほお）に、寝床でも履いてたらしいハイヒールの踵（かかと）が押しつけられた。踵落としみたいなカンジに。

いたたたっ……ってオイ何だ、このヒス性の鼓動は。脚の長い美女にハイヒールで顔をグリグリされて血流なんか催すなよ俺！　アリアに蹴られてヒスった時にも危惧したが、女子の靴とか足回りなんかに十代で覚醒してたら一生モンのヘンな癖が付くぞッ。すでにあっちの俺は香気追跡（スニッファー）とかやらかしてて、スレスレなんだから……！

「ええいっ！」

俺はルシフェリアのスラリとした美脚にルシフェリアの装束を引っかけ、ニョイーンと黒布を伸ばしながらもハイヒールをリフトアップ。逃げるために立ち上がろうとしたら、ぐるりんっ！　押しのけられた脚をむしろ大きく振り上げ、ルシフェリアが俺の目の前で低空抱え膝後宙。からの、ヒールで着地して、どたんっ！　俺を床に倒して縦四方固めだ。今夜キメられた2度目のグラウンド技は関節技ではなく、押さえ込み技。これがしっかりルシフェリアに覆（おお）い被（かぶ）さられてしまい、俺は仰向（あおむ）けのまま抜け出せない……！

「やめてー！　誰か助けてー！」

男女が逆みたいな悲鳴を上げる俺に、ルシフェリアは熱く頬ずりしながら——

「違うんじゃ、主様。ほれ、よく見てみろ。これは我が服従のポーズを取っておるのじゃ。主様の顔を足蹴にしてしまった我に、おしおきしてくれ。メロキュリヤが見てる前で」

主様を下に押さえ込んどいてどこが何やねんとは思うが、確かにルシフェリアは土下座ポーズになっているはいる。でも、この服従のポーズって……今みたいに俺が下にいても、前みたいに俺が後ろにいても、結局お前が得するやつじゃないの？

「主様、我に命じてくれ。どんな事でもいい。我は主様が言われた通りにするから……」

「じゃあ、どけッ！」

「それ以外で」

「……このッ……！」

ルシフェリアの下で藻掻く俺の隣に女児しゃがみしたメロキュリヤは、

「さすがルシフェリア様……男という生き物に、そんなにも近づけるなんて。なんという博愛、仁慈のお心でありましょうか……ゴクリ……」

などと喉を鳴らし、2つの世界の融和の一部始終を細大漏らさず見届けようとしている。

チクショウ、こいつもこいつでトンチンカン。助けにはならない。最悪だ！

「……うるさいわね……やたら揺れるし……ていうか、キンジの声がしたんだけど？」

うわうわうわ！　最悪な状況がもっと最悪になった！　3段ベッドの上段から、出たぞ神崎・H・アリアさんのご尊顔が！　さっきの今で、俺の周囲に勤勉に湧くもんだな！
人前でルシフェリアとトンデモナイ事に及ぼうとしているように見える俺を見下ろした
アリアは、
「――キィ〰〰〰ンン〰〰〰ジィ〰〰〰！」
しかしカーテンから上半身を出し、ツインテールをだらりと垂らしてこっちを睨むだけ。
弾がないから発砲もないって事？　でも、それなら鉄拳とか小太刀が来るハズなのに――
ぎゃあっ、もっとモーレツなのが来る！　赤色灯の中だから気付くのが遅れたが、右眼が
レーザーを装填してるぞ！
「う、撃てるもんなら撃ってみろッ！　この下には原子炉だってあるんだからな！」
我が身可愛さで史上最悪の脅しをかけながら、俺は体をキュッと縮め――さらに悪どく、
土下座ポーズで俺に覆い被さってるルシフェリアの下に全身をくまなく隠す。都合、目の
前にルシフェリアのGカップたわわがドーンと来るが、背に腹は代えられんッ。我慢だ、
男は我慢。我慢できない事をどれだけ我慢できるかで、男の値打ちは決まる！
「くっ……キンジのくせに考えたわね……！」
アリアにはルシフェリアは今も自分が預かっている捕虜という意識があるから、犬歯を
ギリギリ鳴らしつつも撃ってこない。だがアリアの事だ。ルシフェリアに包まれてる俺を
見続けてたらいつプッツン来て、ルシフェリア・俺・原子炉をレーザーで貫くか分からん。

なので、

「ルシフェリア、この体勢のまま後ろへ下がれッ！」

「分かったぞ主様！」

俺はルシフェリアを土下座ポーズのまま後退させ、自分も仰向けで身を屈めたまま足で背面匍匐後退。一体化してズリズリ退き、廊下を逃げていく事に成功したのであった。

で、アリアから逃れた先でも艦は右へ左へグラグラするんだが、

「えへへへへ。主様は我が好きなんじゃのう。嬉しいのう。よしよし」

とか、ルシフェリアは下に敷いて抱っこした俺の頭をナデナデしてくる。

「なんでそうなるんだよ……」

「だって主様が我に命令して、我を使ってくれたから。それはつまり我の価値を認めたということじゃろ。我は主様から見て使える女として、好かれておるんじゃぁ……」

何その超理論。俺が何やっても『これはつまりキンちゃんが私を好きということ』って頓知を一休さんみたいに組み立てる白雪と同じじゃん。ていうかメロキュリヤ、お前いつまでついてきて、いつまで見てんの？

「主様、主様♡」

またベッド難民になった俺は、おんぶおばけ状態のルシフェリアを引き連れてトボトボ

歩く。しかしどのベッドも女子が寝てるし、赤ランプの中でそれを見るとオランダの運河沿いで手招きしてた下着いっちょのお姉さんたちを思い出して血流に悪い。

「ルシフェリア。お前はもう封印の足指輪も無いんだし、魔法とか使えるんだろ？　俺がここにもっと慣れるまで、しばらくの間でいいから……女が男に見える魔法とかあったら掛けてほしいんだが。そういう術、レクティアに無いのか？」

「男がおらぬレクティアに、そんなのあるわけないじゃろう。主様は阿呆（あほう）じゃのう。でもそういう阿呆なとこも可愛（かわい）くて好きじゃぞ。主様ぁ」

俺をアホ呼ばわりしつつも全肯定してくるルシフェリアは、さっきから思いっきり胸を背中に押しつけてきてる。視覚は薄目、嗅覚は口呼吸でいくらか防げるが、触覚は背中に麻酔注射でもしないと防げんのだ。もちろんそんな物は持ってないので、俺はパン生地（きじ）のようなコシのあるノーブラ胸の弾力をノーガードでムニュムニュムニュくらい続けるしかない。

気持ち良くて辛（つら）くて、涙で歪（ゆが）んで見える艦内を……ベッドがダメなら科員食堂のイスで寝ようかな、などと思って中デッキに下りてみる。すると——おっ？　食堂の向こうに、白い光が灯（とも）ってる部屋があるぞ。

女子だらけの空間に赤い照明が灯ってるのは、いかがわしいムードがあって辟易（へきえき）してたところだ。あそこで少し、頭を冷やさせてもらおう。

と思って、行ってみると……そこは食堂よりずっと広い、教室のような所だった。いや、ような、じゃなくて本当に教室だ。寝床すらコンパクトにしてる艦内なのに、この広さは――まるで、ノーチラスがこの教室のためにあるかのような印象すら受ける。

（……勉強してる……）

壁際にはガラス戸付きの本棚があり、あちこちの机にはＰＣが備え付けられてて、その各所でレクテイア人たちが本を読んだり映像を見たりして学習をしてる。自習だけでなく、対面で座って個人授業をしたり、何人かを集めて講義をしてるレクテイア人もいる。

――ノーチラスは戦う艦(ふね)であり、学ぶ艦でもある――

さっきのミヒリーズの言葉を思い出しつつそこに入ってみると、後ろでルシフェリアがブルブルッと震え……

「――ここはイヤじゃ！　我(われ)は勉強なんかしないぞ！　しないったらしない！」

パッと俺(おれ)から離れて、逃げていってしまった。おおっ。ここはルシフェリアが入れない、ル払(ばらい)結界でもあるのか。女子校の教室みたいなここはここでキツイものがあるとはいえ、今後ルシフェリアにベタベタされた時には避難させてもらうとしよう。

俺が侵入しても、教室内の女子たちはチラチラ見てくるだけで特に話しかけてはこない。やはり男という種族に対して慣れが無く、反応に苦慮してる感じだ。俺も女が苦手なのでお互い様だが――こっちの世界とレクテイア、いつまでもそれじゃいけないよな。すぐに仲良くなれるところまでは行けなくても、まずは同じ部屋で同じ時を過ごそう。

って事で、俺もここで受験勉強をさせてもらうとしよう。寝るのは、その後でもいいさ。

と、俺は携帯にダウンロードしていた宿題のpdfファイルを教室にあったプリンターで印刷する。これを送ってくれた松丘館(しょうきゅうかん)の茶常(ちゃつね)先生も、まさか俺が原潜の中で学習するとは思わなかっただろうね。


……自分の勉強をしながら、休み休み周囲を窺(うかが)うと……

（ノーチラスの乗員が何を学んでるのかも、気になるしな）

レクテイア人たちが学んでいる事は、こっちの世界の事だ。

レベルは様々で、先生役の女子がコインや紙幣を生徒の女子たちに見せ、カネの概念を一から説明したりもしていた。エンディミラも理解に手間取っていたが、レクテイアでは原始共産制の種族も少なくないらしい。それと、こっちの世界では身分というものが概(おおむ)ね形骸化してるという話も、レクテイア人にとっては教わらないと理解できない事みたいだ。それに関連する自由民主主義も、勉強しないと概念からして分からないっぽい。

何より彼女らが懸命に学んでたのは、言語。英語、フランス語、ヒンドゥー語、中国語……日本語を学ぶ者もいる。だがちょっと聞いてて分かるほどに、その学習速度は速い。これは人種が無数に分かれているレクテイア人たちの脳が、他種族の言語を習得しやすいよう進化しているためかもしれない。1人あたり3、4カ国語は当たり前にできている。

他にも話を聞いていると分かってくるのだが、レクテイアとこっちの世界では共通する常識もそこそこある。「殺人は重罪」とか「人の家に勝手に入ってはいけない」とかの掟、法律は同じだ。魔法が一般的なせいか科学は大幅に遅れているが、レクテイアにも中世のこっちの世界と同じ――縫合手術、歯車、活版印刷、投石機ぐらいの文明はあるようだ。だがワクチン、エンジン、ラジオ、銃砲のレベルには到達していない。それらはこっちに来た者たちだけが一から学習して理解し、使えるようになっているのだ。

（その学習の極致が、この原潜って事か……）

科学技術のレベルが低い世界から来てるからといって、頭が悪いって事にはならない。レクテイア人も含め、人は過去の人間が数千年かけて蓄積した知識を数年で学べるのだ。経済学、政治学、語学でも、法学、医学、工学、ＩＴでも――軍事技術でも。

一方、それも勉強らしいのだが教室の一角には日本製の古いゲーム機、プレステ２とかスーパーファミコンが置かれて、ファイナルファンタジーやダンジョンマスターといったファンタジー系のゲームをやってる集団がいた。ただ、みんな笑って、やたらツッコミを入れながらプレーしてる。どうも、普通の楽しみ方とは違う感じだな。

あの雰囲気は……『日本の知識が生半可な外国人が作った、日本を舞台にした作品』を日本人が面白がる様子にソックリだ。奇妙な日本語、誇張された日本文化の表現、歴史・服装・風景描写の誤りなどは不興を買う事もあるが、大抵は一周して日本人に楽しまれる。最近だと理子がニンジャスレイヤーとかいうアメリカの作品を大いに面白がっていた。

（やっぱり、そういう事だったか）

鎌倉のアニエス学院で俺が気付き、アリアが勘で同意していた通り――

最初はファンタジーの物語世界から出てきたかのように思えたレクテイア人たちだが、その印象は順序が逆だったんだ。

こっちの世界の人々は、太古の昔からレクテイアについて知っていた。断続的に現れるレクテイア人を見たり、彼女たちから話を聞いたりして。その情報が世界各地でお伽噺や神話に影響を与え、それを元にいわゆるファンタジーの世界が描かれた。アニエス学院にアスキュレピョスが巣食ったのも、あの学校の装飾のセンスがレクテイア文化の末裔――ファンタジーゲーム風で、住み心地が良かったからだったんだ。

勉強しつつ聞いていた彼女たちの話から、レクテイアではプラチナは『上位版の銀』と位置づけられてる事も分かった。あくまで銀の一種と考えられており、その価値は金より低い。それでNの指輪の階梯は金・プラチナ・銀・鉄の順だったんだな。この序列の謎はメヌエットにも推理できなかったものだが、『この世界ではない世界での金属の序列』という答えはさすがにブッ飛びすぎてるからな。分からなくてもしょうがない。

ルシフェリアにもらったシャーペンで塾の宿題を終わらせつつ、俺は頭の片隅で考える。

（エンディミラは、ノーチラスの乗員だったようだが……）

きっと、この部屋で先生役もしてたんだろう。

ただその知識は言語やシステムエンジニアリングに偏ってたので、他の事は逆に生徒になって教わってたのかもな。ひょっとすると、いま俺がついていたこの机で。

と、机を一撫でしてから——俺は重要な気付きを沢山得た、この教室を出る。

さすがに眠気はピークだし、ベッド問題は片付いてない。こうなったら最後の手段だな。

この艦の最高権力者・ネモとのコネを使って、寝る場所を作ってもらおう。

改めて発令所をちょっと覗くと、今はラスプーチナっぽいドラゴン娘が袋菓子を食べて座っているだけ。ネモの姿は無かった。なので俺はさっき歩き回って場所が分かっていた——艦長室へ行ってみる。

見ればドアには『休憩中』の札が掛かっていたので、ごく小さくノックし、

「キンジだ。ちょっと相談があるんだが」

もし寝てたら起こさない程度の小声で名乗ると……割とすぐ、ドアが小さく開いた。で、メガネを掛けたネモが顔を出し、俺を上目遣いに見上げてくる。よかった、起きてたな。

「——は、入れ」

はにかむ感じで言ったネモに入れてもらった艦長室は、赤色灯じゃなくて暖かみのある電球色のライティングがされてある。そんなに広くはないが、ダークブラウンの木目床にエレガントな壁紙。なんだかセンスのいい喫茶店みたいな洒落た内装で、ここが潜水艦の

中だって事を忘れてしまいそうだな。

ていうか、ネモのチェリーみたいな甘酸っぱい匂いが濃密なので今さら気付いたが……

ここは艦長室で、艦長はネモ。つまりここは、ネモの部屋って事だ。

俺は女子の部屋に、一応の夜間……やってきてしまったって事になる。

そう考えたら気まずくなってきたな。

「いま、イスを出すから」

アセアセと木組みの折り畳みイスを2つ出すネモは軍帽も無く、上はキャミソール風の私服に着替えており……生っちろい両肩が丸々出ている。そのガーリーなノースリーブの腋（わき）とか胸元を見るに、こ、これもブラをしてないぞ。ルシフェリアと違ってさすがに下ははいてると思うが、ドアの札にあった通り休憩中でリラックスしてたらしいな。

蝶番（ちょうつがい）で壁に立てられるようになってる艦長専用のベッドも、今は倒されて広がってる。寝る直前だったのかも。そんなとこに押しかけるとか、悪いことしちゃったな。

ネモのキャミの腋のスキマから生胸のトップがチラッと見えちゃいそうになったので、ドキッとした俺は「お、俺もやるよ」とイスを広げるのを手伝い——デスクのすぐ手前の狭いスペースで、2人向かい合って座る。

デイドリーム・ブルーのツインテールを手櫛（てぐし）で整えるネモは、やっぱりプライベートな自室に俺を入れたという意識があるらしく、落ち着かないムードだ。

触り心地の良さそうなワインレッドのコーデュロイ・スカートは短いが、膝をしっかり閉じて座ってくれたのは助かる。そういうとこ、ネモってちょいちょいお嬢ムーブが出るよね。

「サイフォンにコーヒーがまだ少しある。温め直すから」

ネモはデスクのジンバル式アルコールランプに手を伸ばして火を入れ、ロウトを外したフラスコの下にせっせと寄せてくれちゃって……俺を丁寧に歓迎してるムード。ベッドを確保したいって話をしに来ただけなんだが、言い出しづらくなっちゃったな。

(じゃあ少し、話していくか……)

話すべき事も、色々あるしな。タイミングが難しいから、あれこれ一気にってワケにはいかないけど。

「……」

薄着のネモはモジモジと横を向いて、ちょっと赤くなって……そんなに見る必要もないコーヒーの様子を確かめてる。でも時々、チラッと俺の事を横目に見てくる。『キンジは何をしに来たのかな』的な、こっちの動きを待ってる顔だ。

「……」

こうなると俺もネモを見てるのが照れくさくなってきて、室内に視線を逃がしてしまう。バンカーズ・ランプに照らされたデスクの上には手帳、航海日誌、モンブランのペン、海図と地球儀、分度器とコンパス……戸棚には古い置き時計、鸚鵡貝(おうむがい)の化石標本、白い雪みたいな結晶が沈殿した涙滴型のストームグラスがあった。それとガラスと真綿で専用の展示ケースまで作って大切そうに保管してある、青瑪瑙(あおめのう)のペンダント。あの無人島で俺があげたやつだ。なんでそんなに大事にしてるのか謎だが、二度と遭難するまいって教訓にしてるのかもね。

「……」

「……」

黙ってたら、ますます喋(しゃべ)り出しにくくなってきた。ネモも同じなのか、ドギマギしてる。

臆病な2人が黙ってるうちに、コーヒーが温まって——ネモは立ち上がり、食器棚から白磁のコーヒーカップとソーサーを2つずつ出してきた。

俺のソーサーにホワイトチョコを1粒添えたネモは、俺にカップ1杯分、自分にカップ半分のコーヒーを注ぎ……壁に埋め込まれている小さな冷蔵庫からミルクを出してきて、自分のコーヒーをそれで割った。

そして上目遣いで俺を見ながら、

「……エンディミラ、カフェ・オ・レを……」

小さな声で、言ってきた。『覚えてる？』と尋ねるように。

それはあの島で毒キノコを食べたネモが俺に助けられ、目を覚ました時のセリフ。

自分はそれを覚えている、感謝してる――そうあからさまに言う代わりに、こうやってカフェオレを作って告げるとはね。ロミオとジュリエットのセリフを添えて押し花を郵送してきた時にコリンズも褒めてたが、粋なんだよな。ネモって。俺も島での出来事を何か再現して、粋に返したいところだ。

俺は『覚えてるよ』と言う代わりに、笑顔でコーヒーを傾け……

「裏切らせちまって、済まないな。Nと、教授を」

色気のない話にはなるが、まずはそこを謝っておいた。

ネモと話すべき事の中で、最初に言わなきゃならない事だと思ったから。

「――いいのだ。私は今まで、超常の者が自由に生きられる世界を作るためには、教授と共にサード・エンゲージを発生させる荒療治も必要と考えていたが……貴様の言っていた『レクテイア人がこの世界の人間と衝突せずに、融和する道』――それが出来るのなら、その方が良い。それが出来るのなら、私たち超能力者も平和裡に、自分らしく生きられるようになるだろう……それが、出来るのなら……」

ネモはそう言い、両手で左右から包むように持ったコーヒーカップへ目を落とす。

繰り返した『それが出来るのなら』に、確信が持てないような顔で。

「なんとかするから、心配するな。俺の二つ名を知らないワケじゃないだろ」

「どうするつもりなのだ？」

「ヒノトに考えてもらう。さっき頼んだとこだ」

「こら。ぶつぞ」

「いや、冗談だって。手は考えてはあるから。ただそれも、教授次第ってとこだ。だから教授に会わなきゃ始まらない」

「命懸けになるぞ、キンジ」

「いつもの事さ」

　俺が苦笑いすると、ネモも苦笑いを返してくる。座高にも差があるから、上目遣いで。アリアは俺と対面して座る時、エラソウにふんぞり返って見下す目線を作ってくる事が多いから……目の前で小柄な子に上目遣いを、しかもメガネ越しにされると、個人的にはかなりの破壊力を感じちゃうな。ネモって、小っちゃい……

「ノアはナヴィガトリアと共にベーリング海へ向かっている。ノーチラスと次に会うのは来月、会合点は決まっていないが西半球の予定だ。教授とも、そこで会えるだろう」

　ネモはメガネに手をかけ、反対側に小さく顔を振るようにして外す。そしてデスク上の地球儀を指で回しつつ、その辺を教えてくれるんだが……腕を上げたもんで、腋の下やらキャミみたいな部屋着のスキマやらが見えちゃって悩ましい。白い肌はオレンジがかったルームランプに温かく照らされ、幼い外見のネモから妖しげな色香を引き出している。

「分かった。そこまで、よろしく頼むよ。ていうか、その前にシャーロックが教授をブチ殺さないようにしなきゃならないってのもあるよな。そっちにもお前の力を借りる公算は大きいぞ。正直、シャーロックに勝てる目は俺よりお前の方がありそうだしな」

「うーむ、どうかな。イ・ウーと単艦では戦いたくないところだ」

「ああ、それは俺もゴメンだよ。もうあんな魚雷戦やミサイル戦は……」

それからしばらく、2人で黙ってたら——これでもかってほどに可愛いネモの顔や体を見続ける事になった俺は……じゅる。

い、いかん。口の中にツバが出てきた。なんでだよ俺。せっかくネモといろいろ話せるシチュエーションだってのに、話題じゃなくてツバ出してどうすんだっちゅうの。えーと、話題、話題……

「さ、さっき艦内を見て回って思ったんだが……ノーチラスには学校の機能があるんだな。純金で艦体をコーティングしてたノアは、レクテイア人を運んでくる艦。戦闘力に全振りしてたナヴィガトリアは、その護衛ってとこか」

「おおむねそうだ。まずレクテイア人はノアでやってきて、それからノーチラスで教育を受けて、世界のどこかの国に上陸・浸透していく。陸上での生活やN関連の活動は、先に上陸したN出身者や、こっちの世界の賛同者がサポートする。それらを円滑に進めるため、こっちの世界の者が3艦のどれかに乗る事もある。私もその1人といえばそうだ」

そう言ってネモが、自分の左胸に手をあてるから——薄っすい部屋着が身体にペッタリくっつく。それで一時的にとはいえ胸元のスキマが口を閉じてくれたのは有難いんだが、今度は布が引っぱられて右胸の形がクッキリ丸分かりになってしまう。うう。やっぱり、ブラしてないィ……

「Nは2派に分かれてる印象があったんだが、艦で線引きするとノア派・ノーチラス派になるのか？　ずるじゅーっ」

　俺はコーヒーを啜り、味わうような顔つきをして自然に目を閉じる。これによりネモのお胸ちゃんから視界をシャットアウトだ。ツバも飲み込んで処分できるし、俺って賢いな。でもよく考えたら、ずっと目を閉じて味わってるフリもできないな。5秒が限界だ。俺はやはりそんなに賢くはないらしい。

「もうちょっと品良く飲め。うむ、ノアにはレクテイアから来たばかりの者たちがいて、中にはこっちの世界から見ると反社会的な文化で頭が凝り固まっている者も少なくない。肥沃な土地に住む者を追い出して自分のナワバリを作る、他者を武力で屈服させて奴隷にする――そういった自分たちの風習に固執する者は教授が篩にかけて、ノーチラスに進学させないようにしてくれてもいた。いつまで経ってもこっちの世界の文化を学ぶ柔軟性を持てない者は、ナヴィガトリアに就職するような形で移される事も多かったよ」

　俺が考えていた、モリアーティ派・ネモ派という2派閥は……当たらずとも遠からず、だったな。Nはレクテイアの戦国時代みたいな文化のままの連中と、こっちの世界を学ぶいたんだ。

意思を持つ者たちとの2派に分かれていて――それぞれをモリアーティとネモが統率して

――ただ……甘くヒスっているおかげで気づいてしまったが、この話は大きな危険性を孕んでいるぞ。モリアーティの恐るべき企みも、俺の頭の中では次々と連鎖的に分かっていってしまう。今の話から。

でも、それを今すぐ単刀直入にネモに伝えるべきではなさそうだ。

なぜならそれは、ネモを深く傷つける内容を含む話になるから。

いずれ話の流れにうまく乗せて、教えてやらねばならない事だろうけど……

とか考えてたら、ネモが飲み終えたコーヒーカップをデスクに置く仕草でまた横を向き

……アルコールランプの火を消す動作をしたもんで、腋のスキマから今度こそ小っちゃなチェリーピンクがしっかり見えちゃったような――

俺はシリアスな思考を中断せざるを得ず、慌てて視線を下に逸らしたら、

（……っ……！）

こ、これはいけませんよっ。さっきはキュッと閉じてたネモの両ヒザが、ちょっと……開いちゃってるじゃありませんか！

イスに座ったままデスクに体を傾けたから、バランスを取ろうとして足も開いちゃったみたいだけど――短いスカートの奥に、縦一文字に白いものと、チェリー柄が――

「ルシフェリアが、貴様と子供を作りたがっていただろう?」

——なぜ?　今、そんな話を——!?

「あ、ああ。チェ、じゃない、チョっとついていけない理屈だが、子孫を殖やすのが侵略だとかって考え方をしててな。あいつ」

「これもいつか貴様に話すべき事と思っていたのだが、実際、その侵略は成功していると言えなくもない。レクテイア組合を見て分かったと思うが、極僅かな遺伝子も含めるなら、こっちの世界の人間の20人に1人以上はレクテイア人の血を引いているという説もある。主に女系でしか遺伝しないようだが」

20人に1人以上——5%以上!　俄には信じ難い、すごい率だな。

だがこれは前に白雪が言っていた、最低限の魔力を持つ女の割合——『9人に1人』と一致する。女性の11%なら、全人口の5%強だからな。

という俺の気付きに呼応するように、ネモは——

「私は、魔力・超能力そのものがレクテイアの遺伝子に由来するという説を採っている。貴様の妹・遠山かなでが使うような、こっちの世界に固有と思われている超能力もあるが……それはたとえばルシフェリアのようにこっちへ来た種族の個体数が少なく、ある種のミッシングリンクになってしまっているものだろう」

超能力者についての理解を深めさせてくれるような、そんな話もしてくれる。

「あの無人島でお前が言ってた通り、この件が人類史のパラダイムシフトだって事は……俺(おれ)もようやく、飲み込めてきてるよ。レクテイアは遺伝子だけじゃなく、こっちの世界の神話にも影響を与えてる。ヴァルキュリヤはワルキューレ、ルシフェリアはルシファー、獣人系のレクテイア人も日本とかエジプトの昔話でお馴染(なじ)みだ。ハーピーやワイバーンはモロ見ちゃったし、俺は腑(ふ)に落ちてるんだが――サード・エンゲージでそういうのが大挙して来たら、世間には刺激が強すぎるよな」

「でも、世界は知るべきだ。今も不当な扱いを怖(おそ)れて隠れている、魔女や超能力者たちのためにも。いつか知ることなら、今知るべきだ。衝突を乗り越えてでも。私はそう思っていたのだ、今までは――」

と言う、ネモは……

命を狙われながらも人種差別と戦った数多(あまた)の指導者たちや、教会と争ってでも地動説を世間に知らしめようとした天文学者のような目をしている。

うーん……俺に言わせりゃ生真面目すぎで、事を急(せ)きすぎだね。ていうか、欧米人ってそういうとこあるよね。だから他よりテキパキと文明が進歩したんだろうけど。

ただまあ、せっかく急進派のモリアーティから離れて、歩み寄ってくれたところなんだ。ヘタに説教したりしないで、ここはまた少し話題を逸(そ)らして情報を共有してもらおう。

「世界といっても、レクテイアやサード・エンゲージに対する考え方は各国政府で違ってそうだよな。こっちのみんなが一枚岩じゃないのも問題だぜ。なんとなく聞きかじってはいるんだが、実際どこの国が『扉』で、どこの国が『砦』なんだ？　今は」

　コーヒーの残りを飲み、ホワイトチョコを食べつつ俺が言うと――

「中国、ロシア、インドは『扉』。それぞれレクテイアから超常の力を得て地域の覇権を握ろうと目論んでいて、Ｎの艦にも金さえ払えば補給をしてくれるよ。アメリカや西欧は『砦』で、レクテイアからの移民を阻止しようとしている。これは新参のレクテイア人に既得権益を侵害されたくない超能力者がロビー活動をしているためだ」

「っぽい事は聞いてたが、面倒な割れ方してんなぁ……」

「日本は米中どちらの顔色も窺っているせいか、どっちつかずだ。やや『砦』寄りなので補給まではさせてくれないが、近海を航行しても軍艦が追跡してきたりはしない」

「どうりで、千葉沖にノーチラスがいても海保も海自も出張らなかったワケだ」

「横須賀に堂々と寄港させてくれたり、東京湾に浮上させてくれたりはしないがな。私としては、貴様のいる台場に上陸したかったよ。そうすれば先日、電車で迷う事もなかった。あっ、でも、そしたら貴様と２人で……ランデブー、できなかったな……」

　ネモが、ランデブー――恋人同士の逢い引きという意味のフランス語を使い、もじもじ……と、上目遣いのまま俺の反応を見てくる。『いいよね？　あれは逢い引きだったたってことで』という確認のような微苦笑を交えながら。

な、なんだよ。俺がマジメな話に集中し直そうとしたところへ、急に色気めいた単語を挟んできたぞ。ネモが。

なので軽く面食らった俺は、『あれはお前を東京駅から台場まで連れ帰っただけだ』と即答できず……1秒、2秒、ノーリアクションで固まってしまう。

そしたらこの2秒がネモに有利に働き――ネモは少し嬉しそうにはにかみながら、ぷら、ぷら、と足をブランコするように小さく揺らす。タイムリミットまでをチクタクと刻む、振り子のように。

『今の「ランデブー」を否定しないなら、あれが恋人同士の落ち合いだったって私の中で認めちゃうよ？』

言外で完全に、そう言われてるぞ。だがもう今さら『あれはデートとかそういうのじゃない、訂正しろ』とは言えない空気を作られてしまった。

うっすらと脂が乗りつつもすっきりした白いふくらはぎの曲面が揺れ、連動してイスの座面で太腿も蠢いている。そこに視線を誘導された俺は改めて気付くが、ネモの膝と膝は、離れて……というか、さっきアルコールランプを消して部屋を少し暗くした時からずっと離れたままなんだよ。最初は確かに、膝を揃えて上品に座ってたのに！

ネモのキャミソールのスキマの中とか、短いワインレッドのスカートの奥は……最初は『見えそうで見えない』だったのが、話してる間に『見えなさそうで見える』へ密やかに切り替わっていったような気もする。しまった、これ……これ、もしかしてわざとか？

（さっきネモは俺にチョコをくれたけど、その昔……フランスじゃ、チョコレートは媚薬として嗜まれてたとか……）

とか、どうでもいい豆知識を俺が思い出してしまった瞬間、

「ふふっ、キンジ。チョコレートが頬についてるぞ」

はい時間切れ、『ランデブー』を否定しなかったね、と言うようにネモがイスを立つ。

「え、あ、ああ」

テンパった俺が頬に手をやると、さっきもらって食べたホワイトチョコがついている。

いかん。これはさっきルシフェリアが俺の頬についたカレーを取ろうとした時と同様、ネモが拭きたがるリスクがある。それを理由に距離0まで近付かれたら、ヒス血流が何をしでかすか分からん。とはいえここには紙ナプキンは無いので、自前のハンカチで拭こう。

「ノ、ノーチラスの積んでる食べ物は美味くて、ついがっついちゃうんだよな」

と、俺は胸ポケットからハンカチを出し——あれ？　俺のハンカチは無地のハズなのに、いつの間にかプリント柄になってるぞ。チェリー柄の。あとなんかすごく手触りのいい、木綿100％らしき柔布になってる。不織布の防塵布のハズなんだけどな。

（って、これ……どこかで見覚えがあるような……？）

と、俺が頬のホワイトチョコを拭いたハンカチを広げたら、それを見たネモが、

「──きゃあっ──！」

水色ツインテールがひっくり返るぐらいビックリして、その場でジャンプ。顔から首、肩までピンクに充血させちゃってるぞ。一気に。

（……？　──ッ……！）

って、こ、こ、これ……ハンカチちがうっ……パンツじゃん！　ネモちゃんの！　君はなぜ俺の胸ポケにいたの!?　あっあの時か、ヴァルキュリヤ亜種・妹ことメロキュリヤの洗濯カゴにさっき頭っから突っ込んだ時、懐に滑り込んだのか！

「島の泉でもやっていたが、ど、ど、どうして貴様は私の下着をくすねるのかッ！」

俺、さっきのネモの粋な演出とは逆の──超無粋なやり方で、図らずもあの無人島での一幕を再現しちゃったよ！

「……い、いや、これは不幸な偶然の産物で……！」

という俺の弁解なんかハナっから聞く気ナッシングのネモ提督閣下は、艦長室のコート掛けにブラ下げてあった鞘に飛びついて──しゃこんっ！　抜いたぞ、刃渡り35cm、狭い艦内でも使いやすそうな、気高きネモ家の剣を！

艦長室から逃げ出すなり廊下の向こうへ丸めたチェリー布を全力投球し、ネモがそれを拾いに走っていくのと逆方向へ猛ダッシュ。デコイ作戦によって生存を勝ち取った俺は、ノーチラスのトイレの個室に隠れ……めそめそしてたら、隣の個室に誰か来た。

イヤだな。俺は想像力が逞しいタイプなので、水音を聞かないよう耳を塞ごう――とかやってたら、上から銀髪のドリルツインテール頭が見下ろしてきたんでビビりまくる。

「遠山キンジ、何を泣いてるでちか。トイレから幽霊みたいな声がするって、苦情が来たでちよ。ここは女子トイレでち。出てけでち」

紅化粧をした手で懸垂してドアの上から語りかけてきたのは、副長のエリーザだ。

「ノーチラスには女子トイレしか無いんだから仕方ないだろ。ていうか、さっき無いって言われたが……やっぱり個室が欲しい。どこか隠れる――あ、いや、寝る場所が無いと、身が持たない」

俺にそう言われたエリーザは懸垂をやめ、

「じゃあ特別に、個室へ案内してやるでちよ。ついてこいでち」

とか、ドアの向こうから言ってくる。えっ、あるの個室？　やった！　あるんなら最初から提供してくださいよマジほんと。よかった……これでようやく安心して寝られるよ。

それからエリーザは、なぜかソナー係のウサ耳・ミヒリーズを連れてきて――

何やら2人で笑いを堪えるような顔をしつつ、俺を艦首・右舷側へ案内した。そこには割と奥まった所まで段ボール箱がゴチャゴチャ積み上げられた部屋があり、その向こうにマンシルエット・ターゲットが見えた。少しだが古い火薬のニオイもする。入ってみると……配管の都合で熱が籠もってて、ちょっと暑いな。足下は柔らかい無反響タイルだ。

「今は物置でちけど、そこは拳銃の練習所だったとこでち。その前は高周波ソナーの補助装置があったんで、完全な防音室でちよ」

「ここで泣きたいだけ泣けだぞ。どんなに大声出しても、外には聞こえないぞ」

薄暗い裸電球の下、部屋の外からエリーザとミヒリーズに言われて、

「ありがとう。少し暑いから、ドアは開けっぱなしにしといてもいいか？」

と、振り返ったところで——ばたん。逆に、ドアが閉められた。

……何だよ。失礼な。

「おい」

俺が扉を開けようとするが……あれっ、鍵が掛かってる。

「キャハハハッ——お前は美しいヴァルキュリヤ様や、偉大なアスキュレピョス様を殺したカタキだぞ。死ね」

クスクスッ、と、ミヒリーズの笑い声が妙に遠く聞こえ——防音扉だ——続いて、

「そこで行方不明になって、干からびてろでち。男なんか、ノーチラスにふさわしくないでち」

——しまった。閉じこめられた……！

それに気付いた瞬間、プシュッ、と扉から音がした。それからは扉の向こうからの声も音も一切聞こえなくなる。ノーチラスは防音艦。しかもその防音室に監禁された。マズい。シカトされ気味ではあったが、乗員が概ね俺に中立的だったからと、油断していた――！

経緯はどうあれ、俺は今まで何人ものレクテイア人と戦い、倒してしまっている。殺害した覚えはないが、多分レクテイアの文化では戦って消息を絶った者は当然殺されたものと考えるんだ。ヴァルキュリヤやアスキュレピョスは、Nの大物。その仇の俺を、ネモの目を盗んで消してしまおうと思っている者がいてもおかしくはなかった。

しかしまさか、副長のエリーザがその実行犯になるとは。そこそこ友好的な態度を取り続けていたのも、俺を油断させるための演技だったか。そして俺が話しかけやすい空気を作り、寝床を探してる事を知り、この部屋を用意したんだ。

（……クソッ……ハメられた……！）

ハメる方は悪くなく、ハメられる方がマヌケ、というのが武偵の不文律だが――俺は、しょっちゅう女にハメられるよな。体質のせいで避けて生きてきたから、いつも女の腹が読めない。

とはいえこういう時の生存力が高いのも武偵であり、俺という男だ。軍用艦の扉だから解錠キーだけで開けるのは難しそうだが、鍵穴は扉のこっち側にもある。すぐ解錠に取りかかろう。どんなに叫んでも外には聞こえず、助けは来ないだろうし。何より完全防音という事は、換気も無い空間だからな。狭さから見てヘタしたら1時間、長くても2時間で酸欠になっちまう。

と、俺が武偵手帳から解錠キーを取り出し、鍵開けを始めようとしたら、

「……あの、ご主人様……」

背後の段ボール箱の陰から声を掛けられて、ビックリした。モシン・ナガンを背負った、セーラー服にエプロン掛けの——リサがいるじゃん。

「お、おい。なんでここにいるんだ」

「ルシフェリア様にご注文をいただいて、カレーパンをたくさん作ることになりまして。艦内の皆さんに配って、おいしさを布教したいとの事でして……カレー粉を探していたらここからニオイがしたので、入っていました」

と言うリサは、段ボール箱から取り出したらしいカレー粉の缶を手にしている。

「ツイてないな、お前も閉じこめられちゃったぞ。どうも俺に恨みを持ってる連中がいるみたいでな。今からここを開けられないか、やってみる」

「そ、そうなのですか」

この狭い密閉空間に、2人入ってるのか。

となると——酸欠までの時間はより短く見積もるべきだ。急がないと。

薄暗く暑い密室で、俺は扉の様子を探る。クソッ。鍵が3つもある。真ん中のはただの

両面シリンダー錠だが……床付近のと天井付近のが、俺の知らないタイプだ。位置も悪い。

　俺は酸欠で集中力を失うまでを50分と見立て、制限時間を中段10分・下20分・上20分と定めて3つの鍵に挑む。これでもかなりムリのあるスケジュールだが――やるしかない。

「……この部屋には何があった、リサ」

　俺は中段の鍵に解錠キーを突っ込み、回す方向に力を入れ続けながらシリンダー内部をピンで前後に擦る。換気が無い事を証明するかのように、室温はジリジリ上がってくる。早くも汗ばんできた。

「種類はいろいろありますが、全て缶詰でした。ただ、缶切りは無くて……」

「食べたいワケじゃないから。一つ開けて、フタを取っておいてくれ。缶切りは無くても大丈夫だ。奥に射撃のマトがあるだろ。それを外すと、奥に固い壁があると思う。そこでフチの出っ張りを平らにするイメージで缶を擦れ。指を擦らないように気をつけてな」

　鍵開けをしながらの俺に言われたリサが、マンシルエット・ターゲットを外し――貫通防止用のコンクリート板を見つける。そしてそこに、ゴシゴシ。大根をおろすみたいに、パイナップルの缶を擦りつけた。缶詰は構造上、フチの接合部が削れると開くので……

「わっ、開きました」

「よし、こっちももう少しだ。フタを持ってきてくれ」

　俺はリサからもらったフタを、とりあえず開いた中段の鍵のデッドボルト部分に挟む。

開いたことに気付かれて、また向こうから施錠されたらたまらんからな。腕時計を見ると、閉じこめられてから12分経過してる。息はまだ大丈夫だが、暑くてジャケットは脱いだ。

次は下、床付近にある鍵だが——これがしゃがんで挑める低さではなく、横向きに寝て作業するしかない。腕はともかく、頭を浮かしてやるのがキツイな。プルプルしてきた。

そんな俺を見て、

「あの、ご主人様——よろしければ、リサをお使い下さい。こんな事でしか、お役に立てませんが……」

モシン・ナガンとエプロンを外したリサが、近くに正座する。膝枕の体勢だ。ヒス的によろしくないんだが……今はそんなこと言ってられないな。膝を借りよう。

俺はリサの綿菓子みたいに柔らかく、シロップみたいな香りのする太ももに頭を載せて——生死の境となるドアの隙間に挑み続ける。

ぽた、と、水滴が頰に落ちてきて……

「ああっ、ご主人様、申し訳ございませんっ」

汗っかきのリサが、これは正真正銘のハンカチでそれを拭った。横目に見たら、色素の薄い金髪の前髪が額にぺったりくっつくほど汗をかいている。そういやロンドンでリサと泊まったボイラー室の脇の屋根裏部屋も暑かったな。あの時リサは、そのドでかい胸の下にも玉の汗をかいてて……

（……い、いかん……！）

　何か話して冷静にならないと、鍵開けに集中できなくなる。それでなくてもムワァッと甘そうな汗のスメルがスチームみたいにリサから揮発してるんだもん。さっき缶詰で大根おろし運動とかさせなきゃよかった。

「……お前、ミサと会えて良かったか」

「はい」

「自分のルーツが別の世界だって分かって、ショックじゃなかったか？」

「いいえ、全く。新たな真実の発見は、より正しい人生の始まりですから。それに、その始まりへと導いて下さったのが――ご主人様ですから。ご主人様が導いて下さる道は全て、メイドにとって正しい道なのです。リサはどんな所へでも、どこまでもついて参ります」

「こんな牢獄(ろうごく)みたいな部屋にでもか？　ほんと、済まないな。巻き添えにしちまって……前も、遠山武偵(とおやまぶてい)事務所だとか、ローマだとか、成層圏にも……」

　予定では下の鍵も開いているハズの30分を経過して――暑さに加えて、酸欠も始まってきた。一応、謝れるうちに謝っておこう。

「……ブータンジェを、覚えて下さっていますか」

「勿論(もちろん)だ。この数年間じゃ、ブータンジェが一番平和だったからな」

ブータンジェ。星の形をした、古い砦(とりで)の町。極東戦役で師団(ディーン)・眷属(グレナダ)の両方から追われた俺（おれ）とリサが潜伏していた、オランダの果て。のどかで、静かで、穏やかだった日々——

「……リサは時々、思います。あの時、時間が止まっていたら良かった……」

柔らかく微笑（ほほえ）むリサは、小さく目を閉じている。

あの日々を長い睫毛（まつげ）の下、瞼（まぶた）の裏に思い浮かべて、懐かしむように。

「そうかもな」

「ああ、ご主人様……そう言って下さって、リサは心から幸せです」

「——お、おい。そんな『これでもう思い残す事はない』みたいな顔するなよ。大丈夫、開（あ）くから。ただまあ、あの時はお前のおかげで楽しかったよ。ありがとう」

謝罪に加えて、俺は礼も言っておく。言葉の上では強がったが——生きている内にと。

この鍵は難しい。構造は把握できてきたが、おそらく解錠キー（バンプ）だけでは解錠が不可能だ。リサも勘付いてるみたいだが、俺たちが窒息死するまでに開けられない可能性が大きい。どうしても破壊しなきゃ開かない部分が奥にあって、何か他に工具があれば力技で何とかなるかもしれないんだが……解錠キーでは届かないのだ。どうする。

「ブリュッセルの地下道で、ご主人様に出会えて……リサは、本当に幸運でした。あの時手元に一丁の銃でもあれば、リサは自ら頭を撃ち抜いていたかもしれませんから……」

「そうならなくてマジで良かった。そしたら俺もブリュッセルで詰んで、今日まで生きてなかったからな」

いかん。俺とリサの会話は、段階的に過去へ遡ってる。強襲科で習ったが、これは死の淵へ追い詰められた者たちがやりがちな事だ。できるだけ昔の思い出話をして、気持ちを今のこの場から遠い所に置き、生への執着と死への恐怖を薄れさせようとしてる。

この精神状態に抗うには、新ルールのジャンケンを作るとか、新しいアダ名を付け合うとか……何でもいいから、新しい事をしろって蘭豹が言ってた。それが、自分たちがまだこれからも生きるっていう暗黙の宣言になるから。

――そうだ、前からリサにやめてほしかった事があるんだ。これを機に頼んでみよう。

「リサ、えーっと……お前、俺と同い年だろ？　いいかげん敬語やめろよ。ご主人様って呼び方も」

「いえ、それはいくらご主人様のご命令でも……」

「だから、それだよ。タメ口でいいから、何か新しい呼び方で俺を呼んでみろ」

解錠キーをカチャカチャやりながら、俺がそう無理強いすると――リサは形のいい眉をハの字に弱らせてから……暑さも手伝ってか、どんどん赤面していく。そして、俺の頭の上で顔を自分の胸に伏せるようにしながら……

「……そんな……こ、困るよ……キンジ……くん……」

胸越しに翠玉色の目をウルウルさせて、命令通りタメ口の君付けで俺を呼んできた――

（……！）

な、何だこの、一気にリサと心がくっついたような感覚……！　今まで敬語で保たれていたリサとの距離が、今のセリフ一発で等身大の男子・女子に詰まっちゃった感がある。まるで名前で呼ばれてた男が結婚して「あなた」と呼ばれた時みたいな、関係性の大接近

──ドクンッ──って、き、来ったぁーッ……

……さすがリサだな、たった一言二言で俺の血流を喚び覚ますとは……！

「──やっぱり敬語のままでいい。俺は永遠にリサのご主人様だ」

「……は、はい、ご主人様っ。失礼いたしましたっ」

ぺこり。俺の頭上でお辞儀するリサから、燦めく汗がぽろぽろ落ちる。ははっ、よほどムリさせてしまったみたいだね。そして俺は学びを得た。ご主人様、マスター、主様──男が女にそう呼ばれるのは、それだけで支配欲が満たされてヒステリア的に危険な事だが……対等な目線から呼びかけられるのも、親密さを感じさせられて危険なのだ。それでは奴隷呼ばわりブタ呼ばわりされればヒスくないかと言えば、否。アリア嬢・ベレッタ嬢を始めとする上から目線女子たちに覚醒させられた血流がその証明である。今だから自分で認める度量を持てるが、高1の頃には蘭豹先生にも何度かヒスりました。

じゃあどうすりゃいいんだよって話だが、これはもうどうしようもないのである。女は下、横、上、どこに置いても俺の胸を熱くさせるものなのだ。つまり、みんなちがって、みんないい。

おっと、鍵開けに戻らなければ。もう45分経っている。酸欠のせいもありあっちの俺は思いつけなかったようだが、鍵の奥を破壊するのには拳銃を使えば何とかなりそうだ。

というわけで俺は途中まで開けた、解錠キーを挿したままの鍵穴に銃口を添え――防弾ジャケットを添え、跳弾や破片の飛散を防ぐカバーにする。

「リサ、下がって」

「はい、ご主人様」

――パァンッ！　と、ベレッタが火を吹き――下の鍵は、破壊できた。さらに上の鍵をなんとかしなければならないが、これは逆に高い所にありすぎて銃を持った手が届かない。

「リサ、俺にジャケットを着せて」

「はい、ご主人様」

「モシン・ナガンを貸してくれ。弾は１発でいい。それから、奥に隠れて」

「はい、ご主人様っ」

リサは改めて俺をご主人様呼びできてとても嬉しそうだから、そう呼べるように何度か語りかけてあげてから……

まず俺は光影を抜き、ベルトのワイヤーを少し切る。それで、借りたモシン・ナガンの銃口付近に解錠キーを括り付けた。その解錠キーを上の鍵穴に挿し、シリンダーとラッチボルトを５秒で処理――ヒステリアモードなら、目を閉じてでもできる――さらに跳弾の角度を計算しつつ……

ノールックでモシン・ナガンのボルトを引き、7.62×54R弾を装填し、ボルトを前に、
それから45度下方に下げ、ガゥンッ——！　独特の金っぽい音を上げさせて、撃った。

ボルトハンドルを上げ、押し下げ、排莢。缶詰入りの段ボールの陰から出てきたリサに、
モシン・ナガン・リサモデルを返し……

ドアを秋水気味に押したら、バカンッ——と、勢いよく開いた。これにて一件落着だ。

「……っ……！」

「——きゃっ……！」

廊下ではエリーザとミヒリーズが俺を討ち取ったと思い込み、ジュースで乾杯してたが
……こっちに気付き、腰を抜かしてる。仕返しされて殺されるんじゃないか、って顔で。

「中にリサもいたよ。パイナップルをあげるから、食べるといい」

殺しなんかしない、と言う代わりに——俺は、さっきリサが開けた缶詰を2人に渡す。

そして、

「俺は『扉』を開く。その向こうに女性がいるならね。恨みはしないよ」

ヒステリアモードのイケボでそう言い残し、リサと共にその場を去る。今なお俺を睨む
2人の視線を、背に感じながら。

——理解し合おう——

そうヒノトに言った俺だが、言うは易く行うは難しだ。

艦内の女たちは男——俺を除け者にし、エリーザとミヒリーズは殺そうとした。だが、俺はそれを責められるだろうか？　これは外の世界で俺たちが彼女たちにやってきた事と同じなんだ。レクテイア人、その子孫の魔女、超能力者たちは——差別を怖れて、自分の正体を人前に現せずにいる。俺はその力を見せた者たちと戦い、何人も逮捕した。

レクテイア人とこっちの人間だけではない。こっちの人間同士も、同じ事をしている。多数派は少数派をいじめ抜く。異なる人種を、異なる宗教の者を、異なる地から来た者を。おそらくそれは、人間の本能のようなものがそうさせているんだろう。

だが人類は、そろそろそれを終わらせるべきだ。このレクテイア人との遭遇を、互いの違いを乗り越えて融和した成功例にするべきだ。砦に閉じこもって扉を開かずにいたら、いつまでもカレーパンは生まれないのだから。

しかし……女しかいないレクテイア人たちを受け入れようとする、その最前線に立った俺のアダ名が『女嫌い』っていうのも、皮肉な話だな。そこには、苦笑いだ。

6弾　アンダマン、深度ゼロ

——潜水艦の中では、とにかく時間感覚が無くなるものだ。照明で昼夜を演出されても、体はイマイチそれに納得しない。初日に完徹して以降、俺の体内時計は1週間経った今も混乱中だ。完徹した翌日からは食糧倉庫で見つけた空き樽に隠れて寝てるせいもあって、眠りも浅いしな。

俺は相変わらず、男という事でレクテイア人の輪に入れてはもらえていない。アリアはそれなりに交流を試みているが、あれもコミュ力が低いんでまだ距離があるね。

艦の現在位置はホールにある海図に付けたマグネットで乗員に示すという超アナログなノーチラスなんだが、それによると今はマラッカ海峡を抜けてアンダマン海に入った所だ。

（って事は今はインドネシアの北西、タイの南西、インドのアンダマン・ニコバル諸島の近くまで来たって事か……せっかく常夏の海に来てても、艦内じゃ実感が無いね）

などと心の中でボヤきながら、俺は中デッキの教室で勉強に励む。こう見えても受験生、今は勝負の冬なのである。本来なら氷山空母とか海底軍艦と勝負してる場合じゃないのだ。

と、溜まっていた松丘館の宿題をガリガリやってたら——

……ワイワイ、ガヤガヤ……

なんか、廊下が騒がしいぞ。乗員たちが楽しげにソワソワして、シッポを振り振り右へ左へ行き来してる。

「……？　何か、イベントでもあるのか？」

教室のモップ掛けをしてくれていたリサ・ミサに尋ねてみると、

「もうすぐ、ノーチラスが浮上するようですよ。まだ上陸ではありませんが」

「海の上で日光浴するんだ。ぼくも行く」

との事だ。ちなみにミサはリサの仲間という事で俺にも少しは口をきいてくれるんだが、喋り方がけっこう男っぽい。リサ級の胸をしてるのにね。

（日光浴か……！）

それは俺も行きたいな。自律神経失調症ぎみの体内時計をリセットできそうだ。

言うまでもなく、適度な太陽光は健康のために必要。人体は光合成をする植物みたいに日光を浴びることでビタミンDを必要量の半分ほど合成してるし、精神衛生上も好ましい。ノーチラスに乗ってから初めてとも言えるワクワク感を胸に、今日の分の勉強を快調に進めていると……

――テ・テ・テ・ト――！　ラッパの音に続き、スピーカーから、ビーッ、ビーッ、とビープ音も鳴った。ズズンン……という旅客機の着陸みたいな振動があって、さっきから艦首側を少し上げた坂っぽくなっていたノーチラスの床が水平に戻る。

「深度ゼロ！　浮上したー！」「外気温29度、晴れ！」「太陽だーっ！」

大はしゃぎする乗員たちの声が、廊下でこだまする。やっぱりみんな、外の空気が恋しかったんだな。

掃除を終えたリサとミサも、いそいそと教室を後にして……勉強のキリが良かった俺も席を立つ。

さて、息抜きの時間だ。

と廊下に出たら、息じゃなくて腰が抜けた。

（――っ――！）

廊下にて、白、肌色、褐色の、ハダカ、ハダカ、ハダカ――はだかんぼ天国、俺的にははだかんぼ地獄が開闢しているぞ！　右を見ても左を見ても、乗員たちが青や紺色、黒のセーラー服のみならず、自由な色形の下着をもフルパワーで脱ぎ捨てている。なぜだ！

足腰が立たなくなって崩れ落ちた俺は、無人の教室へズリズリ這って後退。ドアを閉め、手でしっかり固定。リサと防音室に閉じこめられた時は頑張って出たが、今度は頑張って立て籠もる。今のは何だったんだ。自律神経失調ぎみの俺の精神が見せた幻覚なのか？だったらもっと健全な幻覚をチョイスして下さいよ俺の精神さん！

と、しばらく嗚咽しながら隠れていると……廊下の人けは失せてきた。みんなもう外に出たらしい。

「……ご、ご主人様？　苦しそうなお声を上げられてますが、大丈夫ですか？」

ドアの向こうから、改めてここを通りかかったらしいリサの声がして――

「そ、そこにまだ他に誰かいるか？」

俺も日光を浴びたくて、でもそのためには艦外に出る必要があり、それにはまず廊下に出なきゃならないので、状況確認のためにもそう尋ねる。

「いえ、もうここの廊下には誰もおりません」

「よかった……あっ、お前まで全裸じゃないだろうな」

「はい？　い、いえ、裸ではございませんが、裸になれとお命じなら――」

「いやいや脱ぐなッ！」

俺は思いっきり引け腰で……ソーッとドアを開けると、うわっ、ストッキング無しの、リサの生脚が――やっぱりハダカじゃん！　痴女か！　と思ったがそうでもない。要所は、白い肌着で隠されている。じゃあ下着姿じゃん！　痴女か！　とも思ったがそうでもない。白いビキニ水着だ。ビーチサンダルも履いてるし。

「な、なんで、水着なんだ……」

「甲板上でプールパーティーをするとの事ですので」

そ、そういう事か。つまりさっきのは、皆で水着に着替えてたんだな。ノーチラスには女しかいないから、更衣室なんてものは無いし。

あちこちに脱ぎたてホヤホヤのセーラー服やら肌着やらが落ちてる地雷原じみた廊下をつま先立ちで歩き、そのせいで遅れた俺は――甲板へ上がるハシゴにリサより遅れて到着。溝が白水着にクッキリ刻まれているフワフワのお尻を見上げないよう、目を閉じてハッチまで上がった。

そうして――

「……うおっ、まぶし……」

やっぱり電灯の光とは全く違う、刺すような陽の光の中に出る。

噎せ返るような、海水の匂い。11月なのに、ここは真夏の海だ。

艦内では１０ｍ先を見る事すら希だったのが、いきなり見渡しが無限大になった。周囲３６０度、全てが水平線。巨艦のノーチラスでさえ、ここではちっぽけに感じられるね。

赤道付近では太陽光の入射角や海水の成分が日本と違うため、海の色も全く違う。このアンダマン海は、全てが透明な緑柱石で出来ているかのようなアクアマリン・ブルーだ。

ほぼ風は無く、凪いでいて、雲は少ない。夢みたいだ。これは――人生最高の日光浴……

……を、甲板上の光景が思いっきりジャマしてくる。

(うう……)

さっきの裸天国よりはマシだが、ノーチラスの細長い広場みたいな甲板上では、水着、水着、水着――ほんの僅かな布キレで己の肢体を飾ったケモノっ娘たちが、きゃあきゃあ黄色い声を上げて大喜び。碧い海に浮かんで咲き乱れる美少女の花園が、艦尾までずっと続いてる。全長約200mの甲板上には数十mおきに点々とビニールプールが広げられ、ビキニ水着やワンピース水着、フリルやサイドラインがあるのやないのがイモ洗い状態で水遊びをしてる。この水のムダ遣いっぷり、淡水が無限に作れる原潜ならではの光景だな。あっ、原子炉制御室にいたウーパールーパーっぽい女子も起きたらしく、ビニールプールごと運び出されてるぞ。自分のプールにみんなが入ってるんで、水中でふて腐れてるが。

他にも女子たちはビーチボールや水鉄砲で戯れたり、写真を撮ったり、耳慣れない――おそらく、レクテイアの――音楽をラッパで吹いたり、パラソルを広げて昼寝したり……艦内生活で溜まったのであろうストレスを全力で発散させてる。リサを含む給養員たちは、大量のトロピカルドリンクやフルーツを運ぶので忙しそうにしてるけど。

（あっ……）

プーッ、クスクス……と吹き出してしまった事には、かなり向こう側に見えたアリアがビキニ姿だ。でも胸が凪の海みたいに平面なので、児童搾取スレスレのジュニアアイドル水着写真みたいな光景になってる。なんかアリアの中には『ビキニは大人っぽい』という美意識があるらしく、幼児体型なのにムリして着るんだよね、こういう時。ノーチラスが保有してた水着をもらったらしいけど、よくあんなペラペラのがあったもんだ。

アリアが何かカラフルな輪っかを投げてるんで、投げた方を見ると……ルシフェリアがカカシみたいに立って、ケラケラ笑っていた。これもビキニ水着だが、普段の痴女じみた衣装より布面積が多くて助かる。他の方向からも女子が投げた輪をルシフェリアはツノで受け、ぐりんっと頭だけを振って投げ返してる。ツノって……輪投げ遊びにも使うのかぁ。まだまだ知らない事がいっぱいあるな。レクテイア文化には。

乗員たちがプールパーティーをしてるうちに、陽は傾いてきて——アクアマリンの海がトパーズやガーネットみたいなローズゴールド色へと色彩を変えていく。

女子たちは全員疲れ知らずで遊び続けており、いつしかアリアもルシフェリアを介して友達を増やしている様子だ。

……だが、俺はというと……

甲板に突き出た黒い塔みたいなセイルの前方で体育座りし、海を眺めてる。人のいない艦首側で1人、ずっと。

だってムリでしょ、あんな女だらけのプール方面に行くのは。1人だけ男だし、あんな所でキャッキャできるような陽気な性格じゃないし、水着が無くて防弾制服姿だし。

本当はこういう機会をしっかり使って、レクテイア人との親睦を深めるべきなんだろうけど……難しいな、交流って。っていうか俺はHSSもあるから、一歩間違えたら親睦をとんでもないレベルまで深めすぎてしまうおそれもあるのだ。向こうが100人いようと、あっちの俺なら全員だって相手しかねん。自分が怖い。

（ん……？　なんか、うまそうなニオイが……）

今日はここで夕食もするらしく、さっきリサたち給養員がバーベキューセットを幾つも運び上げてた。それを始めたみたいだな。いいなあ、バーベキュー。勇気を出して、俺も行こうかな。あれは陽の者の行為だが、俺のような陰の者でも割と参加しやすいものだし。

——しかし問題がある。夕方は陽の差す角度が変わり、女子たちの水着が真横から強い光に照らされるのだ。これが悪い事に、水着をかなり透けさせてしまう事が知られている。特に濡れた白水着は最もよく透けるため、それで甘ヒス化したら俺の眼は赤外線カメラのように高性能化し、次によく透ける暖色系の水着も丸見えになる。そしたら完ヒス化して全ての色の水着が透けて見えるようになり、再びハダカ世界が開闢してしまうであろう。

だから、行けません。バーベキューも。

（あとで、余り物でも食べよう……）

前方が全て滑り台みたいな潜水艦の艦首付近で、膝を抱え、暖かい夕陽に当たってたら……だんだん……眠くなってきた。

そうだよ、人間は本来、日の出と共に起きて、日の入りと共に寝るべきなんだ……

…………

……

——背後に、人の気配が。

それで目が覚めた瞬間、その何者かが俺を突き飛ばそうとしている動きにも気付いた。

咄嗟に、身を躱す。すると、俺を押そうとしていた——ワンピース水着姿のエリーザが、

「う、うわっ、わわわわっ——！」

手を空振らせ、勢い余って俺の体に足をひっかけ——ごろっ、ごろごろっ——

ノーチラスの巨大な艦首の丸みに沿って、前へと転がっていく。転がりながら戻ろうと藻掻いているものの、横倒しの半球形をしている足下の傾斜はどんどん増していく。数m落下した所で艦体に銀髪ツインテール頭を強くぶつけてからは、声も動きもなくなり——人形みたいに滑り落ちていくぞ。そして、

（……！）

——ざぶんっ、と、海に沈んだ。俺以外、誰も見ていないところで。

マズい。すぐに浮かんでこない。失神してから落ちたんだ。助けないと。

俺はベレッタに空嚢弾を装填しながら、滑らかなノーチラスの艦体表面を滑り降りる。

途中で海にそれを撃ち込みつつ、バシャッ！　と、エリーザの落ちた辺りに飛び込んだ。

まず上へ泳いだ俺が、次に海中でボンッと膨らんだ空嚢弾が水面に出て、最後に背中を上へ向けたエリーザがプカーッ……と浮かんできた。だが意識のないエリーザはすぐ横に浮かぶ空嚢弾のフロートを掴まないし、何より顔面を下にして海水に浸けてしまっている。

溺死しちまうぞッ。

　俺はエリーザの所へ泳ぎ、抱きかかえて顔を上げさせる。鼻や口から水は流れ出たが、少量だ。失神してから落ちたのは、不幸中の幸いだったかもな。人は水没してパニクると自ら水を肺に入れてしまう事があり、そうなると誤嚥性肺炎等のリスクがある所だった。

「エリーザ、おい、エリーザ！」

　呼びかけ、褐色の肩を掴んで揺すると――「う……ん……」と反応はあった。グッタリしてはいるが、意識レベルはまあ大丈夫ってとこだ。

　とはいえ、これを抱えたままじゃ上がれないぞ。潜水艦の側面には取っかかりがないし、滑るから、1人でも這い上がる事はできない。なので俺は助けを呼ぼうと――ベレッタに照明弾を装填し、空へ向けて撃つ。セイル上の夕焼け空でそれが弾け、ピカー……と白く光りながら艦尾方向に落ちていくんだが……バーベキューをやってる連中はそれを花火か何かだと思ったらしく、「ヒューヒュー！」とか指笛を吹いてる。そうじゃないっての！

「――おーい！　海に落ちた！　誰か来てくれ！」

　と叫んでも、艦尾方向はガヤガヤ盛り上がってて気付いてくれない。いかん。このまま日没して真っ暗になったら面倒な事になるぞ。

　と思ってたら、

「……どうしたの、それ。何があったの」

気付いてくれた人がいた。アリアだ。さっき俺が座ってたあたりに来て、ビックリして
こっちを見下ろしてる。
「えーっと……ふざけてて、転落してな。救助した。助けてくれ」
「んもう、何やってんのよ。どうふざけてたの。エリーザと2人きりで」
殺されかけた——という話を伏せた俺に、カンのいいアリアは怪訝そうな顔だ。
でも、俺はシラを切り通すぞ。エリーザはノーチラスの副長。こっちの世界より名誉が
重んじられるレクテイア文化の中で、立場のある者が罪を犯したとバレたらマズいだろう。
昔の武士みたいに、エリーザが切腹する流れになったりしかねん。
だからこのあいだ閉じこめられて殺されかけた件も、俺は誰にも話してない。リサにも
口外するなと命じてある。
それに、何より……エリーザは、女だ。たとえ殺されかけようと、女にされた事は全て
許しちゃうんだよ。あっちの俺が。閉じ込められた後も『恨みはしない』って言ってたし。
だからこの俺も、言行を一致させるため許すしかないんですわ。
「ともあれ——気付いてくれてよかったよ、アリア」
「食べ物があるのにあんたがいないから、どこかで女子と何かやらかしてるなって思って
探してたのよ」
……さすが。伊達に長い間パートナーをやってないね、俺と。

それからアリアは艦内に戻り、何人か連れて戻ってきてロープを垂らしてくれた。俺はエリーザを左腕で抱え、右手でロープを掴んで甲板に戻り……いつからかは分からないが意識がハッキリ戻っていたエリーザに「覚えてないかもしれないが、頭をぶつけてたぞ。タンコブになるかもな」と笑いかけてやる。

安心して甲板に座る俺の横には、アリアも「一件落着ね」と女児しゃがみで座ってきて

――ほんとは殺されかけたの二件目なんだけどな、と思いつつそっちを見たら、

（……っ……！）

――さっき懸念してた事が、起きてしまっている……！　今、ここで……！

よりによってアリアの白ビキニに、夕陽が力強く当たっているのだ。真っ正面から。

プールで遊んでたらしいアリアのペラッペラ水着は水気をタップリ含み、ぺたんこ胸や何やの肌にぴっちり張り付き、体の形をばっちりトレースしている。さらにそれが強烈な太陽光線で透けるもんだから――

「あんたと海面にいた時、エリーザ、グッタリしてたから。死んじゃってるのかと思って胸が潰れたわ」

「元々潰れてるじゃん」

俺もヒヤヒヤしたよ。

「ああ!?」

——し、しまった！　アリアの透け水着にテンパり、思った事と言った事が逆になってしまった！　やめてやめてアリアさんっ、そんなカッコで——あろうとなかろうと、俺を押し倒して馬乗りになって、顔面にパンチの雨霰を落とすのはやめて！　そのせいで俺の後頭部がガンガン当たってるとこが潜水艦の甲板、鉄板なんだから！

……エリーザの頭にできたのよりも遥かに大きなタンコブが後頭部に何重にもできて、俺の頭がリドリー・スコットのエイリアンみたいになったんですが？

レクテイア女子たちはアリアの鉄鎚地獄が立てた工事現場みたいな音を聞き、何事かと艦首側に集まってきた。そのせいで俺と、さっきから正座して俯いているエリーザは皆に囲まれるような感じになってしまい……「どうしたのかしら」「エリーザ様が元気ない」「遠山キンジと何かあったのかな？」などと話題の的になってしまった。

（ていうか、これ……）

さっきの件の目撃者はいないんだし、エリーザが『遠山キンジに襲われて、抵抗したら突き落とされた』とか言えば——それが通っちゃいかねないぞ。ここではエリーザの方が俺より皆の支持を受ける、偉い存在なワケだし。

「——どうしたのじゃ。何があった？」

女子たちの向こうから、そのエリーザより偉い……レクテイアの女神、ルシフェリアが現れた。すると、それを見たエリーザは――べたぁ。

　ルシフェリアの方へ、土下座するようなポーズを取った。前にルシフェリアが言ってた、『首を落としてください』の体勢だ。それを見た乗員一同が、どよめく。

　何が何やらの俺とアリアの横で、エリーザは、

「……ルシフェリア様。私は……私は、遠山キンジを海に落として殺そうとしたのでち。それに失敗して、自分が落ちたんでち。実は殺そうとしたのはこれが2度目。それなのにキンジは私を助けたのでち。どころか、キンジは事情を訊いたアリアに……自分が殺されかけた事を隠し、私を庇ったのでち」

　と、事のあらましを正直に語った。どうやらさっき意識が戻っていて聞いていたらしい、俺とアリアの遣り取りも含めて――何もかも。

「……なんじゃと。主様を、殺そうと、じゃとぉ？」

　わさぁ……と、ルシフェリアの三つ叉になってる後ろ髪が、持ち上がっていく。

　その水着姿の周囲に、黒いオーラが生じ始め……ツノの後ろには黒い天使の輪のような力場も薄く発生してる。お、おい。マジギレモードの第2態になろうとしてるぞ。こんな事で。こんな所で。

　ぎょろりと目を見開いたルシフェリアから、乗員たちはざわめきながら離れて……俺は逆に、飛びつく。

「おいルシフェリア、どうどう！　俺は切った張ったの仕事をしてるから、殺されそうになるのなんか日常茶飯事だし——そんなのを一々誰かにチクってたら、業界で笑いものにされちまう。だから殺されかけるのは俺にとっちゃ何でもない日常の一コマなんだよっ、落ち着け！」

自分で言ってて悲しくなってくる話をしながら、ルシフェリアのツノとツノの間を掌で押すと——そこが弱点のルシフェリアは、ぷしゅっと覇気を抜かれたようになった。で、

「……エリーザよ。主様はそちに怒っておらぬようじゃが、我は違うぞ。主様と我は長い戦いの途中。今は３勝４敗とはいえ、いつか主様に勝つのは我じゃ。そちが主様に挑めば、この神聖な戦いに水を差す事になる。以後、二度と手を出すでない。それを守れるなら、助命してやろう——」

……おおっ、よかった。ルシフェリアの黒いオーラが収まってくぞ。

「かつて主様は、殺すべき我の事も助けた。聞け、ノーチラスの皆よ。男とは女を助けてくれるものなのじゃ。助けられて助け返さぬは恥。エリーザ、そちも助けられたからには主様の力になれ。女は男と助け合い、心の内にある原初の声に耳を澄ませ。そうすれば、この世界の男というものを理解し始められるじゃろう」

ルシフェリアは、ぐぐいっ。下乳を持ち上げるような腕組みをする。そのせいで水着が無理に引き延ばされ、薄くなって透けるどころかパーンッと破け飛びそうだ。

目の前でそんな事が起きたら一大事、と、気が気じゃない俺を……

この場の乗員たちが、何やら尊敬するような目で見てるぞ。いつの間にか。ざわざわと喋ってる話を聞くに、自分を殺しかけたエリーザを助けた事も評価されてるみたいだが、ルシフェリアに勝ち越しているという話が相当な驚きらしい。

ていうか今ルシフェリアは割といいこと言ってたんだから、殺す殺さないとか何勝何敗とかの話じゃない方にフォーカスして欲しいんですが？

ノーチラスの艦内法に従い、エリーザは俺と強制手つなぎ1時間の刑になった。ケンカしたらしばらく手を繋ぎ続けて仲良くなる——という刑罰なんだけど、片方が吹っかけた場合でも科されるのはおかしくない？　手を繋がれてたら、俺も動けないワケだし……

でも法は法なので、俺は甲板上・艦首側でエリーザと手を繋いで横並びに座る。

もう、すっかり夜だ。艦尾側のパーティーも、だんだんお開きになってきた感じだな。満天の星空には天の川も燦めき、暗くはない。気温は夜でも高く、服もすっかり乾いた。そよそよと吹き始めた海風は心地良く、陸地が遠いので虫は一匹もいない。とても快適で、いい気分だな。美人と手を繋がされてる事以外は。

エリーザは……

全ての事を恥じているのか、うつむいている。座ってからずっと、無言で。

とはいえ1時間ずっと手を繋いで座るとなると、話すぐらいしかする事がない。なので、

「乗った日からの謎なんだが、どうしてノーチラスには3箇所もシャワー室があるんだ？　しかも1つは閉鎖されてるよな」

ヨタ話を振ってみたところ、エリーザはうつむいたまま——

「……元々は1箇所だったでち。でも前に、体の表面を常にしっとりさせてないと体調が悪くなるケルリ族の3姉妹が乗艦してきたでち。その3人が四六時中シャワーを使うからみんな困り果てて、専用のシャワー室を作ったんでち。でも3人はノーチラスを卒業してベトナムに上陸したから、掃除の手間を減らすため閉鎖したでち」

——ちゃんと応えてくれたな。

さすが副長、艦の事は何でも知ってる。あとケルリ族って、たぶんカエル系レクテイア人だね。そんな気がする。

それからエリーザは、顔を上げてきて……

「……上がれなくなるとは思わなかったんでちか、私を助けに飛び込んだ時」

と、自分からも話しかけてきてくれた。

「俺は日本人だ。日本人には南の海を見ると泳ぎたくなる習性があってな。だからあれのメインは泳ぎに行ったのであって、お前を助けたのはついでだ」

俺は少しヘソ曲がりな事を言うが、これは保身の意図もある。エンディミラは『助けた

からには奴隷にしろ』、ルシフェリアは『助けたからにはつがいになれ』とか言ってきたからな。レクテイア人を助けた後は、早めの逆アフターフォローが大事なのだ。

「この海にはサメがウヨウヨいるでちよ。食われるでち」

……こわ。それで俺を突き落とそうとしたのね。サメに食わせれば証拠も残らないし。

「日本人は逆にサメを食う。カマボコにしてな。だから怖くないね」

俺がそう言うと、エリーザは小さく笑って……「インドでも食べるでち」と言ってきた。

へー、そうなんだ。

「あと誤解があるみたいだから言っておくが、俺はヴァルキュリヤもアスキュレピョスも殺してないからな。日本の法律に違反したから、逮捕はしたけど。俺がやってる武偵って仕事は、たとえ自分が殺されそうになっても犯人を殺したら１００％死刑になる。だから俺が生きてるのが、その証拠といえば証拠だ」

「……そ……そうだったんでちか。それは、その……悪かったでち……」

ん……？　エリーザが繋いでる手の指をちょっと動かしてきたな。俺の指と指の間に、自分の指を割り込ませるような感じで。なんだよ、くすぐったい。

「……キンジは、私たちが怖くないんでちか？　なんか最初から割と平然としてるけど」

「慣れちまってるからな」

「その辺、艦の外の人たちとは違うでち」

「いずれ、みんな慣れるさ。そこまでうまく持っていかなきゃならなさそうだが、きっとなんとかなる。俺も力を貸すから——そうだ、エリーザ。お前、カレーパン食べたか？ルシフェリアに注文されて、リサが大量に作ってたやつ。艦内でちょっと流行ってるだろ、今」

「うん。とっても美味しかったでち。あれはインドにも無かったでちよ」

「俺たちがやろうとしてるのは、そういう事だよ。異なるもの2つを合わせて、新たな、とってもいいものを作る。それが、こっちの世界とレクテイアとが今後やるべき事なんだ。まあこれは、ルシフェリアが言ってた事の受け売りだけどな……」

とか言ってたら、エリーザは——気がついたら、いつの間にか紅化粧のある自分の手と俺の手の指を全て絡ませていた。いわゆる恋人繋ぎになっちゃってるぞ。

そして、

「ん」

とか、俺に喉笛を突き出してくるんだが。

「な、なんだよ」

「だから、ノドを撫でていいでちよ。少しだけど、お詫びでち」

だからと言われても、何がだからなのか分からん。とはいえ撫でろって事らしいので、繋いでない方の手で撫でてやると、ゴロゴロゴロ……うわ、ネコの声みたいなのがする。

「……お前って、ネコ系レクテイア人なんだな。耳とか尻尾が目立たないから、いまいち気付くのが遅れたよ」

「何でちか何々系とかって。私はミリキミア族の血を引くレクテイア2世でち。とっても高い身分の種族でちから、ノドを撫でるのを許された経験があるって言えばどの種族にも尊敬されるでちよ。ルシフェリア様みたいな王族じゃないけど、生まれながらの貴族なのでち」

「貴族……それで副長になってたのか」

納得顔をする俺に、エリーザは銀髪頭を横に振る。

「ネモ様は血筋や身分で人を選ばん御方でち。私はレクテイア出身じゃなくインド育ちで、ヒンドゥー語が読めるから副長なんでちよ。ノーチラスは元々マハーバーラタ、インドの艦で——艦内の掲示の翻訳は済んでるけど、資料がヒンドゥー語で書かれてるでち」

「……なるほどね。まあお前はしっかりしてそうだし、適任だと思うぞ」

「これから補給を受けに行く先もインドだから、楽しみでちよ。キンジはインドのことを知ってるでちか?」

尋ねられた俺は、ちょっと考えてから——

「人が象に乗って移動してるんだろ。みんなヨガができて、手足が伸びたり火を吹けたりする。街にはシタールの音色が……」

とか、知る限りのイメージを語ってみるんだが、

「……知らん事が分かったでち。象、ヨガ、シタールって……あはは っ。上陸する前に、ちょっとは調べておけでち」

エリーザに笑われてしまった。

言われてみると、有名な国なのに何も知らないな。インドって。

（……）

ていうか、エリーザが楽しそうにしてると……

背後のセイルの陰からこっちを覗いて、「主様が……主様が、我以外の女と親密にしておる……うう……でも……その分、あとで主様の手に我の温もりを上書きする時が……た、楽しみぃ、じゃあ……」などと、全くもって意味不明な事を呟くルシフェリアの息遣いがハアハア荒くなって、怖いんだが。早く過ぎ去ってくれ、刑の時間。

やっと手つなぎ刑が終わると、ルシフェリアは消えていたので――俺はバーベキューの残り物をハイエナのように食べ、パーティーで給仕できて幸せいっぱいという顔をしてるリサたち給養員による後片付けを少し手伝った。

それから艦内に戻るんだが、中デッキの廊下で……あの栄えある破廉恥な衣装に戻ったルシフェリアが、教室前にイスを置いて座ってる。俺の個室も、そこに運んできてるぞ。

どうやら俺の手に温もりを上書きするという謎の行為を目論み、待ち伏せしてるらしい。練り香水みたいなクリームを深ぁーい胸の谷間やムッチムチの太腿の内側に塗ってるのを見るに、俺の手をそこに挟んで温もりを伝えるつもりだな？　破廉恥な。

あんなとこに手を突っ込まされるぐらいなら、サメの口に突っ込む方がマシ。見つかる前に隠れ、あれが待ちくたびれて寝るのを待とう。

だが艦内の上中下デッキにはルシフェリアの手下が巡回しており、俺の場所を連絡する網が張られている可能性も大。となると、隠れ場所は——甲板上の塔・セイルの上がいい。まだノーチラスは浮上・停船してる。あの展望台みたいな所で、また潜航したらしばらく見られなくなる外の世界にしばしの別れを告げに行こう。

と、俺は足音を殺してハシゴを登り……無人の発令所を尻目に、セイル内も上がる。

そして、セイル上に出ると——甲板からの高さが10mほどあるそこは、プラネタリウムみたいな星空に包まれていた。手つなぎ刑の時には視界の下半分が海だったが、ここからだと見えるものは無限に広がる月と星……それと、そこにいたネモの小さな背姿だけ。

ゴンドラみたいなセイル上にいるネモは、昔ながらの六分儀とコンパスを持って測量をしている。気高い志を胸に宇宙を行くようなその姿は凜々しく、神秘的だ。でも、

「GPSとかの計器もあるだろ、ノーチラスには」

いきなり俺が声を掛けたら——ネモは「きゃっ！」と驚き、瑠璃紺の瞳を丸く見開いて

振り返ってくる。こういうリアクションは、普通の女の子なんだよな。カワイイでやんの。

軍帽をかぶり、軍服のコートを羽織っていたネモは……しかし、リボンの付いた水着姿。とはいえ濡れた様子がない所を見るに、プールパーティーには顔だけ出したって事らしい。

「……計器は信用していいが、信仰してはならない。初代ネモの言葉だ」

相手が普通の服で自分は水着、というシチュエーションが恥ずかしかったのか、ネモはコートの前を少し狭めるような仕草をして……でもボタンを掛ける事はせず、もじもじと俺を上目遣いに見る。

「いい教えだな。で、ちゃんと測れたか」

「ああ。私たちは正しい座標にいる。キンジ、あっちが私たちの島のある方角——ここがアンダマンであの島と最接近している海域だ。艦の点検のため航路上のどこかで停船する予定だったが、それは……ここがいいと、思ってな。艦長権限で、そうしてしまったよ」

転落防止柵越しに南南東を指して、ネモは照れ笑いしてくる。

——あの無人島が、近いのか。

俺とネモは一緒にその方角を眺め、いろんな事を思い出す。今は、言葉もなく。

立ち寄りはせず、見える事さえない——それがむしろ2人だけの秘密の思い出を大切にしてるような、不思議な感じがする。

上手いよな、ネモは。こういう雰囲気作りとか、そういうのが。パリではジャンヌも、そういうのが上手かった気がする。フランス女の得意分野なのかもね、これは。

「――エリーザから、大変な失礼があったようだな。さっき本人から報告があった。艦を代表して、私も謝罪する」

「あのぐらい俺的には失礼でも何でもない。1発も撃たれてないし」

「何発撃たれたかを失礼の尺度にするのはやめた方がいいぞ。しかし、貴様はすごいな。エリーザはフェミニストで、レクテイアから来たばかりの者より男を毛嫌いするところがあったのに……貴様の事を語る目は、もう恋する乙女のそれだった」

チクリと刺すように言ってきたネモに、俺は「勘弁してくれよ……」と頭を振る。

「貴様も、ノーチラスで――この世界とレクテイアとの融和には困難が多いと、身を以て分かっただろう。越えねばならぬ障壁は、男というものだけではない。文化や文明の差も大きい。ここではレクテイア人に教育をしているが、こっちの人類もレクテイア人に対し歩み寄らなければならないだろう」

ネモがそこを話題にしてくれたので……俺は、先日チェリー小布のせいで話せなかった自分の考えを語る腹を括る。

――おそらく、ネモを深く傷つける話を。

「……それでNは、こっちの世界の文明レベルを下げようとしてたんだな。教授が、条理バタフライ効果を使って」

「私はそう理解している。それは相互の歩み寄りなのだと、教授は言っていた」

「そんな大げさな事はしなくても大丈夫だ。70年の時を跳び越えた母さん――雪花だって何日かで現代文明に慣れて、ユーチューバーになってた。エンディミラも俺と暮らしたら2週間で日本文化に馴染んで、大井競馬場で競馬やってたぞ」

「あの真面目なエンディミラが、そこまで毒されたとは……本当に、貴様は凄いな……」

「褒めながらドン引きした目を向けるのはよせ。ていうかネモ、前々から思ってたんだが――騙されてるぞ、そこ。教授はレクテイア人が共存しやすくなるようにこっちの時代を逆行させようとしてるんじゃない。ヤツには別の狙いがある」

「……別の狙い？」

「戦争――戦わせるためだ。この世界の人間とレクテイア人とを、ゴチャ混ぜにしてな」

ヒステリアモード時に見抜いた、モリアーティ教授が2つの世界を使って書こうとしている『本』の展開――それは、2章構成になっている。

その結末となる第2章は、この世界とレクテイアが融合した驚くべき新世界の始まり。

ネモは、その第2章のキレイな所だけを夢見させられ協力させられてきた。

だがそこに続く第1章には、レクテイアからこっちへの莫大な人流が要される。そして戦争ほど人流を激しく生じさせるものもない。サード・エンゲージとは、それそのものが戦争を意味しているんだ。モリアーティ教授の中では。その証拠も、複数見えてきた。

「戦いは同じレベルの者同士でしか発生しない。これは武力にも言える事だが、どの程度好戦的かのレベルについても言える。こっちの文明は経済的なグローバル化を推し（お）進めて、戦争を予防できるようになりつつある。商売相手を殺すバカはいない、ってカラクリだ。だがそれを退化させて、自国第一主義、覇権主義、軍拡競争のレベルに落とす。こっちの人類の好戦レベルを上げて、いよいよ有事ってところで——ノア・ナヴィガトリアを参戦させる」

「……」

ノーチラスでは事欠かなかった血流が導いたこの話を、ネモは真剣に聞いていて——

「お前は教授が——頭が柔軟なレクティア人を、こっちの文化を学べるヤツを篩（ふるい）にかけてノーチラスに送ってきてるような話をしてただろ。だが、その篩は逆（さか）さまなんだ。教授は、学ばないやつ、上陸させてもこっちの文化にまず感化されず、死ぬまで戦うタイプを篩にかけてノア・ナヴィガトリアに残してたんだよ。人命尊重だとか平和主義なんか理解せず、武力で領土を得よう、他者を奴隷にしようとする戦いたがりたちをな。ルシフェリアも、最初の頃は思いっきり分からず屋だったし。実際モリアーティはそいつらをレクティアに戻してない。ナヴィガトリアという居場所まで与え、こっちの世界に駐留させてる」

——次第に、瑠璃紺（ガーターブルー）の瞳が驚きに見開かれていく。頭の回転の速いネモの事だ。これがおそらく真相なのだと、分かってきたのだろう。

「最上位クラスだと世界を滅ぼせるレクテイアの魔術と、この世界の兵器で、いい勝負になるんじゃないか？　それを見た戦争の当事国・紛争の当事者たちは、競ってレクテイア人をこっちに大移動させまくるだろうよ。召喚のやり方は教授が喜々として拡散させる。それが——」

「……サード・エンゲージ……」

大きなショックを受けた顔で俺に言葉を続けたネモに、頷いて——

「だが、それで終わりじゃない。生のままのレクテイア人たちは、頻発するようになったこっちの戦争・紛争に乗じて——ヒノトたちが企んでたような侵略戦争も始めるだろう。逆に、それに手を貸すこっちの世界の人間もいるハズだ。俺が阻止したが、ナチス残党のラプンツェルって女はその準備をしてた。彼女の手助けをしてたサンドリヨンってヤツは、ナヴィガトリアの鉄指輪メンバーだったよ」

ノアとナヴィガトリアを導火線として果てしない戦乱の時代に入り、ボロボロになった世界に……戦後、大量のレクテイア人が残る。

その時、こっちの人類とレクテイア人たちはある種の融合を見ているのだろう。多くの男と女も、くっつくかもな。しかしそれは、平和的なストーリーの帰結としてではない。争いの中で手を取り、争いを終えて仲間になる、いかにも『本』に書かれればアツそうな——血みどろの戦記物の、エンディングとしてだ。

「ノーチラスから上陸した進歩的なレクテイア人たちも、戦争になれば——通訳、交渉人、スパイとして利用されるだろうよ。きっと、強制的にな」

かつて俺は、ネモが騙されて思い描いていた断片的な未来世界のイメージを聞いて——教授はこの世界の科学文明を、レクテイアと同レベルの中世ぐらいまで戻そうとしてるのだろうと考えた。SFで描かれるテラフォーミングみたいに、こっちの世界をレクテイアフォーミングしようとしているのだろうと。だからその話はリアリティーも薄かったし、対応するのに時間的な猶予もあると思っていた。

だがそうではなく、ヤツが人類の科学ではなく精神のレベルを退化させようとしていると見るとどうか。それならほんの1、2歩戻せば、そこには中世と大差ない好戦的な価値観がある。そして、いま俺が語ったモリアーティの企みも一気に現実味を帯びてくるのだ。

俺の話を聞いたネモは、しばらく黙ってから……

「……貴様の説は、正しいのだろう……今まで私がNで見た事と矛盾せず、辻褄が合う。こちらの世界の者同士が大小の紛争をする未来までは、どの道を辿っても起きると思っていたが……それをレクテイア人が激甚化させる事が、サード・エンゲージだったとは……なんという事をしようとしているのだ、教授——モリアーティは——」

検算を終えたような顔で、俺の推理が正しいと認めてくれた。

それは心強かったのだが、その瞳には力強さがなく……

「だがキンジ、それを止める事はできない。モリアーティがそう企んだなら、そうなってしまう。それが条理バタフライ効果の恐ろしさなのだ。モリアーティが倒し始めた運命のドミノは、止められない。すでにドミノは個人レベルの『線』から人類レベルの『面』の領域に至っていて、1枚や2枚止めても他が倒れ続けてしまうのだ。人類全体の心に元々あった——後退しようとする指向を、モリアーティは加速させた。私はそれに力を貸してしまった。その結果、人類自身がそうなろうとして怒濤のように変わる世界を止める事は……もう、できない。今後の世界ではそれと分からないよう独裁が広まって、普遍化していた文化はそれぞれ固有の色を取り戻す。世界はもう、後退の流れを変えられないのだ。貴様にも、変えられないのだ……」

ネモは、ふるふる。短いツインテールを振って、涙ぐんでいる。

「ああ。俺にも変えられないだろうな。だが変えられるヤツがいる。モリアーティ本人だ。だから、ヤツに変えさせる」

「そんな事……モリアーティは誰の言うこともきかない。不可能だ。そんなの……不可能だよう。キンジ……」

自分が今まで騙されて力を貸してきた事に、とうとう泣き出してしまったネモに——

「不可能を可能にする」

俺は、自分の二つ名を告げる。

心配するな、何とかする。そう言う代わりに。

それがモリアーティによって加速させられているにせよ、既に人類の精神が部分部分で緩やかに後退し始めている感覚は確かにある。世界は、後退しつつある。

だが、後退が何だ。

後退なんか、誰でもするんだ。それは世界全体もそうだ。

後退したら、また前進すればいい。

その力もまた、誰にでもあるんだ。きっと、世界にも！

「――こわいよ、キンジ。私は今まで、強い者……モリアーティという巨人の肩に乗って、強いふりをしていただけで……そこを下りた途端、自分の弱さ、小ささが見えてきて……急に、怖くなった。私は、本当は、世界の運命に係われるほど強くないのだ……」

俺に体を預け、両腕の中に潜り込むように頭を寄せてきたネモは……

きっと、今まで誰にも見せなかったのであろう弱さを見せてくる。俺にだけ。

「俺も強くはないさ。でも、怖くはない」

「キンジ……」

「怖いとか思う回路は、最近まで通ってたトチ狂った学校でマヒさせられちまったしな。それに俺は世界がどうのなんて大それた事をするつもりじゃない。この件は――泣いてるお前のために、やってやるってだけだ。あの島でココナッツを独り占めした詫びにな」

俺の胸で縮こまってるネモを見るのが気恥ずかしく、南の海に目をそらしつつそう言うと……ネモは俺の胸で「ありがとう（メルシー）、ありがとう（メルシー）、キンジ……」と泣いてから……

「……ぎゅってして欲しい……」

ギリギリ聞こえるぐらいの小さな声で言ってきたので、俺は……それに応じてやった。

モリアーティに騙（だま）され、この世界の可能性を不可能にしてしまった事を後悔するネモ――その流れを、俺が戻してやる。不可能な事を、可能にしてやる。そう言う代わりに、強く抱きしめる。

そしたらネモは涙を拭い、俺の胸に唇を押しつけてから――背伸びして――唇を滑らせるようにして、首筋にキスしてきた。

そして、手が入れば足も入るってやつで、

「キンジ……私には、なぜ貴様が欲しがるのか理解が及ばないけど……もう、私の下着を盗むのはよせ。欲しいなら欲しいと言え。そしたら、これからは、あげるから……」

ネモは上を向き、小さな唇を俺に向け――

静かに、目を閉じてくる。

（……っ……）

こ、これ、応じないといけないやつ？　ていうか、割とがっちり手首を掴（つか）まれてるし。

ぎゅってしてあげたんだから、もういいじゃん……！　ちゅっもしなきゃいけないの？

誰も見てないセイルの凹みで、天の川の下、ネモが俺の手を引っ張り下ろしてきて……

後のない俺が、押しきられそうになった時——

「——キンジあんた、ショーツ盗む癖まだ治ってなかったの⁉」

足下から嫌悪感フルマックスのアニメ声が響いたもんで、俺とネモは揃ってその場飛びジャンプしてしまう。俺は危うく、高さ10m近いセイル上から落っこちそうになったよ。

「……ア——アリア貴様っ……どっ、どこから聞いていた！　っていうかキンジ、貴様はアリアの下着も盗んだのか！　ルシフェリアの下着であやとりしたとは聞いていたが！」

テンパりまくりのネモは、アリアと俺に同時にキレるというアクロバティックな激怒。

「『なぜ貴様が欲しがるのか』の辺りからよ。ちなみに言っとくけど、あたしは出会ったその日に盗まれたからね」

狭いセイルに上がってきたアリアはネモに詰め寄って、謎の発言。どうも態度から見てマウンティングらしいんだが、それってアレか。アリアが俺の部屋に押しかけてきた日の——勝手にフロに入りやがってたところで武器を取り上げておこうとしたら、持ち上げた小太刀に下着が引っかかっちゃった時の事か！　まだ誤解が解けてなかったのそれ⁉

「わ、私は2回盗まれてるからな！　私の勝ちだ！」

ネモもネモで、なんだか分からんネモ式勝ち負け計算でアリアに怒鳴ってる。それからネモはさっきの俺とのよりも近い、アリアとキッスしちゃいそうなほどの距離に顔を詰め寄らせて――ぐぬぬぬと睨み合った2人が頭と頭をグリグリ押し合い始め、このままじゃセイルからの落っことし合いになりそう。

「2人とも無毛……じゃなかった、不毛な勝負をするな！」

俺はアリアとネモの頭の間に両手を突っ込んで引き離そうとするんだが、これが双方、前進力が強いのなんの。ぎゃあああ手をおでことおでこの間に挟まれた！　メキメキって鳴ってる！　俺の手の甲とか指とかの全部が！　粉砕骨折しちゃうってば！


割とインドア派のネモは艦内でもミステリアスな存在で、そのためカリスマ性を感じる艦長して敬われている。一方、常日頃からデッキを歩き回って日常生活を見てくれる――ノーチラスの女子たちにとって身近なリーダーは、副長のエリーザだ。

再び潜航し、北東インド洋・ベンガル湾を進むノーチラス艦内では……そのエリーザが俺に対して好意的になったため、乗員たちも俺に好意的な感じになってきた。ソナー係のミヒリーズでさえ、俺に対する悪口のレベルが「死ね」から「くたばれ」に弱まったよ。おかげで俺は、念願の自室……ではないんだが、閉鎖されていた第3シャワー室に寝床の樽を移す事も許された。今までこっそり浴びてたシャワーもここで悠々浴びれるし、安眠できるようになったよ。

『キンジ＝いいもの』という共通認識を芽生えさせた女子たちは、今まではコソコソ俺を見ていたのに、最近は堂々と目線を合わせるようになってきた。これを機に、レクテイア女子たちが男という種族全体に好印象を持ってくれるよう頑張ろう。俺はその役目に最も不適任な男って気もするが、ここに男は俺しかいないんだからやるしかない。

と思ってもやはり、そこは俺。ヒステリアモード時じゃない普段は、何をすれば女子に好印象を持ってもらえるかなんて分からない。なので乗員が重そうな荷物を運んでいたら手伝ってあげたり、高い所にあるものに手が届かなさそうだったら取ってやったりした。そしたらそれをしてもらったヤツも、それを周りで見てるヤツも「おおー」って騒ぐ。で、「キンジに優しくされると、やっぱり何か特別な嬉しさがある」「もっと優しくされたくなるよね」「原始の喜びがある」「子供を産みたくなる気がする」とかワイワイ騒ぐから、

「——するなよ！　それぐらいの事で！」

いちいちツッコまなきゃならないから、常に大変だ。今まで通り無視してくれてた方が良かったまである。こうなるともう、早くインドに着いてほしくなってきたね。

と、俺が願うまでもなく……ムンバイ入港の日が近付いてきた。

そのため、ノーチラスのみんなが普段より身繕いをきちんとするようになってきている。散髪係も忙しそうだし、リサたち給養員も制服のアイロン掛けに勤しんでる。第１・第２シャワー室も混雑中だから、前を通らないようにしないと。これは——航海中は割と緩い

紀律を寄港時にはピシッと粛正する、ネモの方針らしい。まあ、分かる。港に着いたら、海中にはない人目があるからな。

しかしケモノ耳を隠す髪型を整えてたり、シッポを隠すマントを試着してたりするのを見ると、彼女らはこの世界では生きづらい存在なのだなと改めて感じさせられもする。

（……生きづらいのは、特異体質(ヒス)持ちの俺(おれ)もだけどな……）

刻一刻と見た目がキレイになっていく女子たちにつけ回されるのが怖いんで、俺は樽(たる)に閉じこもってお昼寝だ。そういや香港(ホンコン)の藍幇(ランパン)城でも甕(かめ)に入って女子から身を護(まも)ってたよね、俺。やってる事に成長が見られないな。

で、樽酒(たるざけ)になった夢を見てたりしてたら……

「主様(ぬしさま)、ちょっとどけるぞー」

ルシフェリアの声がして、ぐいっと樽が持ち上げられたもんだから目が覚めた。でも、またすぐ置かれた。第3シャワー室から廊下に出されただけっぽい。

「なんだよ……っ……うおっ!?」

安眠を妨害された俺は文句を言おうと思って樽のフタを開け——ビビッて、すぐ閉じた。第3シャワー室に、ルシフェリア、アリア、リサが来てるぞっ……！ 他のシャワー室が混んでるから、普段使われてないここを使いに来たのか。迷惑な！

ノーチラスは無限の電力を使い、海水を毎時20t真水に変えられる。なもんでお湯は使い放題とあって――3人が思いっきりシャワーを浴び始めた音がするぞ。って事は今、揃ってヌード。緋鬼の壺方式で樽を横倒しにして転がって逃げようかとも思ったが、この樽は初代ネモの初代ノーチラスでウイスキーの貯蔵に使われていたという骨董品。倒した途端に卵が割れるみたいに分解して、ハダカの3人のそばに俺が爆誕しかねん。

かといって目を閉じ耳を塞ぎ防御に徹してると、ルシフェリアあたりが「主様も来い」とか言って俺を樽から引っ張り出すおそれもある。事前にきちんと交渉して、安全に撤退させてもらうんだ。そのためにも、まず――古いんでスキマがある樽の割れ目から様子を薄目で窺う、偵察を行おう。勇気！

ちなみにノーチラスのシャワー室にはドアが無く、代わりに水の飛散を防止するためのカーテンがある。そのため3人はシルエットで見えた。

間仕切りもないシャワー室の中で、どうやらリサはアリアが長い髪を洗うのを手伝ってやってるようだ。ルシフェリアはシャワーを浴びながらそれを見ていて、

「フフッ。やっぱりアリアは小さいのう」

「遠近法よ。離れたものは小さく見えるの。そんな事も知らないの？」

「この距離でか……？　胸も小さいのう」

「遠、近、法、よ！」

デュクシ！　とアリアはルシフェリアの体がくの字になるような貫手を突っ込んでる。

いかん。あれとあれが取っ組み合いになったりしたら、ハダカでこっちに転げ出てくるぞ。

「お……お前ら、シャワーぐらい仲良く浴びろよ。俺は目を閉じて樽から出て、壁伝いに廊下の向こうへ行く。1分ぐらい出てくるなよ？　絶対出てくるなよ？　絶対だぞ？」

「ん？　主様になら見られても我は平気じゃぞ？　っていうか主様も来い」

出てきた！　藪蛇だったか！　しかし海の神は俺に味方した。カーテンを開けて両腕を広げ、おいでのポーズを取ったルシフェリアは――ボディーソープで体が泡泡。奇跡的に女体の要所が3つとも隠れているのだ。ありがとうございます、海神ポセイドン様……！

「アリアは見られたくないじゃろうけどのう。遠近法で小さく見えるからのう。はい我の勝ち」

「は？　あたしだって――そのぐらい今さら平気よ！」

売り言葉に買い言葉みたいなキレ方で、アリアも顔を真っ赤にして出てくるから一大事。お前が平気だとしても俺が平気じゃないんだってば！　さらにこれはバスタオルを持ってだが、リサもアリアを追いかけて出てくる。ポセイドンは俺の敵なの味方なの!?

俺は両手で目を覆い、「うわー！　わー！」と叫んで聴覚もシャットアウト。それから中島みゆきの『うらみ・ます』や山崎ハコの『呪い』といった不気味な歌を大声で歌い、アリアやルシフェリアが気味悪がって樽に近付いてこないようにした。

窮地に陥った際に俺が発揮する類い希なる発想力に基づいたこの作戦は成功し、アリアたちは服を抱っこして逃げていったぞ。素っ裸で。

リサだけはホラーな歌が平気らしく、「？」って苦笑いで残ってるが……ちゃんと体を拭いてセーラーメイド服を着たからヨシ。これにて一件落着。

と、俺は樽の中で安堵の息。さっきアリアの要所が見えたような見えなかったようなの衝撃で足腰が立たないから、しばらく樽からは出られないが。

「まもなく上陸ですが、どの港に寄港するのでしょう。ご主人様はご存知ですか？」

とか、リサが話しかけてくるので――

「お前知らないのか。ああ、ずっと忙しそうにメイド仕事してたからな。ムンバイだ」

喋る樽みたいなシュールな絵面の俺が、そう教えてやると……

「……ムンバイ……」

リサは何やら、心当たりがあるようなリアクションだ。

そしてスカートのポケットから葉っぱ型の携帯を出し、「ええっと、カレンダーで……今日は……」と、何やら日付を確認している。それから、

「――っ……！　っ……失礼します」

リサが樽のフタを開けて脚を上げ、キャットガーター丸見せで入って来ようとする――なんでだよ！　さっき一件落着したと思ったのに落着してないとか、そんなのアリ!?

シャワー直後でシャンプーの香りをホコホコさせるリサが、腰の抜けた俺と寄せ木細工

みたいに樽の中で密着。柔らかいあれやこれやがムンニュリして……このままじゃモーイされる！　助けてポセイドン！

「この樽は定員1名なんだよっ！　で、出ろっ……なんで入ってくるんだ！」

「こ、これは誰にも聞かれるべきではない話だと思いましたので――失礼ながら、こっ、ここで……あんっ……ご、ご主人様の、命運に係わる事で……」

「命運には日常的に係わってるからッ、誰にも聞かれるべきじゃない話なら、俺にも言わなくていい！」

ごてんっ！　と、樽を横倒しにしたら――ばかぁんっ！　と、樽は完全分解。これにて安住の地を失った俺は、生まれたてのヒヨコみたいに覚束ない足取りで廊下を撤退する。

場所と日付が分かった途端、リサが思い当たった事……それが何なのかは、なんとなく俺にも分かってしまった。そいつは正直、ローマ以降ずっと懸念していた事でもある。

だが不都合な事は棚上げし、時間をかけて段階的に対応する――というのも一つの知恵。気の長いアジア人特有の伝統的なやり方なのである。事実をすぐさま詳らかにして全力で関与・対応しようとする欧米人は知らんかもしれんが、これはこれで割と命運を安全運転させられる道でもあるのだ。今回のこれもそうできるのかどうかは、神のみぞ知るだが。

Go For The NEXT!!! ムンバイ上陸

上陸の日は、食事が豪勢になった。これはムンバイで補給を受けられるからで、残量に気を遣って提供されるようになってきていた甘味(かんみ)も食べ放題だ。科員食堂からは人が溢(あふ)れ、教室でも今日は授業を無くしてスイーツ祭りが開かれた。そこで俺はエリーザに仲介してもらい、やっとソナー係のミヒリーズとも打ち解けてお喋(しゃべ)りできたよ。

そうしてる内に、ノーチラスが浮上した揺れを感じ――

音楽隊の軍隊ラッパ(ビューグル)の音を背に、俺は発令所へ上がる。いよいよだな。

流れで乗ったノーチラス、流れで来たインド……おそらくその流れにはヤツの見えざる手が関与してる。俺にもようやく、その手の動きがなんとなく分かるようになってきたよ。何度も見たしな、今まで。だけど今回はギリギリまで無視して、抗(あらが)ってやるからな。

「本艦ただ今、深度0。微速前進中。進路、0－2－5」

「時刻、19時13分、インド標準時(IST)」

「セイル上、排水ヨシ」

アリアやルシフェリアも来ている発令所で、フルメンバーの幹部たちが声を連ねている。

「外気温、摂氏25度。インドの雨期は9月で終わってるから、いい季節の入港になったでち」

「ではエリーザ、旗を。キンジたちも上がって、港を見てみるといい」

そうネモが言い、敬礼したエリーザに続いて……俺、ルシフェリア、双眼鏡を手にしたアリアもセイル内を上がる。そしてハッチを開け、ライトの灯った夜のセイル上へ出た。艦内とで気圧が変わり、ちょっと耳抜きが必要で——今は乾期らしいが、ムワッとする湿度に出迎えられた。それと、音。この前アンダマン海で停船・浮上した時とは違って、今は巨艦が海水を蹴立てる音が水平の滝のように聞こえている。

全く11月とは思えない、汗ばむような暖気が体を覆う。周囲には、薄く霧が出ている。ここはアラビア海、熱帯モンスーン気候の地だ。

「——虫じゃの」

ルシフェリアが気づいた通り、セイル上のライト近くを小さな羽虫が飛んでる。これも海洋の真っただ中ではずっと見られなかったものだな。

「あれがムンバイでち」

N旗ではなく『MOBILIS IN MOBILI』のノーチラス旗をポールに掲げたエリーザが、左舷前方を示す。その霧の向こうには、視界に収まりきらないほどに広い都市の光。

——インド最大の都市、マハーラーシュトラ州都・ムンバイだ。暗い港湾には、大小の船の光があちこちに灯ってる。おかげでノーチラスも言うほど目立たないかもだ。

この艦は元々、インドの潜水艦。それがインドに里帰りしてきたのを出迎えるように、ライトアップされた超巨大な門が左舷側の湾岸に聳え立っている。パリの凱旋門みたいな石造りのその門は、ゲートウェイ・オブ・インディア——インド門と呼ばれる、歴史ある建造物だ。彫刻で壮麗に装飾され、大都会を背に立つそれは……空路が無く航海路だけがここへ来る道だった時代、本当にインドの入口門だったのだろう。

ノーチラスはインド門の前を悠々と横切ってムンバイ湾内に入ると、大きく取り舵回頭。灯台を目印に近付いていく桟橋には、インド海軍の巡洋艦が整然と並んでいる。軍港だ。しかし凄いな。インドではクルーズ船とか商船が普通に停泊してる港のド真ん中に軍港があるのか。

そこへ巧みな操艦で割り込むように入港するノーチラスの甲板上には、軍帽とマントでケモノ耳と尻尾を隠した乗員たちがハッチから出てきていた。長い甲板上で2列に整然と並び、左右の全て——海軍の艦艇、ムンバイ、そしてインドそのものに敬礼をしている。

やがてノーチラスはインド海軍の音楽隊が歓迎の合奏をする桟橋に接岸し、投錨。無事、入港を果たした。見れば、白い制服のインド海軍側のメンツは女性ばかりだ。一定程度、こっちの素性を分かってるんだな。さすが『扉』寄りの国だよ。

（ていうか……）

ムンバイのインド海軍港は町のド真ん中にあるので、近隣の建物からも丸見え。逆に、こっちからも町がよく見える。そしてその街並みの中でも一際目立つのが、お城みたいなタージマハル・ホテルだ。

「……ああもう。前もいたから、今回もかなって思ったら……」

とか呟（つぶや）いて、そのキラキラのホテルをアリアが双眼鏡で見てるから——俺（おれ）も肉眼で見て……志村（しむら）けんとかミスター・ビーンみたいな、二度見をしてしまった。

アリアから双眼鏡をむしり取って確認するが、やっぱり見間違いじゃない。

タージマハル・ホテルの上層階、イチジクの植木で飾り付けられた窓辺に、

（……レキじゃん……）

ドラグノフを抱っこした、レキがいるぞ。スカーフというかフードみたいなのをかぶり、長布（パトゥ）を肩掛けした、アフガニスタンの山岳兵みたいなカッコで。

その時——国際ローミングで圏内になった俺の携帯が、着信音を鳴らす。メロディーは『HIT IN THE USA』。ジーサードだ。

溜息（ためいき）して出て、開口一番「ガバリンなら千葉沖に浮かんでるぞ」と言うと……

『兄貴に貸した時点で返ってくるとは思ってねえよ。ていうか、携帯（モバイル）のコール音が日本のじゃなかったぞ。どこにいンだよ』

「インドだ」

『たまにはクエスチョンマークと無縁の行動ができねえのか？　なんでインドなのか一瞬

聞こうかと思ったが、ムダだからやめるぜ。一々それをやってたら兄貴の行動全てに質問しなきゃならなくなるからな』

「俺をディスるために国際電話を掛けてきたのか？」

『聞きたい事と、伝えたい事があってな。どっちからにする』

「どうせどっちもロクな話じゃないんだろ。だからどっちからでもいい」

『じゃあまず聞くが、兄貴の知り合いについてだ。ヨートーってヤツは何者で、今どこにいる。日本人らしいって事ぐらいしか分かンなくてよォ』

ヨートー……妖刕(ようとう)か。

「お前またオカルト周りでアブナイ散歩してんのか。巻き込まれないように全力で距離を置くから、詳細を言え。そしたら知ってる事を教えてやる」

『F──フシってオカルトに今、関わってってな。関連するモノも部下が沖縄で手に入れたところだ。この件にヨートーが絡んでるらしくてな、散歩先でカチ合うかもしれねえ』

──F。ベイツ姉妹が言ってたな。ジーサードがそれに触れようとしてる、それは制止すべき事だって。紅鶴寺(こうかくじ)から電話した時ジーサードは九州に向かっていると言ってたが、それもF絡みだったたって事か。だがこっちはNで大変なんだ。Fにまで係(かか)わってられっかっての。ジーサードが自分で片付けられるよう、一通り教えてやるさ。

「妖刕はヤバい奴だ。本名は原田静刃(はらだせいじ)。旧公安0課にいたが、今もいるのかは分からん。

手の内は割と知ってるが、俺が戦っても5本に2本は負けると思う。だからお前も、その件はヤツと戦わないように進めろ。鵺って女と暮らしてたが、デキてなさそうだったから人質になるかは分からん。最後に見たのは錦糸町だ。痕跡ぐらいはあるかもな。極東戦役では魔剱——アリスベルって女と連んでた。妖刕はそいつの下着を盗んだ事があるらしい。女の下着を盗むとは、ヒドい男だよ」

『さすが、ヤバい系の話は兄貴に聞くと詳しく分かるな。どうでもいい事まで。感謝だ』

「ヤバい系の総合商社みたいなお前に言われたくはない。で、伝えたい事ってのは何だ」

『兄貴の部屋に手紙が来てたぜ』

「ウソつけ。俺に手紙を送るヤツなんかロクにいない。年賀状だって人生でトータル10枚しかもらってないんだぞ。それも全部白雪からのだ」

『ウソじゃねえよ。シャーロック・ホームズからだ』

——チクショウ。だろうなと思ったぜ。

ここまでの流れ。樽に入ってきた時のリサのセリフ。ここにレキがいる事。全部これで繋がっちまった。棚上げの後回しで、ゆっくり対応を考えようと思ってたのに。

『ツクモが勝手に開けちまってな。えーっと、タイトルは……』

「内容は何となく分かってるから、言わなくていい。捨てといてくれ」

『……第2回イ・ウー同窓……』

「捨てといてくれ」

『直筆だぞ。シャーロキアンに売れば1万ドルぐらいになるんじゃねえか？』

「捨・て・ろ！」

と、俺は電話を切る。電源も落とす。

しかし電話からは逃れられても、現実からは逃れられない。ノーチラスの甲板上にいる乗員たちが、ムンバイ湾のすぐ先を見てパニック状態になってる光景からも。

シャーロックめ。このタイミングで俺にジーサードから電話がかかってきて、俺がその件を聞くのも推理してたってワケか。大したヤツだよ。うなだれちゃうね。

「キンジ、同窓会(リユニオン)。どうせその電話でしょ」

「何のことか分かりかねます」

往生際悪くそう言う俺は、もう入港・投錨(とうびょう)してるから逃げ場のないノーチラスのセイルから――エリーザがほとんど悲鳴に近い声で、艦内通話のマイクに叫ぶ声を聞く。

「――てッ、敵襲――！　――イ・ウーでち！」

先に来て、ムンバイ湾内に潜航して待ち伏せしてたんだな。と、俺は溜息(ためいき)交じりに顔を上げる。そして、しょうがないから見る。軍港の出入口を塞ぐように浮上した、巨大な、黒い原子力潜水艦のセイルに描かれた――『伊』『U』の2文字を。

Go For The NEXT!!!!!!

あとがき

しょっちゅう『衣類が片寄っています』と表示して停止してしまう我が家の洗濯機に、「俺が力を貸してやるッ！」と抱きついてスタビライザーの役割を果たしてる赤松です。

今回のＸＸＸＶＩ（36）巻には、ガバリンというパーソナル・ジェット・グライダーが改めて登場しました。それは持っている者が圧倒的に強くなる最新兵器、先端科学兵装の一つです。

銃を持った者が刀剣で戦う者を倒し、レーダーを持つ者が肉眼に頼る者を制したように、新しいハイテク製品を持ってる方が何事にも有利に違いない！　新しさは、強さなのだ！――という思い込みがあるようで――私は新しいガジェットに目がなく、革新的な製品が発売されるとすぐ買ってきてしまいます。クラウドファウンディングにも、幾ら投資したことか……何年経っても完成したという報告のないあれやこれやの夢の最新アイテムは、いつ届くんでしょうかね？（涙）　私は信じて待ってますからね！（涙）

自宅はすっかりスマートホーム化しており、電灯もエアコンもテレビも全て音声で操作しています。それがすっかり癖になっていて、ホテルに滞在してもついつい「オッケーグーグル」と口走ってしまう始末。自分の部屋では目の前にリモコンがあってもボタンを押すのをグッと堪(こら)え、「オッケーグーグル、テレビを1チャンネルにして」と唱えてます。もうここまでくるとガジェットを使っているというより、ガジェットに使われてる状態。でも……いいんです！　だって新しいものの方が強いんだから！（？）

　アップルウォッチも初代から使っています。これは素晴らしいですよ、なにせ数cm角の腕時計が簡易なスマホになってるわけですから！　ニュースや天気や地図も表示できるし、音楽プレーヤーにもなるし、電子マネーも使えるし、メッセージングもＳＮＳも出来ます。ただしブルートゥースのインカム無しで通話する際は周囲に会話が丸聞こえになるので、外出中に電話が掛かってきたら忍者のように物陰に隠れて話す事になります。いいんです、いいんです、新しいものの方が強いんだから……私は、強いんだから……

　などと意地になってアップルウォッチばかり使っていたら、スマホ(iPhone)をほとんど使わなくなって――ＦＧＯ、ＰＵＢＧとか荒野行動、アズールレーン、原神――名だたるゲームにハマったり進めたりするタイミングが、みんなよりワンテンポ遅れるようになってしまいました。過ぎたるは及ばざるがごとしですね。反省です。

　では次は――私がスマートリングを手に入れて、設定に四苦八苦しているであろう頃に。

２０２１年12月吉日　赤松中学(ちゅうがく)

アリア36巻！
■リサは毎回フリルがたくさん
なので描くのに時間がかかる分
仕上がったら華やかになる！
気がします／なってるといいな
■また次巻でお会い致しましょう！

MF文庫J

緋弾のアリアXXXVI
綺羅月(カルティエ・ムーン)に翔べ

2021年12月25日　初版発行

著者　赤松中学

発行者　青柳昌行

発行　株式会社KADOKAWA
〒102-8177 東京都千代田区富士見2-13-3
0570-002-301（ナビダイヤル）

印刷　株式会社広済堂ネクスト

製本　株式会社広済堂ネクスト

Printed in Japan　ISBN 978-4-04-680999-5 C0193

【 ファンレター、作品のご感想をお待ちしています 】
〒102-0071 東京都千代田区富士見2-13-12
株式会社KADOKAWA　MF文庫J編集部気付「赤松中学先生」係「こぶいち先生」係